Heidi Tro

Marterlmord

Heidi Troi

Heidi Troi lebt und schreibt in Südtirol. Wenn sie nicht gerade mit Kindern und Jugendlichen Theater macht, schreibt sie – und zwar am liebsten Krimis und Kinderbücher, wobei sie sich da nicht gern in Schubladen stecken lässt. Wenn Heidi Troi ihre ganzen Leidenschaften genügend Zeit dazu lassen, ist sie gern in den Südtiroler Bergen unterwegs – nicht selten auch in dem Tal, welches das Vorbild für den Schauplatz des Krimis „Marterlmord“ war.

Heidi Troi

Marterlmord

Ein Geheimnis. Eine Mordserie.

Ein schweigendes Dorf.

Krimi aus Südtirol

Bibliografische Information der Deutschen Nationalbibliothek:
Die Deutsche Nationalbibliothek verzeichnet diese Publikation in der Deutschen Nationalbibliografie; detaillierte bibliografische Daten sind im Internet über http://dnb.d-nb.de abrufbar.

Empire-Verlag OG, Lofer 416, 5090 Lofer

Lektorat: Antje Backwinkel https://buchwinkelei.de/lektorat/

Korrektorat: Heidemarie Rabe

Cover: Chris Gilcher
http://buchcoverdesign.de/
Cover Bildrechte: Adobe Stock ID 207333234, Adobe Stock ID 214158908, Adobe Stock ID 172840500, Adobe Stock ID 120415824, Adobe Stock ID 265193489 und freepik.com

Buchsatz: Catherine Strefford – www.catherine-strefford.de

Bestellung und Vertrieb: Nova MD GmbH, Vachendorf

Tag 1 – Montag

Bald ist es dein Reich

›Militärgebiet. Unpassierbare Grenze – Zona militare. Limite invalicabile‹ steht auf dem Schild am Maschendraht. Ich lasse den Blick am Zaun entlangwandern bis zum nächsten Schild, auf dem derselbe Hinweis steht. Hinter der ›unpassierbaren Grenze‹: Ein Meter Unkraut und dann die Carabinieristation Tal-Valle, die für die nächste Zeit mein Arbeits- und Wohnort sein wird. Das schäbigste Haus in einem Dorf, in dem alles schäbig ist.

»Unpassierbare Grenze«, wiederhole ich leise für mich.

Salvatore, mein Vorgänger als Dorfcarabiniere, hört es trotzdem. »Im wahrsten Sinne des Wortes«, sagt er.

Beinahe vierzig Jahre hat er hier in der Fremde ausgeharrt unter diesen Deutschen, die ihn nie bei sich aufgenommen haben. Den *Karpf* nennen sie ihn hinter seinem Rücken oder den *Walschen*.

Er seufzt. »In vierzig Jahren hat keiner von denen einen Fuß in dieses Haus gesetzt.«

Ich wende mich ihm zu. »Weil kein Verbrechen passiert ist?«

»Die brauchen keine Ordnungshüter. Was denen passiert, machen sie untereinander aus.« Ihm ist anzusehen, dass er froh ist, diesem Nest den Rücken kehren zu können. Für ihn geht's heim nach Sardinien. Ich bin jetzt schon neidisch.

Ich lasse den Blick umherschweifen. Ein verschlafenes Dörfchen also. Ein paar graue Häuser scharen sich hinter einer Haarnadelkurve um eine ebenso graue Kirche. Steile Hänge, bis zur Baumgrenze von Wald überzogen, und ein Wildbach, der sich rauschend seinen Weg durch das Tal gräbt. Schiefergraue Wolken hängen drückend über dem Tal, verhindern, dass die schwüle Hitze des Julitags entweichen kann. Dreihundert Seelen hat das Dorf, habe ich bei meiner Recherche ermittelt. Wo all die Leute leben, werde ich wohl noch herausfinden. Schließlich gebe ich mir einen Ruck.

»Dann los, zeig mir dein Reich.« Ich deute auf die grüne Resopaltür, von der schon die Farbe abblättert.

»Bald ist es dein Reich.« Er sperrt auf. Die Angeln geben ein deutliches Quietschen von sich, als die Tür zurückschwingt.

Er lässt mir den Vortritt. Der erste Eindruck ist niederschmetternd. Das Haus wirkt, als sei es seit Langem unbewohnt. Die nackte Glühbirne, die von der Decke baumelt, bringt kaum Licht in den dunklen Flur. Es riecht nach Schimmel.

»Das Büro ist gleich hier.« Er öffnet eine weitere Resopaltür, bei der die Dekorplatte am unteren Rand ausgefranst ist, und deutet der Reihe nach auf ein paar Geräte. »PC, Kopiermaschine, Fax, Modem …«

Ich sehe ihn ungläubig an, als ich ein 56K-Modem erkenne.

Er zuckt gleichgültig die Schultern. »Ist so. Glasfaser hat's noch nicht ins Tal geschafft und ich sag's dir gleich:

Für Handyempfang musst du aus dem Tal raus oder auf den Berg.«

Ein Blick auf das Display meines Mobiltelefons bestätigt Salvatores Behauptung. Wo bin ich hier nur gelandet?

Als hätte Salvatore meine Gedanken verstanden, nickt er. »Jemand da oben muss dich ganz fest lieb haben«, sagt er, bevor er die Tür wieder schließt und mir Küche und Wohnraum zeigt.

Ich denke kurz an Generale Ravasio, Beatrices Vater, und seine Reaktion auf die Bekanntgabe unserer Verlobung auf einer Familienfeier. Ja, ich habe eine Ahnung, wem ich diese Versetzung zu verdanken habe. Aber unsere Liebe wird auch diesem Sturm standhalten. Ich gestatte mir ein paar wehmütige Gedanken an meine Verlobte, während ich meinem Vorgänger ins obere Stockwerk zu den Schlafräumen folge. Salvatores Schlafzimmer schaut noch am besten aus. Bett, Einbauschrank und Schreibtisch passen zusammen, ein bequem aussehender Ohrensessel mit Blick auf einen ordentlichen Fernseher lässt beinahe so was wie Gemütlichkeit entstehen.

Doch Salvatore zerstört mein kleines bisschen Hoffnung sofort. »Die Möbel nehm ich mit. Übermorgen kommt die Umzugsfirma und bringt alles weg.« Er grinst. »Mein letzter Arbeitstag.«

Dann zeigt er mir das Gästezimmer und ich schlucke. Ein Metallbett, drauf eine dünne Seegrasmatratze. Ich beschließe, möglichst schnell ein Möbelhaus aufzusuchen.

»Sei froh, dass ich im Schlafzimmer neue Fenster habe

machen lassen«, sagt Salvatore ungerührt. »Im Winter hat's vorher eisig kalt hereingezogen. Dagegen ist keine Heizung angekommen.«

Ich schlucke noch einmal. Während wir zurück ins Büro gehen, straffe ich mich. Das ist mein Job und ich werde ihn erledigen, so gut es geht. Dann werde ich irgendwann wieder versetzt. In die Hauptstadt oder in meine Heimatstadt Bergamo. Ich werde in Ehren heimkehren, meine Beatrice heiraten und mein Schwiegervater, der Generale Ravasio, kann mich kreuzweise.

Ich ignoriere Salvatores mitleidigen Blick, atme durch. »Was sind meine Aufgaben?«

»Die Mails aus der Zentrale archivieren, bei Prozessionen den Verkehr aufhalten und der Colonello erwartet wöchentlich einen Bericht. Unter ›Papierkram‹ hab ich eine Vorlage abgespeichert, die ich immer ein bisschen umwandle. Und täglich um neun kommt die Repubblica.«

Der Computer gibt ein »Bling« von sich und Salvatore grinst mich an. »Das ist die Erinnerung an die gesetzlich vorgeschriebene Kaffeepause um zehn.«

Wieder schlucke ich. So hatte ich mir meinen Traumjob nicht vorgestellt.

»Caffè?« Salvatore wartet meine Antwort gar nicht ab, sondern schiebt sich an mir vorbei in die Küche. Wenig später stellt er mir einen Espresso hin. Zumindest der Kaffee schmeckt, wie es sich gehört. Mit dem ersten Schluck breitet sich Ruhe in meinem Körper aus.

Salvatore setzt zum Sprechen an, doch ich unterbreche

ihn. »Lass mich raten: Die Mokkamaschine nimmst du auch mit?«

Bevor er antworten kann, läutet das Telefon.

Einmal. Zweimal. Dreimal.

»Willst du nicht rangehen?«, frage ich.

»Wenn's wichtig ist, versucht er's noch mal.«

Wir nippen an unseren Espressi. Das Telefon verstummt. Dann hebt das Läuten wieder an.

»Scheint wichtig zu sein«, sage ich.

»Tja.«

»Willst du nicht rangehen?«

»Dein Job.« Salvatore grinst, nippt an seinem Kaffee. Dann lehnt er sich zurück und atmet entspannt durch.

Genervt stemme ich mich hoch, finde das Büro und dort das Telefon, Marke *SIP* vor der Jahrtausendwende. »Pronto?«

»Oh.« Der Anrufer klingt beinahe erschrocken.

»Sì?«

»Carabinieri?«

»Sì.«

Dann ein Seufzer, der Anrufer setzt zum Sprechen an, stockt wieder, setzt wieder an. Ich ahne, was das Problem ist, und baue ihm eine Brücke. »Sie können auch Deutsch sprechen. Nur bitte langsam.«

Ich weiß um die Barriere in diesem mehrsprachigen Land. Um die Ängste der drei hier lebenden Sprachgruppen, die jeweils anderen Sprachen zu benutzen. Nicht dass sie es nicht könnten. Sie können ihre Zweit-

und Drittsprache gut genug, um sich darin verständlich auszudrücken. Aber sie haben einen Perfektionsanspruch, verlangen von sich selbst, dass sie akzentfrei sprechen. Ich nicht. Ich bin aus Bergamo. Mein Deutsch habe ich im Abendkurs einer Volkshochschule gelernt, als klar war, wohin ich versetzt werde.

Der Anrufer atmet erleichtert aus. »Wir haben einen Toten gefunden. Im Bach.«

Der Tote im Bach

Von der Straße sind es etwa hundert Meter steil bergab zum Wildbach, der sich tosend und schäumend seinen Weg vom Gebirge ins Tal bahnt. Dessen Rauschen im ganzen Tal allgegenwärtig ist. Hundert moosüberwachsene steinig-glitschige Meter bis zum Bachbett. In dem eine Leiche liegt. Ich schaue Salvatore an, der gleichgültig die Schultern zuckt.

»Ich warte hier auf die Jungs von der Scientifica.«

War ja klar. Wir haben die Spurensicherung noch von der Station aus angerufen und irgendwie müssen die tatsächlich hierherfinden. Ich seufze, schwinge meine Beine über die Leitplanke, mache die ersten vorsichtigen Schritte, rutsche auf dem nassen Moos aus, knalle mit dem Steißbein auf einen Stein. Fluche.

Die Waldarbeiter, die in ihrer orangen Arbeitskleidung auf dem Talgrund von Stein zu Stein balancieren, schauen hoch.

»Herr Carabiniere!«, ruft einer, dessen Gesicht zur Hälfte von einem Bart verdeckt ist, und winkt mich hinunter.

Ich winke zurück, schiebe mich vorsichtig den Waldboden entlang nach unten, wobei ich mir wohl dessen bewusst bin, dass ich ein Bild des Jammers biete. Ein Carabiniere wie aus dem Buch, eine Karikatur eben jenes Berufs, über den ganz Italien seine Witze reißt. Warum wir die Streifen an der Hose haben? Damit wir sie nicht über den Kopf ziehen. Warum bei uns ›Carabinieri‹ auf der Autotür steht? Damit wir nicht über die Motorhaube ins Auto einsteigen. Ich kenne sie alle. Und liefere ihnen mit meinem ersten Auftritt hier im Dorf einen Nährboden.

Als ich endlich unten angelangt bin, ist mein Hosenboden durchnässt, mein Steißbein pocht. »Rutschig habt ihr's hier.«

Die beiden wechseln einen Blick. »Es hätte auch einen Weg gegeben«, sagt der Bärtige langsam. Deutet hinter sich, wo sich ein schmaler Pfad am Bach entlang windet.

Na toll. »Na ja, ihr wisst schon, wir Carabinieri …« Sie lachen nicht, was für mich Beweis genug dafür ist, dass genau das ihre Gedanken waren. »Wo ist der Tote?«

»Kommen Sie«, sagt der Jüngere der beiden und geht voraus. Den schmalen Weg entlang, um eine Kurve. Dann bleibt er stehen. »Da vorn.«

»Der Sepp«, sagt der Bärtige und ich überlege, ob er mit dem Gestrüpp in seinem Gesicht diesem Freiheitskämpfer Andreas Hofer nacheifern will, der von einigen Rechtsgerichteten zum Helden und zur Symbolfigur im Kampf gegen die Italiener auserkoren wurde. Hoffentlich ist sein Nacheiferer nicht ein Vertreter dieser Gruppierung und ich lande gleich neben dem Mann im Bach.

Der Bärtige schüttelt bedächtig den Kopf. »Hat sich wohl endlich zu Tode gesoffen.«

»Sie kennen den Toten?«

»Das ist keine Großstadt. Hier kennt jeder jeden. Und den Sepp schon gar.«

»Unseren Dorfbsuff«, ergänzt der Junge. Dann schweigen sie und warten ab, was ich mache.

»Und er ist sicher tot?«

»Hab ihm die Schnapsflasche vor die Nase gehalten und er hat nicht danach gegriffen. Also ja.« Die beiden wechseln wieder einen Blick.

Ich werfe ihnen einen scharfen Blick zu. Ein Mensch ist gestorben, und ihr macht geschmacklose Witze über ihn.

Die beiden Waldarbeiter merken, dass ich hier keinen Spaß verstehe. »Er ist schon ganz steif«, erklärt der Freiheitskämpfer-Verschnitt schnell.

Also mindestens sechs Stunden tot, höchstens zwei Tage. Da er im kalten Wasser gelegen hat, wohl eher weniger, rekapituliere ich mein forensisches Wissen. Ist aber müßig, weil das alles nicht in meinen Kompetenzbereich fällt.

»Haben Sie was angefasst?«, frage ich.

»Ich hab versucht, ihn wachzurütteln«, sagt Andreas Hofer.

»Obwohl er ganz steif ist?« Ich ziehe skeptisch die Augenbrauen hoch.

»Das konnt ich ja nicht sehen.«

»Was glauben Sie, was passiert ist?«

Die beiden wechseln erneut einen Blick. Dann überwindet sich der Junge. »Sternhagelvoll über die Leitplanken gekippt. Die Rübe hat ganz schön was abgekriegt.«

Es ist Zeit, sich den Leichnam anzusehen, finde ich und schiebe mich auf dem schmalen Pfad an den massiven Männern vorbei, wobei ich beinahe selbst riskiere, in das schäumende Gebirgswasser zu fallen. Dann bleibe ich stehen. Der Anblick lässt keinen Zweifel zu. Der Mann ist tot. Mit dem Gesicht nach unten liegt er im Wasser. Am Kopf klafft eine große Wunde. Ein Bein ist zwischen zwei aus dem Wasser ragenden Felsblöcken eingeklemmt, was verhindert hat, dass der Körper vom Gebirgsbach weiter ins Tal gerissen wurde.

»Und?«, fragt der Junge.

»Tot.«

Die beiden grinsen sich frech an. Ich kann ihre Gedanken beinahe greifen. Der Carabiniere …

»Du hast Glück«, sagt Salvatore zwei Stunden später bei einer Tiefkühlpizza, die wir in der kleinen dunklen Küche der Carabinieristation essen. Um den Abtransport der Leiche kümmert sich die Scientifica. Wir beide haben Feierabend. »War ja richtig was los heute.«

»Ist das sonst nicht so?«, frage ich.

Er schüttelt den Kopf. »Das größte Verbrechen im letzten Jahr war ein Hühnerdiebstahl. Ein bisschen Aufregung hat's noch bei einem Selbstmord vor zwei Wochen gegeben. Davor vierzig Jahre lang nichts.«

»Hm«, mache ich. »Und jetzt?«

»Jetzt übernehmen die Experten. Der Leichnam wird obduziert. Aber was soll schon groß rauskommen? Der

Sepp war dorfbekannt. Ist mit der Schnapsflasche von Haus zu Haus gezogen und hat den Leuten mit seinem Gesang den Tag verschönt. Er hat eben die Leitplanke mit einem Zaun verwechselt und die Steine dahinter mit einer Bank, und das war's. Ende. Die nächsten vierzig Jahre ist sicher wieder Ruhe.«

Die Härchen auf meinen Armen stellen sich auf. Vierzig Jahre darf das hier nicht dauern. Ich denke an Beatrice. Würde sie mit mir in so einem Kaff wohnen wollen? Als einzige Italienerin? Frau des Dorfcarabiniere?

Salvatore nickt wissend. »Das hab ich auch gedacht. Aber schau mich an …«

Tag 2 – Dienstag

Steiger dich nicht zu sehr rein

Gleich am nächsten Morgen mache ich mich mit Salvatore auf den Weg zum Pfarrhaus.

»Der Pfarrer ist derjenige, der im Dorf den zweitgrößten Durchblick hat«, erklärt Salvatore, während wir die Straße hoch zum Dorfkern laufen. »Gleich nach seiner Häuserin.« Er lacht, als er meinen fragenden Blick sieht.

»›Häuserin‹ gehört halt nicht zum Wortschatz, der im Abendkurs an der Volkshochschule vermittelt wird.«

»Eine Häuserin ist der gute Geist im Widum. Sie führt dem Pfarrer den Haushalt. Böse Zungen behaupten, dass sie auch gern ein bisschen mehr tut, aber über diesen Zweifel ist Anna erhaben, denke ich.«

Ich verkneife mir die Feststellung, dass das Wort ›Widum‹ auch nicht zu meinem Wortschatz gehört, kombiniere aber blitzschnell, dass damit wohl das Pfarrhaus gemeint ist, vor dem wir gerade ankommen. Salvatore läutet. Wenige Augenblicke später geht die Tür auf und uns steht der Seelsorger des Dorfes gegenüber.

»Der wichtigste Mann im Dorf, Hochwürden Egger. Hochwürden – mein Nachfolger Maresciallo Pietro Carminati«, sagt Salvatore und deutet erst auf ihn, dann auf mich.

Hochwürden Egger ist ein selten junger Vertreter seines Berufsstandes. Ich schätze ihn auf etwa fünfunddreißig Jahre. Mit seinem rosa Gesicht, das von blonden Locken umrahmt wird, wirkt er noch jünger. Der Pfarrer strahlt mich an wie einen lang vermissten Freund und streckt mir die Hand entgegen.

»Freut mich, Pietro.« Dann wendet er sich an Salvatore. »Ihr seid wegen dem Sepp da, vermute ich?«

Salvatore nickt. »Reine Routine. Aber ein paar Fragen stellen müssen wir trotzdem.«

»Kommt rein.« Pfarrer Egger führt uns in einen hellen Raum, der nach Bohnerwachs riecht. Die Möbel stammen wie in der Carabinieristation aus einem anderen Jahrhundert, wirken aber ungleich solider und freundlicher. Auf dem Fensterbrett blühen Usambaraveilchen und Orchideen. In der Ecke der Herrgottswinkel – ein Sims, das mit einer vermutlich handgeklöppelten Spitze verziert ist und auf dem neben einer holzgeschnitzten Herrgottsfigur eine Kerze, eine Pflanze mit roten Blüten und verschiedene Heiligenfiguren stehen. Daneben billige Drucke der Muttergottes und von Jesus, beide die rechte Hand segnend erhoben.

»Mögt ihr einen Kaffee?«

Wir nicken unisono und Pfarrer Egger verschwindet nach draußen, kommt aber kurz drauf zurück und setzt sich zu uns an den Tisch.

»Der Sepp war unser Dorfsäufer«, beginnt er, ohne dass ich eine einzige Frage stellen muss. »Man hat ihn eigentlich nie ohne seine Flasche angetroffen. Seine Devise war ›den Pegel halten‹ und den Nachschub hat er von seiner

Schwester gekriegt – der gehört der Gasthof Bergblick im Dorf. Sie hat ihn mit Alkohol versorgt, damit er nicht im Gasthof herumrandaliert und womöglich die Gäste verschreckt.«

Ich zücke meinen Notizblock. »Wie heißt die Dame?«

»Oberrauch«, sagt der Pfarrer, »Rosa Oberrauch. Aber ich glaub nicht, dass die da irgendwie nachgeholfen hat.«

»Glauben wir ja auch nicht«, erklärt Salvatore. »Aber hier ist ein Mensch gestorben, und dem muss man nachgehen.«

Schade, dass Salvatore geht. Wir beide wären ein gutes Team. »Bis wir die Ergebnisse aus Bozen kriegen, müssen wir den Leuten ein paar Fragen stellen, Hochwürden«, ergänze ich.

»Hochwürden kannst du gleich vergessen. Ich bin der Valentin.« Der Pfarrer grinst mich lausbübisch an. »Oder schau ich wie ein Hochwürden aus?« Dann wird sein Gesicht wieder ernst. »Ihr habt ja recht. Alles ist möglich. Sprecht auf jeden Fall mit Rosa.«

Die Tür geht auf und eine Frau, die auf die Siebzig zugeht, schiebt sich herein, ein Tablett mit Mokkamaschine, Tassen und einem Schüsselchen voller Kekse vor sich her balancierend.

»Danke Anna«, sagt der Pfarrer und nimmt ihr das Tablett ab. »Meine Häuserin«, erklärt er und ich bin stolz darauf, das Wort wiederzuerkennen. Bei ihrem Anblick schießt mir Salvatores Bemerkung durch den Kopf, was einer Häuserin unterstellt wird und dass

Anna diesbezüglich wohl über jeden Zweifel erhaben wäre. Ich kann ihm nur beipflichten. Abgesehen von ihrem Alter wirkt Anna alles andere als einnehmend. Mit mürrischem Gesicht setzt sie klappernd die Tassen vor uns ab, ohne uns eines Blickes oder eines Grußes zu würdigen.

»Hmpf«, macht die Häuserin, wendet sich ab und will zur Tür hinaus.

»Anna«, ruft Pfarrer Egger ihr nach. »Sag mal, wann hast du den Sepp das letzte Mal gesehen?«

Die Häuserin hält inne, dann brummt sie etwas, das nach »Gestern. Wie ich die Kirche aufgesperrt hab« klingt und verschwindet ohne ein weiteres Wort zur Tür hinaus. Ein richtiger Sonnenschein, die Frau.

»Also gegen sechs Uhr morgens«, erklärt Pfarrer Egger. »Um halb sieben ist nämlich die Frühmesse und sie sperrt etwa eine halbe Stunde vorher die Kirche auf, zündet die Kerzen an und bereitet alles für die Feier vor.«

Ich überlege. Wenn dieser Sepp kurz danach in den Bach gefallen ist, stimmt das mit dem überein, was ich selbst als Todeszeitpunkt veranschlagt habe. Allerdings ist es um sechs Uhr jetzt im Frühsommer bereits hell. Wie konnte der Mann da aus Versehen über die Leitplanken klettern und dann den Abhang hinunterfallen?

»Wie wahrscheinlich ist es, dass der Kerl bereits frühmorgens betrunken war? Irgendetwas stimmt da nicht.«

Ich wechsle einen Blick mit Salvatore, der abwinkt. »Steigere dich nicht zu sehr hinein, Kollege«, sagt er.

»Der Sepp war besoffen und ist in den Bach gefallen. Hier in den Bergen passiert so was alle paar Wochen.«

Der Pfarrer nickt bestätigend.

Aber ich halte an meiner bergamaskischen Sturheit fest. »Irgendwas stimmt hier nicht. Und ich werde herausfinden, was.«

Die Wirtin vom Bergblick

Der Bergblick ist das einzige Gasthaus im Dorf. Salvatore hat sich mit der Entschuldigung, etwas für seinen Umzug organisieren zu müssen, verdrückt und jetzt liegt es an mir, mit der Schwester des Toten zu sprechen. Bevor ich eintrete, genieße ich für einen Moment den grandiosen Blick auf die Steilhänge, dem das Restaurant seinen Namen verdankt. Jetzt um zehn Uhr kriechen die Sonnenstrahlen langsam die Steilhänge herunter Richtung Dorf und geben ihm fast ein freundliches Aussehen.

Ein Kaffee wäre jetzt nicht schlecht, denke ich und stoße die schwere Holztür auf. Irgendwo vom Ende eines dunklen Flurs her kommt Volksmusik. Das Innere des Schankraums liegt verlassen da. Altbacken wirkt er, in Brauntönen gehalten. Fliesen aus den Fünfzigern zieren die Wand hinter dem Tresen, an den Fenstern hängen Gardinen mit Tiroler Muster, die vermutlich vor zehn Jahren das letzte Mal gewaschen wurden. Frisch sind nur die Blumen in dem Gurkenglas im Herrgottswinkel. Vergissmeinnicht.

Ich trete an die Theke. Ein Blick in die Speisekarte aus Lederimitat bestätigt meine Ahnung: Der Getränketeil ist länger als der mit den Speisen und neben Hirtennudeln und Wiener Schnitzel gibt es als Alternativmenü für Vegetarier Salat mit Mozzarella und Ei.

»Was darf's sein?«

Ich zucke zusammen und sehe hoch. Eine grobschlächtige Frau, deren Aussehen zu ihrer barschen Stimme passt, mustert mich abschätzig, beinahe feindselig. Das muss die Wirtin sein, Rosa Oberrauch. Als hätte ich etwas Verbotenes gemacht, lasse ich die Karte fallen und strecke ihr verlegen die Hand hin.

»Carminati, der neue Carabiniere. Ihr Verlust tut mir sehr leid.« Sie nimmt meine Beileidsbekundung mit einem kaum merklichen Kopfnicken entgegen. Dann gehe ich zur Tagesordnung über. »Der Sepp war Ihr Bruder?«

Sie nickt stumm.

»Ist Ihnen in letzter Zeit etwas aufgefallen?«

Kopfschütteln.

»War er irgendwie seltsam? Anders als sonst?«

Erneutes Kopfschütteln.

Ich unterdrücke den Impuls, genervt mit den Augen zu rollen. »Hatte Sepp Feinde?«

Kopfschütteln. Was sonst? Es ist, als gäbe es eine unsichtbare Mauer zwischen der Wirtin und mir. Langsam spüre ich Ärger in mir hochsteigen. Ich habe keine Lust auf feinfühliges Vortasten. Mir ist egal, dass die Frau einen Angehörigen verloren hat.

»Wo waren Sie gestern Morgen zwischen sechs und acht Uhr?« Das ist das Zeitfenster, das die *Scientifica* inzwischen als Todeszeitpunkt ermittelt hat.

Als die Bedeutung der Frage in ihr Denken durchsickert, reißt Rosa Oberrauch erschrocken die Augen auf und ich kann kurz hinter ihre Fassade blicken. Gleich darauf aber zieht sie die Mauer wieder hoch.

»Er ist nicht umgebracht worden.«

Stur sein kann ich auch. »Das war nicht die Frage.«

»Ich war zu Hause. Im Bett. Beim Frühstück.«

»Gibt es dafür Zeugen?«

»Meine Familie, die Angestellten im Gasthof.« Herausfordernd reckt sie mir das Kinn entgegen. »Aber der Sepp ist nicht umgebracht worden.«

»Das herauszufinden ist unsere Aufgabe.«

Sie verschränkt die Arme vor ihrer üppigen Brust. Wie du meinst, sagt mir diese Geste. Trauert sie gar nicht um ihren Bruder? Hat sie so unter dem Makel gelitten, den seine Trunksucht auf ihr Geschäft geworfen hat, dass sie jetzt froh ist, dass dieser Unfall – wenn es denn einer war – dem Ganzen ein Ende bereitet hat?

»Noch was?«

Ein paar Tränen, zumindest eine kummervolle Miene, ein kleines Anzeichen dafür, dass du um deinen Bruder trauerst, denke ich, doch es kommt keine weitere Reaktion. »Ich werde mit Ihren Angestellten sprechen müssen.«

Sie zuckt die Schultern. Tu was du nicht lassen kannst, heißt das dann wohl.

Da gibt das Walkie-Talkie, mit dem Salvatore mich – wegen des schlechten Handyempfangs im Tal – ausgestattet hat, ein Signal von sich und befreit mich aus der angespannten Situation. »Ja?«

»Du musst … knacks krach … kommen.« Mit Mühe erkenne ich Salvatores Stimme.

»Bitte?«

»Du … knacks krach rausch … Station …«

»Ich muss in die Carabinieristation kommen?«

»…nau …«

»Ich …« Ich schaue entschuldigend Richtung Rosa Oberrauch, die mich gleichgültig mustert. »Wenn Ihnen noch etwas einfällt …«

Kein Nicken. Kein Zeichen des Verstehens. Meine Rede dringt wohl nicht durch die unsichtbare Mauer … Ich zucke die Schultern und mache, dass ich davonkomme. Ein mieses Gefühl bleibt.

»Endlich!« Salvatore empfängt mich auf der Straße vor der Carabinieristation. »Es ist schon wieder was passiert.«

Er knallt die Beifahrertür hinter sich zu. »Fahr los! Hinauf zum Oberplanitscherhof.«

Ich sehe ihn fragend an. »Oberpla-was?«

»Oberplanitscher. Los komm. Schon wieder ein Toter.«

»Ein Toter?«

»Ja, verdammt. Jetzt komm schon in die Gänge, Pietro.«

Die Erwähnung meines Namens wirkt wie eine kalte Dusche auf mich und ich springe ins Auto. »Vierzig Jahre Ruhe, wie?«, frage ich, während ich den Zündschlüssel herumdrehe.

»Ich schwöre! Da vorn musst du links abbiegen.«

Salvatore deutet auf eine schmale Straße, die von der

Hauptstraße in den Wald abzweigt, und lotst mich über unzählige Kehren den Berg hoch. Eine Haarnadelkurve folgt auf die nächste und die Straße erfordert meine ganze Konzentration. Als ich sicher bin, dass entweder Salvatore mich auf den Arm nimmt oder wir kurz davor sind, bei Petrus an die Himmelspforte zu klopfen, nehmen wir einen Feldweg talwärts und der Carabinieriwagen wird – zusammen mit meinem Fahrkönnen – auf eine harte Probe gestellt.

»Das ist allerhöchstens ein Traktorweg«, beschwere ich mich, als die Ölwanne zum wiederholten Mal mit einem lauten »Klong« auf einem Stein aufstößt. »Bist du sicher, dass wir hier richtig sind?« In dieser Höhe können doch unmöglich noch Menschen leben.

Salvatore nickt gleichmütig und tatsächlich: Hinter der nächsten Kurve kommt ein Bauernhof zum Vorschein, vor dem eine Menschengruppe steht und uns erwartet.

Verstockt

Ich lenke den Wagen vorsichtig durch die Menschen, die mit eisigen Mienen am Feldweg Spalier stehen, bis auf einen kleinen Vorhof, dann steigen wir aus. Im ersten Augenblick denke ich, dass mir Rosa Oberrauch zuvorgekommen ist und es irgendwie vor uns zu diesem Oberpla-irgendwas-Hof geschafft hat. Aber wieso sollte sie? Dann erkenne ich, warum ich den Eindruck habe, da stünde die Wirtin vom Bergblick. Es ist der Ausdruck auf dem Gesicht der Bäuerin. Dieselbe Verstocktheit, eine grimmige Gleichgültigkeit, die mir einen Schauer über den Rücken jagt. Ein seltsamer Schlag, diese Bergmenschen.

»Frau Oberplanitscher.« Salvatore geht auf die älteste der Frauen zu. Ich versuche, mir den sperrigen Namen einzuprägen, ihn mitzusprechen, wobei sich meine italienische Zunge gegen dieses Wort voller Konsonanten wehrt. Die Mundwinkel der Bäuerin verziehen sich geringschätzig nach unten. Ich kann es ihr nicht einmal verdenken.

»Oberplanitscher ist der Hofname. Wir heißen Stocker.«

Stocker wie verstockt, denke ich. Laut sage ich: »Wo ist der Tote?«

Wortlos deutet sie mit dem Kinn hinter sich. Ihr Körper folgt der Bewegung und gibt den Blick frei auf ein riesiges überdachtes Holzkreuz.

An dem ein Mann hängt.

Tot. Bleich. Nackt. Bis auf ein weißgraues Etwas, das seine Form schon längst verloren hat. Mehr Lendenschurz als Unterhose.

Ein Gekreuzigter.

Seine Haut ist gräulich. Wie eine Marmorstatue hängt er da, den braunen Haarschopf auf die Brust gesenkt, das Gesicht von den Haaren verdeckt. Wo seine Hände sein müssten, ragen blutige Stümpfe aus den Hanfseilen, die seine Arme an den Querbalken fesseln. Ein paar feine Streifen eingetrockneten Bluts schlängeln sich in Richtung Torso, verlieren sich auf Nabelhöhe.

Unwirklich das Ganze, wie das Bild eines Renaissance-Künstlers. Ein einzelner Sonnenstrahl kriecht über den Bergvorsprung, der den Hof, der im Rücken des Toten liegt, bislang in tiefe Schatten getaucht hat. Er setzt das Bild in Szene, lässt die graue Haut rosa schimmern. Ein Sträußchen Vergissmeinnicht zu Füßen des Toten bildet einen reizvollen Kontrast zu dem Ensemble, das durch den düster verhangenen Himmel im Hintergrund abgerundet wird. Wie hypnotisiert starre ich das Bild an, kann meinen Blick nicht davon lösen.

Salvatores Würgen reißt mich aus der Trance. Plötzlich fühle auch ich Übelkeit in mir hochsteigen. Ich reiße meinen Blick los und schaue stattdessen in Salvatores Gesicht, dessen Farbe der des Toten ähnelt.

»Ein Marterle«, flüstert er.

Marterle, von *martirio* oder auf Deutsch Marter. So nennen die Einheimischen diese überdachten Wegkreuze, die alle naselang die Straßen und Wanderpfade säumen. Holzgeschnitzte Christusfiguren am Kreuz, die Marter der Kreuzigung detailgetreu ins Gesicht geschrieben und immer liebevoll mit Blumen oder Kerzen geschmückt. Dann ein zweiter Gedanke: Vergissmeinnicht! Ist die Wahl des Blumenschmuckes zufällig oder bewusst? Wer soll nicht vergessen? Oder vergessen werden? Dann: Kann nicht jemand diesen Leichnam bedecken? Er tut mir leid, dieser dickliche Mann, der in der Vormittagssonne an das Kreuz gefesselt auf die *Scientifica* warten wird müssen, in diesen peinlichen Unterhosen nackter, als wäre er unbekleidet.

Ich wechsle einen Blick mit Salvatore. Der nickt langsam.

»Von allein ist der mal nicht da hinaufgekommen«, stellt er fest. »Ich rufe die Jungs.« Damit zieht er sein Mobiltelefon heraus und sich aus der Affäre. Auf der Suche nach Empfang geht er auf das Wohnhaus zu, das etwa fünfzig Meter von hier im Rücken des Toten steht. Unbehaglich warte ich, bis er mir bedeutet, ohne ihn anzufangen.

Ich wende mich wieder der Menschengruppe zu, die unvermindert abweisend dasteht. Außer der Bäuerin noch zwei Frauen und zwei Männer unterschiedlichen Alters, die gleichgültig beobachten, wie Salvatore sich erfolglos auf die Jagd nach einem halbwegs brauchbaren Empfang macht. Als er um die Kurve verschwunden ist, wandern ihre Blicke zu mir.

Ich schlucke den Kloß runter, der sich in meiner Kehle gebildet hat. Räuspere mich. »Kennen Sie den Toten?«

Fünfköpfiges Nicken. Beinahe synchron.

Eine halbe Minute lang warte ich darauf, dass jemand das Wort ergreift. Schließlich hake ich nach, mein Blick heftet sich auf die Bäuerin. »Wer ist er?«

»Mein Mann«, sagt sie.

»Ihr Mann?« Ungläubig schaue ich von ihr zu dem Gekreuzigten. Auch wenn ich in Betracht ziehe, dass der Tod den Mann am Kreuz hat altern lassen, sieht sie doch mindestens fünfzehn Jahre jünger aus als er. Hat sie sich so gut gehalten oder er sich so schlecht? Seine weißgrauen Unterhosen bauschen sich leise in der leichten Brise. Ich wende meinen Blick ab, möchte dem Toten seine Würde nicht nehmen, indem ich zusehe, wie ihm der Wind in den Feinripp fährt. Im Gesicht der Bäuerin bewegt sich nichts.

Ich schlucke. Man hat mich gewarnt. Dass die Menschen hier in den Bergen gefühlskalt sind, dass sie anstelle eines Herzens ein Lesegerät für Kreditkarten in sich tragen, aber über uns Bergamasker erzählt man Ähnliches und ich habe es deshalb für ein Vorurteil gehalten. Bis jetzt. Mein Blick wandert zu den anderen Gesichtern. Wie unsichtbare Masken tragen sie ihre Gleichgültigkeit vor sich her, mustern mich beinahe feindselig, als hätte ich ihr Unglück zu verantworten. Da ist sie wieder, diese Mauer.

Ich seufze. »Wann haben Sie ihn zum letzten Mal lebend gesehen?«

»Gestern«, sagt die Bäuerin, »zum Abendbrot.«

Keiner der anderen Anwesenden ergänzt etwas. Ich warte wieder, bis ich das Schweigen nicht aushalte. »Und danach?«

Die Bäuerin zuckt die Schultern. Hat der Mann nicht bei seiner Frau geschlafen? Hat sie sich nicht gewundert, dass er nach dem Abendbrot einfach verschwunden ist? Was stimmt nicht mit diesen Menschen?

»Ich muss Ihre Personalien aufnehmen«, sage ich, um irgendetwas zu sagen. Um irgendwas zu tun. Um dem Blick des Toten zu entkommen, der mir einen stummen Hilfeschrei sendet. ›Bedecke mich wenigstens‹, ruft er. Von fern hört man ein leises Donnergrollen. Ich zücke meinen Notizblock und sehe die Leute auffordernd an.

»Mit wem darf ich beginnen?«

»Wir haben unsere Ausweise im Haus«, sagt die Bäuerin. Ohne ein weiteres Wort wendet sie sich ab und setzt sich Richtung Bauernhaus in Bewegung, die anderen folgen ihr. Unentschlossen bleibe ich stehen und sehe hilfesuchend zu Salvatore, der ihnen in der Kurve entgegenkommt.

»Kein Empfang«, sagt er. »Darf ich Ihr Telefon benutzen?«

Die Bäuerin zuckt die Schultern und geht weiter. Nicht einen Blick verschwendet sie an den Leichnam ihres Mannes, der sich bleich vom düsteren Himmel abhebt.

Der Bergbauernhof ist frisch renoviert. Ein neues Dach mit Photovoltaikanlage, Fenster, die jeder Witterung trotzen und Geranien auf einem Balkon, der sich über die ganze Breite des Hauses zieht. Aus dem Stall im Erdgeschoß kommt leise Musik. Man sagt ja, dass die Kühe bei Mozart mehr Milch geben. Ob das allerdings auch für dieses volksdümmliche Gedöns gilt, halte ich für sehr fraglich.

Salvatore folgt der Bäuerin eine Steintreppe hoch, wo sich der Eingang zu den Wohnräumen befindet. Ich schließe mich an und trete hinter ihnen in einen dunklen Flur, in dem es nach Fettgebackenem und Kernseife riecht. In der hinteren Ecke hängen in kleinen Sträußen Kräuter von der Decke, geben der Duftmischung eine Note von Pfefferminze. Die Bäuerin deutet stumm auf ein Telefon auf einem Sims an der Wand und Salvatore stürzt sich dankbar darauf, während ich ihr in eine holzgetäfelte Stube folge. In der Ecke hängt ein Kreuz, umrahmt von Mistelzweigen, das mir wieder den bleichen Leichnam vor dem Hof in Erinnerung ruft. Die Bäuerin zieht einen Stuhl heraus, deutet darauf und ich setze mich dankbar. Dann verlässt sie die Stube durch eine weitere Holztür, die so niedrig ist, dass sogar sie sich bücken muss, obwohl sie nicht unbedingt groß gewachsen ist. Zu hören ist nur das leise Ticken einer emaillierten Pendeluhr.

Ich bleibe mir selbst überlassen. Mir selbst und meinen Gedanken. Berührt die Menschen dieses Oberplanitscher Hofs der Tod ihres Familienoberhaupts überhaupt nicht?

Haben sie sich überhaupt nicht darüber gewundert, dass der Mann nach dem Abendessen verschwunden blieb? Oder hing vielleicht auf dem Oberplanitscher Hof der Haussegen schief? Meine Gedanken wandern zu dem Toten, der draußen am Kreuz hängt. Ein neuerliches Grollen kündigt ein Unwetter an. Wie lange wird es dauern, bis das Expertenteam aus Bozen hier aufschlägt und endlich diesen Leichnam herunternimmt? Ihn bedeckt?

Vom Flur her sind Schritte zu hören. Eine der Frauen streckt den Kopf herein und mir gleich anschließend einen zerknitterten Personalausweis entgegen.

»Da«, sagt sie.

Ich schlage den Personalausweis auf. »Stocker«, lese ich laut vor. »Agnes? Sie sind …«, ich werfe einen Blick auf das Geburtsdatum, »die Tochter des Toten?«

Sie schüttelt den Kopf. »Schwester.«

Ich mache einen Vermerk. Immerhin eine Antwort, wenn auch nur ein Wort. »Haben Sie den Toten auch zum Abendbrot das letzte Mal gesehen?«

Sie nickt.

»Was hat's denn gegeben?«

»Mus.«

Haben die hier oben Angst, dass sich ihre Lebenszeit verkürzt, wenn sie mehr als ein Wort pro Satz verwenden?

»Hatte er mit irgendjemandem Streit?«, frage ich.

Kopfschütteln.

»Mit der Frau?«

Kopfschütteln.

»Wer tut dann so was?«

Sie zuckt die Schultern. So komme ich nicht weiter. »Sie müssen mir schon helfen. Oder wollen Sie nicht wissen, wer das war?«

Schulterzucken. Ich schnaufe einmal tief durch. Am liebsten würde ich die Frau schütteln. Bevor ich weiterfragen kann, öffnet sich die Tür und die zweite Frau tritt ein. Sie legt ihren Personalausweis auf den Tisch und stellt sich demonstrativ neben die andere.

»Stocker, Agnes.« Schon wieder. Ich schaue ungläubig zwischen den beiden hin und her.

»Agi«, sagt die Jüngere.

»Ich bin die Patentante«, erklärt die andere.

Ich nicke. Im Stillen sende ich ein Stoßgebet Richtung Himmel, übertrage die Personaldaten in meinen Notizblock und hoffe, dass Salvatore bald kommt und mich in dieser unangenehmen Lage unterstützt. Salvatore, der nächste Woche Richtung Sardinien verschwindet und mich allein lässt mit diesen … Menschen.

»Dann ist der … Tote … Ihr Vater?«

Sie nickt.

»Wissen Sie, wer das gemacht haben könnte?«

Sie schüttelt den Kopf. Aber der kurze Seitenblick zu ihrer Tante entgeht mir nicht.

»Sicher nicht?«

Kopfschütteln.

»Hatte Ihr Vater mit irgendwem Streit?«

Kopfschütteln.

Ich atme durch. Halte zurück, was ich denke. Nämlich, dass sie mit diesem verdammten Nicken und Kopfschütteln aufhören und mir sagen sollen, was hinter dem Mord steckt. Denn dass sie eine Ahnung haben, sehe ich.

Ich bin beinahe froh, als die beiden Männer den Raum betreten, gleichzeitig ihre Ausweise zu den anderen beiden legen und zum Glück nicht Agnes heißen. Sondern Anton und Andreas. Offenbar die Söhne des Bauern. Erster Wurf, denke ich sarkastisch. Ich fühle mich an die Hunde meines Schwiegervaters in spe erinnert. Deutsche Schäferhunde. Der erste Wurf bekommt einen Namen mit A am Anfang, der zweite einen Namen mit B. So hat er's auch bei seinen Kindern gehalten. Sein Ältester heißt Antonio, dann kam Beatrice, nach ihr Chiara … Na ja, nach irgendeinem Kriterium muss man den Kindern ja ihre Namen verpassen. Ich unterdrücke ein Seufzen, als ich dran denke, dass ich seit zwei Tagen nichts von Beatrice gehört habe, dann richte ich meine volle Aufmerksamkeit wieder auf die Zeugen.

»Die Söhne?«

Kopfnicken. Alles wie gehabt. »Dann frage ich auch Sie: Wann haben Sie Ihren Vater zum letzten Mal gesehen?«

»Abendbrot«, kommt unisono aus ihren Mündern.

Fasziniert starre ich sie an. Schaffen sie das auch ein zweites Mal? »Was hat's denn gegeben?«

»Mus.« So weit gibt es also Übereinstimmung.

Mit einer Kopfbewegung deute ich hinaus. Dahin, wo das Kreuz steht, an dem immer noch der Bauer hängt.

»Wer hat das gemacht?«

Keine Antwort. Im Gegenteil. Feindselig verschränken sie die Arme vor der Brust.

»Keine Ahnung?«

Kopfschütteln.

Mir reicht es mit den Spielchen. Egal wie verstockt die Menschen hier oben sind, sie sollen mit dem herausrücken, was sie wissen. Denn etwas wissen sie. Das spüre ich.

»Allein hat er sich nicht die Hände abgehackt und ans Kreuz gebunden.« Ich höre selbst, dass in meiner Stimme Unmut mitschwingt. Und der Unmut wird zu Wut, die in meinem Inneren zu brodeln beginnt, als auch auf diese Bemerkung keine Antwort kommt. Frustriert werfe ich die Hände hoch. »Nachbarn gibt es nicht. Ein Geist?« Ich weiß, dass dieses Verhalten unprofessionell ist, aber dieses verstockte Schweigen bringt mich zur Weißglut. Als Anton – oder ist es Andreas? – jetzt auch noch die Schultern hebt, reißt mir der Geduldsfaden. »Sie bleiben in dieser Stube, bis meine Kollegen aus Bozen kommen. Vielleicht sind Sie denen gegenüber weniger verstockt.«

In Andreas' Gesicht zuckt etwas. Will er gestehen? Ich schaue ihn aufmerksam an. »Ja?«

Er schüttelt den Kopf. »Ich muss in den Stall.«

»Dann gehen Sie in den Stall.« Ich deute auf die anderen Anwesenden. »Sie bleiben hier. Alle. In dieser Stube.«

Wir haben einen Verdächtigen

Am frühen Nachmittag sitzen wir zu dritt um den Tisch im gemütlichen Esszimmer des Pfarrers und drehen unsere Weingläser zwischen den Fingern. Mit den ersten Regentropfen ist die *Scientifica* am Oberplanitscher Hof eingetroffen. Haben uns erst das Kreuz abgeflucht, weil wir sie an den Arsch der Welt beordert haben, dann den toten Bauern vom Kreuz genommen. Den Tatzeitpunkt haben sie auf sechs bis acht Uhr am Vorabend geschätzt. Ich hab den Bericht geschrieben und nach Bozen gefaxt. Jetzt warte ich auf Weisungen von Colonello Coppola. Die vermutlich ebenfalls per Fax in der Carabinieristation eintreffen werden. Wenn überhaupt.

»Der Oberplanitscher also«, murmelt der Pfarrer. Er wirkt nachdenklich.

»Ja«, sage ich.

Und Salvatore: »Ehi sì.«

»Hat es da irgendwas gegeben? Irgendwelche Vorkommnisse? Streitereien? Etwas, das uns helfen könnte? Vielleicht in der Familie?« Ich schaue den Pfarrer hilfesuchend an, während ich mir den Oberplanitscher-Haufen in Erinnerung rufe. Die verschlossenen Gesichter, die Feindseligkeit, die sie mir entgegengebracht haben, die fehlende Trauer.

Valentin schüttelt den Kopf. »Soviel ich weiß, war da alles in Ordnung.«

Wir drehen weiter unsere Gläser. Valentin nimmt einen Schluck, stellt das Glas wieder hin. Er setzt zum Sprechen an, hält dann aber inne.

»Ja?«, frage ich.

»Ich weiß nicht, ob das wichtig ist«, sagt Valentin.

»Alles ist wichtig.«

Er nickt. »Also: Vor ein paar Monaten ist dem Moar der Hof abgebrannt. Großbrand, die Feuerwehren aus dem ganzen Bezirk haben's nicht geschafft, das Feuer zu löschen, bevor Haus und Hof bis auf die Grundmauern abgebrannt sind. Ein Millionenschaden. Damit er den Hof wieder aufbauen kann, hat der Moar ein paar Liegenschaften verkauft. Wälder, Wiesen, ein Grundstück auf der Alm. Man hört, der Oberplanitscher hat ihm ein ordentliches Stück Wald abgekauft.«

»Das ist doch gut«, sage ich.

Valentin wiegt den Kopf. »Er hat's weit unterm wirklichen Wert gekauft, heißt es. Hat die Not vom Moar ausgenutzt. Na ja …«

Ich wechsle einen Blick mit Salvatore, der nickt. Kein wirkliches Mordmotiv, aber besser als nichts. Eine Spur, der wir folgen können, bis die Weisungen aus Bozen kommen. Bis ein Staatsanwalt sich in das Geschehen mischt oder Coppola uns einen Ermittlungsleiter vor die Nase setzt.

»Lass uns vorbeifahren«, sagt Salvatore und wir stehen auf.

Der Moar höchstselbst

Diesmal führt uns eine schmale einspurige Straße bergab in ein düsteres Tal. Ich hoffe nur, dass uns niemand entgegenkommt. Dann, nachdem wir den Talgrund erreicht haben, windet sie sich wieder bergauf, bis wir unvermittelt den Wald verlassen und der Blick frei wird auf eine Wiese. Das Gras steht hoch und ist übersät mit bunt blühenden Blumen. So eine Farbenpracht habe ich noch nie gesehen. Am liebsten würde ich anhalten und das Bild für immer in meine Erinnerung einprägen, doch ein Blick auf Salvatores verkniffenes Gesicht erinnert mich daran, dass wir im Dienst sind.

Eine Kurve noch und wir stehen vor einem Rohbau. Auf dem Dachgiebel ein geschmücktes Bäumchen, bunte Bänder flattern im Wind. Das Giebelfest hat der Moar also schon gefeiert. Wir parken zwischen verkohlten Balken und Paletten mit Dachschindeln, steigen aus und sehen uns um. Neben dem Rohbau steht ein Container, dessen Tür sich soeben öffnet.

»Der Moar höchstselbst«, raunt Salvatore mir zu und deutet mit dem Kinn auf den Bauern mit dem finsteren Gesicht. Die Augen unter der vorgewölbten Stirn funkeln uns misstrauisch entgegen, seine Hände sind zu Fäusten geballt. Gleich packt er eine Sense und wirft sich uns entgegen, denke ich. Mir wird unbehaglich.

Freundlich bleiben, mahne ich mich, setze ein Lächeln auf, steige aus und gehe auf ihn zu. »Sie sind der Moar?«

»Ich war's nicht.«

Also einer, der kein Vorgeplänkel braucht.

»Was?«

Auf seiner Stirn erscheint eine tiefe Furche. »Das mit dem Oberplanitscher.«

»Sie wissen davon?«

Er zuckt die Schultern. Zumindest untereinander scheinen die Leute dann also doch zu sprechen. Aus den Augenwinkeln fange ich Salvatores Blick auf. So sieht deine Zukunft aus, vermittelt mir seine Grimasse. Sag später nicht, ich hätte dich nicht vorgewarnt.

Ich beiße die Zähne zusammen. Es ist nur für kurze Zeit. Salvatore deutet ein Kopfschütteln an. Das glaubst du, heißt es. Schau mich an. Vierzig Jahre. Plötzlich tut er mir leid. Vierzig Jahre lang der Feind. Vierzig Jahre lang auf eine schlechte Telefonverbindung angewiesen sein, um mit Freunden sprechen zu können. Mir wird das nicht passieren. Mir nicht.

Ich straffe meine Schultern und wende mich wieder an den Moar. »Dann können Sie uns sicher sagen, was Sie gestern zwischen sechs und acht Uhr am Abend gemacht haben?«

Er nickt.

Ich seufze. »Also?«

»Ich war im Bergblick. Sogar bis neun. Frag ruhig die Rosa.«

Er duzt mich? Ich wechsle einen Blick mit Salvatore, um zu ergründen, ob das als Affront gemeint ist.

Er grinst. »Was hast denn bei der Rosa getan, Moar?«, fragt er.

»Gekartet.«

Wir sind also wieder bei den Ein-Wort-Sätzen angelangt.

»Karten gespielt hast aber sicher nicht allein«, sagt Salvatore.

Der Moar schüttelt den Kopf. »Der Hans, der Peter und der Ander waren auch dabei.«

»Na, also«, sagt Salvatore. »Der Piffer Hans, der Steiner Peter und der …?«

»Schenk Ander.«

Salvatore nickt mir zu, ich kritzle die Namen in mein Notizbuch.

»Siehst. So schwer war das doch nicht, Moar, oder?«

Der Bauer zuckt die Schultern. »War's das?«

»Das war's.« Salvatore schaut sich um. »Wie geht's mit dem Hof voran?«

»Das Viech kann im Herbst einziehen. Ich erst im Frühjahr.«

»Dafür hast ein neues Haus.«

»Das alte hätt's schon noch getan.«

Salvatore nickt. »Hast sonst noch einen Tipp für uns?«

Die Miene des Moar Bauern verfinstert sich wieder. »Ich bin keiner, der die anderen ausrichtet.«

»Es geht nicht ums Ausrichten«, erklärt Salvatore.

»Da ist einer umgebracht worden. Wer das getan hat, muss bestraft werden. Find'st nicht?«

»Wer das getan hat, wird schon wissen, warum er's getan hat«, brummt der Moar. »Ich war's nicht und mehr interessiert mich nicht.«

Kein einziges Wort

»Der Moar hat gesagt, er war gestern von sechs bis neun mit Ihnen zusammen hier im Bergblick.«

Der Piffer Hans nickt. Vor ihm steht ein Glas Rotwein. Mit sichtbarem Widerwillen hat er sich von seinen Kumpels getrennt, um Salvatore und mir Rede und Antwort zu stehen. Jetzt sitzt er da, dreht sein Weinglas und schweigt. Auch die Gespräche am Nebentisch sind verstummt. Das Schweigen wird vom Ticken der emaillierten Pendeluhr an der Wand verstärkt. Es ist kurz nach vier und das halbe Dorf ist hier im Gasthof versammelt. Müssen die nicht arbeiten?

Salvatore schürzt die Lippen. »Er ist nie rausgegangen?«

Kopfschütteln.

»Nicht einmal aufs Klo?« Noch während ich die Frage stelle, fällt mir selbst auf, wie dumm sie ist. Selbst wenn der Moar für fünf Minuten aufs Klo verschwunden wäre, hätte er es in der Zeit nicht geschafft, die Bergstraße hoch bis zum Oberplanitscher zu fahren, den Bauern kaltblütig zu ermorden, ihn mit abgehackten Händen ans Kreuz zu fesseln und zur nächsten Runde wieder mit den anderen Männern im Bergblick am Tisch zu sitzen. Der Piffer Hans nickt, als könne er meine Gedanken erraten. Ich atme durch. »Wer war's dann?«

Schulterzucken.

Ich habe plötzlich Lust, den Kerl an den vermaledeiten Schultern zu packen und diese Lethargie aus ihm herauszuschütteln. Irgendetwas sagt mir, dass er was weiß, dass er vielleicht sogar weiß, wer der Mörder ist. Wieso, verdammt noch mal, rückt er nicht raus damit?

Salvatore erhebt sich und hält dem Piffer Hans die Hand hin. »Vielen Dank. Wenn Sie was wissen, melden Sie sich.«

Er hat wohl irgendwie gespürt, dass ich kurz davor bin, dem Kerl an die Gurgel zu gehen.

Der Piffer Hans nickt, steht auf, ignoriert die Hand. Dann dreht er sich um und verschwindet durch die Tür. Während des ganzen Verhörs hat er nicht ein einziges Wort gesagt.

»Was war denn das jetzt, bitte schön?« Ich möchte meinen Kopf auf den Tisch schlagen. »Eine stumme Zeugenaussage?«

Salvatore zuckt die Schultern. »So sind sie eben.«

»Und was schreib ich in meinen Bericht?«

»Schreib einfach, dass der Piffer Hans sich zu den Fragen nicht äußert.«

Statt einer Antwort schnaube ich. Ich bin einen Tag lang hier und die Menschen nerven mich jetzt schon.

Man hält mehr aus, als man denkt

Am späten Nachmittag sitzen wir in der Küche der Carabinieristation und essen. Salvatore hat es sich nicht nehmen lassen, mich zu bekochen. Die Gnocchi alla romana schmecken fantastisch, doch mehr als ein paar Bissen kriege ich nicht hinunter. Nach weiteren Verhören mit dem Schenk Ander und der Rosa Oberrauch, die mehr oder weniger gleich verlaufen sind wie das mit dem Piffer Hans, bin ich am Ende mit meinen Nerven. Die Situation, nein, die Atmosphäre in diesem Tal verschlägt mir den Appetit.

»Ich halte das nicht aus«, sage ich.

»Man hält mehr aus, als man denkt.« Salvatore klingt gleichgültig. »Glaub mir. Ich spreche aus vierzigjähriger Erfahrung.«

Mir wird übel. Ich muss raus aus dem Loch. Nicht einmal ein Jahr halte ich es hier aus. Verzweifelt blicke ich meinen Vorgänger an. Der errät, was in meinem Kopf vorgeht.

»Weißt du was? Mach Schluss für heute. Die Berichte schreib ich. Du fährst raus in die Zivilisation, kaufst ein Bett und rufst deine Verlobte an. Danach geht's dir wieder besser. Wirst sehen.«

Ich ergreife den Strohhalm, den er mir hinhält, verlasse fluchtartig die Carabinieristation und springe in mein Auto. Endlos scheint mir die Straße aus dem Tal in das

Talbecken, dann schließlich bin ich draußen. Sonnenlicht umfängt mich. Während sich im Tal die letzten Sonnenstrahlen schon längst verabschiedet haben, ist es hier noch hell und warm. Die Last der vergangenen Tage fällt von mir ab.

Plötzlich gibt das Telefon Alarm, nur so kann man es nennen. Eine Unmenge an Nachrichten geht ein, ein Signalton jagt den nächsten. Ich habe wieder Empfang. Bei der nächsten Gelegenheit fahre ich rechts ran. Dreiundvierzig Nachrichten von Beatrice. Ich lese sie alle, spüre ihren wachsenden Unmut. Bei der letzten stockt mir der Atem.

Du kannst mich mal. Heute Abend gehe ich mit Enzo aus.

Enzo … ihr Ex. Ich schlucke. Die Nachricht ist von heute Nachmittag. Ist es zu spät? Mit fliegenden Fingern wähle ich ihre Telefonnummer. Das Freizeichen ertönt. Einmal. Zweimal. Sie geht nicht ran. Meine Beatrice geht nicht ran. Gerade als ich entmutigt auflegen will, knackst es in der Leitung.

»Beatrice?«

»Was?«

Mein Mut sinkt bei ihrem ärgerlichen Tonfall und ich versuche, ihrer unweigerlichen Gardinenpredigt zuvorzukommen. »Ich liebe dich.«

Ein Schnauben ist die Antwort. Pause. »Drei Tage, Pietro! Drei Tage! In denen ich nicht weiß, ob du noch lebst, ob du verschwunden bist, ob du mich vergessen hast …«

»Dieses Dorf, in das mich dein Vater versetzt hat …«

»Lass meinen Vater aus dem Spiel!«

»… hat keinen Handyempfang.«

Schweigen am anderen Ende der Leitung. Pause. »Ja, das hab ich gemerkt. Aber ein Büro hast du doch, oder? Mit Internet.«

»Ja, eines mit einem 56K-Modem. Da läuft grad das E-Mail-Programm der Carabinieri. Die Yahoo-Seite krieg ich schon nicht auf.«

»Und anrufen?«

»Vom Diensttelefon?« Da Beatrices Vater selbst Carabiniere ist, weiß sie, dass es uns verboten ist, vom Diensttelefon Privatgespräche zu führen.

Sie geht nicht drauf ein. »Wann kommst du?«

»Frag deinen Vater.«

»Du sollst meinen …«

»Beatrice«, unterbreche ich sie sanft. »Lass uns nicht streiten. Ich werde meine Sache gut machen. So gut, dass dein Vater erkennt, dass ich ein guter Mann bin. Deiner würdig. Ja? Dass er uns seinen Segen gibt für die Hochzeit. Ja?«

Ein leichtes Zögern am anderen Ende der Leitung. »Einverstanden.« Ihre Stimme ist leise, traurig irgendwie. »Aber ruf mich öfter an. Nicht nur alle drei Tage.«

»Ich rufe alle Tage an«, sage ich. »Abends nach Dienstschluss. Wenn ich aus dem Tal rausfahren kann. Du musst geduldig sein.«

Sie schnaubt wieder. Geduld ist nicht ihre größte Stärke.

»Und, Beatrice?«

»Ja?«

»Gehst du wirklich mit Enzo aus?« Mein Herz klopft.

Sie lacht leise. »Bin ich blöd? Ich hab gewusst, dass du dich meldest, wenn ich das schreibe.«

Ich atme erleichtert aus. Alles ist gut.

Tag 3 – Mittwoch

Nix zu sagen

»Ich hab nix dazu zu sagen.« Der Steiner Peter, Eigentümer eines kleinen Sägewerks, den wir gleich am Morgen des nächsten Tages aufsuchen, verschränkt demonstrativ die Arme vor der Brust und lehnt sich an den Stapel von unbearbeiteten Baumstämmen, der vor seinem Sägewerk gelagert ist.

»Was nix?« Stur sein kann ich auch. Salvatore verkneift sich ein Grinsen.

»Nix halt.« Der Steiner Peter müffelt nach altem Schweiß. In seinen buschigen Augenbrauen hängt Sägemehl ebenso wie auf seinem karierten Flanellhemd. »Zum Oberplanitscher und so.«

»Gut«, sage ich, klappe mein Notizbuch zusammen und verstaue es umständlich in der Brusttasche meiner Uniform. »Dann gebe ich das so den Kollegen in Bozen weiter. Die werden Sie dann zum Verhör einladen. Salvatore, wer hat dort den Fall?«

»Il brutto.« Salvatore spielt mit. »Ich hab gehört, dass er ihn schon über hat.«

»Il brutto«, sage ich. »So, so. Der soll zurzeit ganz besonders mies drauf sein.«

»Ja. Seine Frau hat ihn verlassen.« Salvatore seufzt. »Vergangene Woche hat er beim Verhör einen Zeugen krankenhausreif geschlagen.«

Ich beiße mir auf die Lippen, um nicht laut loszulachen. Salvatore trägt gar zu dick auf, aber bei dem Steiner Peter haben die Lügenmärchen Erfolg.

»Wieso?«, fragt er mit wachsamem Gesichtsausdruck.

»Na ja. Der wollte wohl keine Aussage machen. Aber keine Angst. Solang Sie auf seine Fragen antworten, haben Sie nichts zu befürchten.«

Ich nutze die Chance. »Sie können aber auch bei mir zu Protokoll geben, was Sie wissen.«

Der Steiner Peter nickt bereitwillig. »Ich hab aber wirklich keine Ahnung, wer das gemacht hat.«

»Wo waren Sie am Montag von sechs bis neun am Abend?«

Der Steiner Peter wirkt erleichtert. »Kartenspielen. Im Bergblick. Mit dem Ander und dem Moar und mit …« Er überlegt.

»Mit dem Piffer Hans?«

Er nickt erleichtert.

»Wer war sonst noch im Bergblick?«, frage ich.

Er denkt nach. »Die Rosa«, sagt er dann. Überlegt weiter. »Der Santner Lois, der Poster Karl und der Obergnoalbauer. Und die Miedl halt auch.«

Die Miedl, so viel weiß ich mittlerweile, ist die Kellnerin im Bergblick. »Und was haben die getan?«

»Ihren Leps getrunken halt auch.« Er schaut mich an, als würde er mir die Zurechnungsfähigkeit absprechen. In die Kneipe kommt man, um seinen billigen Wein zu trinken, was sonst.

Ich nicke. »Gibt es im Dorf irgendwelche Gerüchte, wer der Täter sein könnte?«

Sofort ziehen sich seine buschigen Augenbrauen wieder zusammen. »Nein«, sagt er viel zu schnell.

Ich wechsle einen Blick mit Salvatore. Er denkt dasselbe wie ich: Der Steiner Peter verschweigt etwas.

Also weiter. »Hat der Oberplanitscher Bauer Feinde gehabt?«

Wieder ein viel zu schnelles »Nein«.

Ich zähle innerlich bis zehn, bevor ich weitermache. »Was haben Sie selbst für ein Verhältnis zum Oberplanitscher gehabt?«

Er reißt die Augen auf. »Warum?«

»Ich stelle hier die Fragen.«

Die Antwort ist dem Kerl wohl von den Kommissaren der SOKO aus dem Abendprogramm vertraut, und das scheint ihm Sicherheit einzuflößen. »Ich hab mit dem nix zu tun gehabt. Schon gar kein Verhältnis. Meine Säge steht im Talgrund. Der Oberplanitscher lebt in Berg. Wir haben uns nur zum Kirchgang getroffen. «

»Hat irgendwer mehr mit ihm zu tun gehabt?«

»Das weiß ich nicht.« Der Steiner Peter verschränkt wieder die Arme.

Ich überlege, ob ich noch eine Anspielung auf *Il brutto* machen soll, da kommt eine braunhaarige Frau aus dem Haus.

»Herr Maresciallo?«, fragt sie unsicher. Wedelt mit einem schnurlosen Telefon herum. »Ein Anruf für Sie.«

Ich wechsle einen Blick mit Salvatore, der zum Haus geht und von der Frau den Hörer entgegennimmt. »Pronto?«, sagt er. Dann: »Sì. Chi? Dove? Veniamo subito.« Was kann so dringend sein, dass wir sofort kommen sollen?

Er gibt das Telefon wieder zurück. »Es gibt noch einen Toten.« Sein Blick flackert zum Steiner Peter hinüber, dem die Farbe aus den Wangen weicht.

»Wer?«, fragt er, bevor ich es tun kann, doch an seinem Gesichtsausdruck sehe ich, dass er die Antwort schon kennt.

Salvatore nickt langsam. »Ihr Bruder«, sagt er leise. »Hans. Und es sieht so aus, als wäre auch er …« Er wechselt einen vielsagenden Blick mit mir, dann räuspert er sich. »Mein Beileid, Herr Steiner. Frau Steiner …«

Der Steiner Peter lässt sich auf einen Stapel mit grob behauenen Baumstämmen fallen. Er schnappt nach Luft. Weint er? Seine Frau steht hinter ihm, streicht über seinen Rücken. Die Miene unbewegt.

»Herr Steiner?«, frage ich ganz sanft.

Doch er hebt seinen Blick nicht. »Ich hab's ihm gesagt«, flüstert er. »Ich hab's ihm gesagt.«

»Was haben Sie ihm gesagt?«, frage ich.

Die Hände seiner Frau krallen sich in seinen Nacken. Der Steiner Peter versteht. Kein Wort kommt mehr von ihm. Stattdessen vergräbt er das Gesicht in den Händen, schluchzt hart, schnappt nach Luft. Dann schreit er laut auf. Rau übertönt sein Schrei das Rauschen des nahen Gebirgsbachs.

Ich suche Salvatores Blick. Der zuckt die Schultern. »Gehen Sie ins Haus, Herr Steiner«, sagt er. »Frau Steiner, kümmern Sie sich um Ihren Mann? Wir … kommen morgen wieder.«

Noch einmal schreit der Steiner, dass man Angst kriegen könnte, er löse mit dem Gebrüll eine Lawine aus. Die Natur hält stand.

»Auf Wiedersehen«, sagt seine Frau, ohne uns anzusehen. Dann hilft sie ihrem Mann hoch und stützt ihn auf dem Weg zum Wohnhaus.

»Die …« Ich lasse den Satz unvollendet, aber Salvatore hat mich verstanden. Der Steiner war nicht überrascht bei der Nachricht vom Tod seines Bruders. Seine Ehefrau ebenso wenig. Doch sie verheimlichen uns irgendetwas. Wenn es *Il brutto* wirklich gäbe, müsste er jetzt definitiv sein Können beweisen. Ich würde meine rechte Hand drauf verwetten, dass die beiden den Mörder kennen. Aber sie werden ihn nicht verraten.

»Glaubst du …?« Salvatore braucht nichts zu sagen. Wir verstehen uns auch ohne Worte. Ob es bei den zwei Toten bleiben wird?

Keine Frau

Wieder geht es unzählige Serpentinen den Berg hoch, wieder durch Wald. Wieder zu einem Tatort. Statt Leitplanken säumen hohe Fichtenstämme die Straße. Salvatore schaut unbeteiligt hinaus in den Nebel, der über dem moosigen Boden wabert.

»Zurück gehe ich zu Fuß«, sagt er irgendwann.

»Aha.« Ich frage mich, was er in dem nasskalten Wetter will.

Er greift meine unausgesprochene Frage auf. »Pilzwetter.«

Wieder mache ich »aha« und konzentriere mich auf den Weg. Die Straße wird noch enger, die Schlaglöcher sind zahlreicher als die geteerten Stellen, Ausweichmöglichkeiten so gut wie nicht vorhanden. Kein Wunder, dass die Menschen hier so seltsam sind. Wer nicht im Dorf wohnt, lebt abgeschottet von der Zivilisation.

»Wenn eine Seuche ausbricht oder der dritte Weltkrieg, kriegen die es erst ein Jahr später mit«, witzle ich.

Salvatore nickt ungerührt. »Wenn's reicht.«

Wieder kommen wir plötzlich aus dem Wald. Rechts tut sich ein Abgrund auf. Mein Herzschlag beschleunigt sich und meine Finger krampfen sich um das Lenkrad. Links steigt eine steile Wiese an, von der sich graue Fellkugeln wie Tupfer abheben. Schafe. Kühe müsste der

Bauer wohl anseilen, damit sie nicht ins Tal stürzen. Der Hof krallt sich in den Abhang, duckt sich unter eine Felswand gleich dahinter. Hier brauchen selbst die Hühner Steigeisen, denke ich und manövriere den Wagen neben einen Speltenzaun, hinter dem ein paar Kartoffelstauden vor sich hin kümmern. Ein Hund schlägt an und einen Moment später läuft uns ein massiger Berner Sennenmischling mit aufgestellter Bürste entgegen, die Kette hinter sich her schleifend, mit der er an den Hof gefesselt ist. Irgendwo unter seinen Ahnen muss sich ein Mammut befinden, so groß ist das Vieh. Salvatore und ich sehen uns an.

»Er wird uns schon nicht fressen«, sagt Salvatore. Ganz überzeugt klingt es nicht. Aber wir müssen unser Glück nicht auf die Probe stellen. Hinter dem Riesenvieh biegt ein Alter um die Ecke, den Oberkörper so weit nach vorn gebeugt, als würde er jeden Moment Übergewicht kriegen und nach vorne kippen. Kaum sieht er unseren Wagen, fällt ein Vorhang des Misstrauens über sein Gesicht. Er schlurft auf uns zu, bleibt dann doch stehen.

»Kusch«, sagt er und das Berner Sennenmonster schiebt schwerfällig ab.

Wir steigen aus dem Wagen, grüßen. Der Alte schaut uns abschätzig an und bedeutet uns wortlos, ihm zu folgen, geht um den Hof herum und dann einen Trampelpfad den Abhang hoch, quer durch die Wiese. Auf zwei Metern Weg macht man einen Höhenmeter. Nach fünf Minuten schnaufe ich wie ein Dampfross, Salvatore geht es nicht besser, nur dem Alten merkt man nichts an. Der kraxelt den Abhang hoch wie eine junge Geiß, bleibt dann doch irgendwann stehen und wartet auf uns. Ich nutze die kurze Pause, um zu Atem zu kommen, stütze die Hände auf den Knien ab und schaue Richtung Tal. Der Hochnebel liegt uns wie eine weiße Kuscheldecke zu Füßen, über uns spannt sich ein wolkenloser Himmel. Der Ausblick verschlägt mir die Sprache.

»Geht's wieder?«, fragt der Alte, wartet unsere Antwort jedoch nicht ab, sondern bahnt sich einen Weg durch die Wiese Richtung Waldrand.

Und da hängt er. Der Bruder vom Steiner Peter. Er gleicht ihm wie ein Ei dem anderen. Nur dass er tot ist. Aus dem Wald, der gleich hinter dem Marterl beginnt, kriecht der Nebel, lässt den Steilhang und die Bäume verschwimmen und in mir ein Frösteln aufsteigen, das nichts mit Kälte zu tun hat.

Als wir ankommen, bleiben wir stumm unter dem Kreuz stehen. Der grausam zugerichtete Tote nimmt den Platz der Holzfigur ein, die ursprünglich da oben hing und nun im Gras liegt. Die Bittschrift auf dem Holztäfelchen unter seinem linken Arm ist der pure Hohn: ›Schau auf unsre Wege, dass wir die rechten geh'n und bitt für uns dort oben, dass wir uns wiederseh'n.‹ Einen kurzen Augenblick schiebt sich ein Bild in mein Denken: Der Tote legt beim Himmelsvater ein gutes Wort für seine Mörder ein. Dann schiebe ich es weg. Wer so eine Tat begeht, darf nicht auf Vergebung hoffen.

Gegen meinen Widerstand richte ich meine Aufmerksamkeit wieder auf den Toten. Blicklos starrt er ins Tal. Dieselben buschigen Augenbrauen wie sein Bruder, dieselben Bartstoppeln, nur das Sägemehl im Haar fehlt und das Flanellhemd, denn auch er ist nackt. Nackt bis auf die Unterhose. Wie der Oberplanitscher Bauer ist er mit ausgestreckten Armen an das Holzkreuz gefesselt, seine Hände sind zwei blutige Stümpfe, an denen geronnenes Blut klebt. Mein Blick wandert suchend nach unten und findet das Glas mit dem Sträußchen Vergissmeinnicht.

Neben mir regt sich Salvatore. »Derselbe Täter.«

»Schaut so aus.« Ich reiße meinen Blick los und wende mich dem Alten zu. »Sie haben ihn gefunden?«

Er nickt.

»Wann?«

»Vorher.«

Ich schnalze ungeduldig mit der Zunge. »Gibt's auch eine genauere Zeitangabe?«

Sein Gesichtsausdruck, der vorher schon nicht freundlich war, wird noch eine Spur finsterer. »Als ich ihn gefunden hab, bin ich gleich zum Haus zurück und hab angerufen.«

Ich überschlage im Kopf, wie lange wir vom Dorf herauf gebraucht haben und wie lange er von hier bis zum Wohnhaus gebraucht hat. »Vor einer Stunde also?«

Unwirsch nickt er.

»Ich rufe im Comando Provinciale an«, sagt Salvatore. »Telefon ist im Haus? Tür offen?« Als der Alte nickt, macht er sich auf den Weg zurück und lässt mich allein mit dem Toten und seinem Finder, der ihm finster nachblickt. Dann bückt er sich nach der Christusfigur auf dem Boden, wischt Erde und Gras von ihr. Ehrfürchtig. Beinahe liebevoll. Er hebt sie hoch. Sein Blick wandert zum Toten, unwillig verzieht sich sein Gesicht. Bevor er auf die Idee kommt, der Scientifica ins Werk zu pfuschen und womöglich den Leichnam vom Kreuz zu nehmen, um die Holzfigur an ihren angestammten Platz zu hängen, räuspere ich mich.

»Sie sind Facharbeiter hier auf dem Hof?« Dumme Frage. Der Kerl ist scheintot, das Gesicht ein einziges Faltengebirge. Er kann unmöglich noch berufstätig sein.

»Ich bin der Knecht.« Stolz schwingt in seiner Stimme mit.

Und wir beschweren uns, dass wir bis fünfundsechzig arbeiten sollen, denke ich.

»Kann ich Ihre Personalien aufnehmen?«

»Und er?« Mit dem Kinn deutet er auf seinen Bauern. Viel Zuneigung kann ich in der Geste nicht erkennen.

»Das macht die Scientifica«, erkläre ich. »Wir fassen besser nichts an.«

Ungerührt zuckt er die Schultern.

»Beginnen wir mit Ihrem Namen«, sage ich. Den kleinen Block, den ich ständig mit mir herumtrage, habe ich schon gezückt.

»Zenleser Sepp.«

Ich wiederhole den Namen, während ich ihn niederschreibe, um sicherzugehen, dass ich ihn richtig verstanden habe. »Knecht auf dem Steiner Hof.«

»Egg Hof«, sagt der Alte.

»Egg Hof?«

»So heißt der Hof. Der Steiner Hans ist der Bauer.«

Ich fühle mich an einen Tolstoi-Roman erinnert. Jeder hier scheint zwanzig Namen zu haben. Der Steiner Hans ist auch gleichzeitig der Egg Hans oder der Egger Bauer oder einfach nur der Hans und vermutlich stellt sich dann später heraus, dass er gar nicht Hans heißt, sondern Johann oder Johannes. Da fällt mir etwas ein. »Steht in ihrem Ausweis auch Sepp?«

Der Alte zwickt seine Augenschlitze noch schmaler zusammen. »Da steht Giuseppe.«

»Oh, Sie sind Italiener?« Erleichtert beschließe ich, den Rest der Vernehmung in meiner Muttersprache durchzuführen, da schnaubt er unwillig.

»Den Namen hab ich eurem Duce zu verdanken. Wenn man da geboren worden ist und der Vater gesagt hat, man heißt Josef, hat der Standesbeamte automatisch Giuseppe draus gemacht. Und dann rennt man ein Leben lang mit so einem walschen Namen herum.«

Ich fühle mich schuldig, obwohl ich weiß Gott nicht zu diesem Unrecht beigetragen habe. »Also Giuseppe? Wohnt sonst noch jemand auf dem Hof?«

Er schüttelt den Kopf. »Nur ich und der Bauer.«

»Keine Frau?«

Er sieht mich merkwürdig an. Dann schüttelt er langsam den Kopf. »Keine Frau.«

Und wieder habe ich das Gefühl, nicht die ganze Wahrheit zu hören.

Das Böse hat Einzug gehalten

Auf der Suche nach Antworten auf die Fragen, die dieser neue Mord aufwirft, mache ich mich auf den Weg zum Pfarrer. Salvatore ist mit der Umzugsfirma beschäftigt und hat angekündigt, nachher die letzten Knödel seines Lebens essen zu wollen. Im Bergblick natürlich, doch da zieht es mich definitiv nicht hin. Die mürrisch-abweisenden Gesichter der Menschen, denen ich dort unweigerlich begegnen würde, würden mir den Appetit verschlagen. Natürlich könnte ich mein eigenes Essen kochen, aber in der Carabinieristation gibt es ein Telefon und ich ahne, dass die Reaktion des Staatsanwalts auf diese neue Bluttat nicht lang auf sich warten lassen wird. Endlich mal ist die Funkstille in diesem Tal ein Segen, und der Besuch beim Pfarrer verschafft mir eine Galgenfrist.

Unterwegs begegnet mir der Linienbus, aus dem ein einziger Fahrgast steigt. Ein Junge. Verloren blickt er sich um, dann überquert er die Straße und läuft an der brusthohen Mauer entlang, die von der Kirche aus rund um den Friedhof läuft. Vor dem Eingang zum Gottesacker bleibt er stehen. Sieht zu dem drei Meter hohen Kreuz mit einer Christusfigur auf, deren Holz schwarz von der Sonne ist. Unwillkürlich habe ich die Bilder des Oberplanitscher und des Egg Bauern vor Augen und ein

Schauder läuft über meinen Rücken. Nie mehr werde ich ein Wegkreuz ansehen können, ohne an die Toten zu denken.

Als könne er die Pein auf dem Gesicht des Heilands ebenso wenig ertragen wie ich meine Erinnerungen, wendet der Junge den Blick ab, betritt den Friedhof und verschwindet so aus meinem Blickfeld.

Mein erster Eindruck als Valentin mir die Tür öffnet: Er sieht zerknittert aus. Das blonde Haar, das er sonst jugendlich frech mit Gel frisiert, ist an den Kopf gedrückt und wirkt stumpf, genau wie seine Haut.

»Schlecht geschlafen?«, frage ich ihn zur Begrüßung.

»Frag nicht«, sagt er und zieht die Schultern hoch. Dann betrachtet er mich kritisch. »Du hast Nachrichten? Wie's ausschaut, keine guten …«

Ich nicke. »Ich komme grad vom Egghof. Der Bauer …« Hilflos breite ich meine Arme aus.

Valentin wird bleich. »Tot?«

»Tot. Gekreuzigt. Wie der Oberplanitscher Bauer. Alles wie gehabt. Inklusive Vergissmeinnicht.«

Pfarrer Valentin fährt sich durchs Haar, das daraufhin wild in alle Richtungen vom Kopf absteht. »Ich brauch zuerst einmal einen Kaffee«, sagt er. »Sonst geht gar nichts. Magst du auch einen?« Stumm bedeutet er mir, ihm zu folgen, und geht mir voran in die Küche. Beim Betreten von Annas Heiligtum schlägt mir der Geruch des Feuers aus dem Holzherd entgegen und die Wärme treibt mir den Schweiß aus den Poren. In einem tiefen Doppelbecken aus Keramik stapelt sich Geschirr. Der Boden aus Linoleum biegt sich an den Rändern hoch. Vor dem Herd ist er so abgewetzt, dass man die Farbe kaum noch erkennen kann, so wie bei den Vorhängen das rot-weiße Karomuster kaum mehr sichtbar ist. Ich fühle mich wie ins 19. Jahrhundert katapultiert.

Valentin lässt sich auf einen Stuhl sinken, vergräbt den Kopf in seinen Händen, richtet sich wieder auf. »Die Anna … hat gekündigt.«

Ich runzle die Stirn. So plötzlich? Warum?

Valentin versteht meine unausgesprochene Frage. »Keine Ahnung warum. Sie ist weg.«

Seufzend steht er auf und geht zum Herd. Stumm sehe ich zu, wie er eine *Macchinetta Napolitana* mit Wasser und Kaffeepulver füllt und auf den Herd setzt.

»Also der Egger Bauer war jetzt dran«, sagt er dann, ohne mich anzuschauen.

Ich nicke, warte ab, ob da noch etwas kommt. Aus der kleinen Tülle zischt Dampf auf die Herdplatte, Valentin packt das Teil mit beiden Händen und dreht es mit Schwung um. Während der Kaffee gluckernd durch den Filter läuft, kramt er zwei Tassen aus der Spüle und hält sie unter fließendes Wasser.

»Entschuldige das Chaos. War alles ein bisschen unvermittelt.«

Ich lasse das unkommentiert. Mein Blick schweift durch das offene Fenster nach draußen. Grab reiht sich an

Grab. Vielleicht hat die Häuserin den Anblick des Friedhofs nicht mehr ertragen. Den Tod ständig im Angesicht zu haben, ist vielleicht gerade für einen älteren Menschen nicht so angenehm. Obwohl es eigentlich ein schöner Anblick ist. Diese Südtiroler Friedhöfe haben was. Keine Marmorwüste wie bei uns, unpersönliche Grabmonumente mit Plastikblumen und flackernden LED-Kerzen. Hier reiht sich ein buntes Beet an das nächste, jeder Grabstein schaut anders aus, erzählt etwas über die Persönlichkeit des Verstorbenen. Ein Garten, über dem der süße Duft von Tausenden von Blüten schweben muss. Verstärkt wird das romantische Bild heute von dem Jungen, den ich bereits auf meinem Weg zu Valentin beobachtet habe. Reihe um Reihe schreitet er die Gräber ab. Vor einem frisch aufgeworfenen Erdhügel bleibt er stehen, streicht mit den Fingern über das einfache Holzkreuz mit dem Trauerflor. In der Geste liegt eine Zärtlichkeit, die mich anrührt. Wer wohl hier begraben liegt? Ein Familienmitglied? Seine Liebste? Bevor ich danach fragen kann, stellt Valentin die beiden Tassen zu der Kaffeekanne auf das Tablett.

»Trinken wir ihn drüben? Hier ist es mir einfach zu warm.«

Ich stimme zu, erhebe mich und folge ihm ins Wohnzimmer, in dem er uns das erste Mal empfangen hat. Als wir in dem sonnigen Raum sitzen, die beiden Kaffeetassen vor uns, komme ich zur Sache.

»Was haben der Oberplanitscher und der Egger Bauer gemeinsam?«

Valentin überlegt. »Beide waren Bergbauern.«

»Das sollte kein Todesurteil sein.«

»Nein.« Valentin schaufelt Zucker in seine Tasse. Einen Löffel. Zwei Löffel. »Der Oberplanitscher hat dem Moar das Grundstück zu einem Spottpreis abgekauft, der Egger Bauer hat als Einziger nichts gespendet, als wir die Kollekte für den Moar gemacht haben.«

Wieder dieser Moar. Sollte der doch etwas mit der Sache zu tun haben? Dann verwerfe ich den Gedanken wieder. Sein Alibi für den Mord am Oberplanitscher Bauer ist hieb- und stichfest. Von mehreren Seiten bestätigt. Aber wegen des neuen Mords werde ich wohl noch mal mit ihm sprechen müssen. Es ist ein dürftiges Mordmotiv, dass jemand nichts gespendet hat bei einer Kollekte, das ist mir bewusst, aber Menschen haben schon aus nichtigeren Gründen gemordet.

Ich rufe mir den Weg zu den Höfen in Erinnerung. Der Oberplanitscher liegt in dem Gebiet, das Berg genannt wird. Das ist vom Moar aus, der in Außertal lebt, nur über das Dorf erreichbar. Dasselbe gilt für den Hof vom Egger Bauern. Obwohl alle drei Höfe ungefähr auf derselben Höhe liegen, hätte der Moar – sollte er wirklich der Mörder sein – über das Dorf fahren müssen, um von einem Hof zum anderen zu gelangen. Ob es Zeugen gibt im Dorf? Zeugen, die auch mit mir sprechen? Irgendwas sagt mir, dass die Bewohner von Tal eine Ahnung haben, wer die beiden Marterle-Morde auf dem Gewissen haben könnte. Dass sie sich mit dem Mörder verbrüdern.

Aber warum? Warum stellen sie sich hinter einen Kerl, der Menschen die Arme abhackt und sie dann ans Kreuz hängt? Haben die beiden etwas Verwerfliches getan? Etwas, das niemand im Dorf gutheißt? Ich schaue rüber zu Valentin, der reglos vor sich hinstarrt, den Zuckerlöffel immer noch in der Hand.

Er bemerkt meinen Blick und sieht mich an. Aus seinen Augen, die normalerweise so liebenswürdig und warm wirken, blitzt etwas Gehetztes, Diabolisches, das ich nicht in Worte fassen kann.

»Der Teufel hat Einzug gehalten in dieses Dorf.«

So etwas habe ich aus seinem Mund nicht erwartet. Es erschreckt mich. »Wie meinst du das?«

»Etwas Böses liegt in der Luft. Ich spüre es.«

Ich fröstle. Ich spüre es auch, das Böse, aber mehr in der Verwandlung, die sich mit Pfarrer Valentin vollzieht, der bis eben noch etwas Herzensgutes und Menschliches ausgestrahlt hat. Hör auf mit diesen Hirngespinsten, ermahne ich mich und zwinge meine Gedanken zurück zum Fall.

»Gibt es noch jemanden, der diesen Moar nicht unterstützt, übervorteilt oder sonst irgendwie schlecht behandelt hat?« Auch wenn der Moar ein Alibi hat, ist das doch die einzige Spur, an die ich mich klammern kann.

Valentin schüttelt den Kopf und löffelt weiter Zucker in seinen Kaffee.

Bevor ich etwas sagen kann, läutet das Telefon im Flur und der Pfarrer kommt zu sich. Er steht auf, verschwindet nach draußen, kommt wenige Augenblicke später zurück.

»Für dich«, sagt er.

Das ungute Gefühl, das mich fest im Griff hat, seit Valentin unter die Weltuntergangspropheten gegangen ist, verstärkt sich.

»Sì?«

»Was ist da los in diesem Dorf?«, schnarrt mich der Colonello Coppola durch den Hörer an.

Salvatore muss ihm gesagt haben, wo er mich finden kann. »Es ist … Wir sind … Ich habe einen Bericht geschickt.« Was kann ich ihm sonst sagen, abgesehen davon, dass er zu Recht wütend ist?

»Das ist der dritte Tote in drei Tagen und Sie haben so gut wie gar keine Anhaltspunkte für den Staatsanwalt?« Seine Stimme klingt, als habe er sein Leben lang nichts anderes getan als geraucht oder gebrüllt. Ich vermute, dass er beides zur Genüge getan hat. Auf einmal bin ich heilfroh, dass ich hier außerhalb der zivilisierten Welt und damit auch seiner Reichweite bin.

»Die Scientifica …«, setze ich an, doch er unterbricht mich sofort wieder.

»Die Scientifica sichert die Spuren. Sie sind vor Ort und können mit den Leuten sprechen!«

»Ich bin erst seit …«

»Hören Sie auf zu jammern und kriegen Sie endlich was raus aus diesen Leuten! Und das dalli, sonst versetze ich Sie nach … nach …« Auch ihm fällt auf Anhieb kein schlimmerer Ort ein als dieses Tal-Valle. Nicht einmal die Kriegsgebiete, in denen auch immer wieder Carabinieri eingesetzt werden, sind so schlimm wie dieses Kaff. Ich kämpfe hier wirklich alleine auf verlorenem Posten.

»Wenn ich vielleicht Verstärkung …«

»Verstärkung will er auch noch, der faule Kerl!« Ein Schnauben verrät mir, was er von meinem Vorschlag hält. Ich sage nichts. Warte ab. Am anderen Ende der Leitung verrät mir ein leises Knistern, dass der Colonello an einer Zigarette zieht. Schließlich atmet er tief aus. »Verstärkung kommt. Aber davor kommen Sie nach Bozen zur Pressekonferenz. Sie beginnt um drei. Seien Sie pünktlich.« Es klickt in der Leitung.

Ich sehe auf die Uhr. Es ist ein paar Minuten nach zwei.

Wir geben unser Bestes

Um zwei Minuten vor drei stehe ich vor dem neoklassizistischen Bau, in dem das Landeskommando der Carabinieri in Bozen untergebracht ist, und spreche mir selbst Mut zu. Über dem Eingang hängen die Trikolore und die Flagge der EU müde herab. Gleich dahinter eine Portiersloge, hinter der eine junge Beamtin, eine der wenigen Vertreterinnen weiblichen Geschlechts in unserem Berufsstand, gelangweilt von einer Schreibarbeit aufblickt. »Sì?«

»Ich bin hier wegen …«

»Entschuldigung«, unterbricht mich eine weibliche Stimme von hinten. »Ich bin zu spät … Die Pressekonferenz?«

Ich sehe mich um. Als erstes fallen mir an der Frau ihre grünen Augen auf, die durch die dunkle Schminke noch betont werden.

»Pressekonferenz? Da muss ich auch hin.«

»Das trifft sich gut?« Sie lässt mir gar keine Zeit, um über ihren als Frage formulierten Aussagesatz nachzudenken. »Sie sind Carabiniere? Sie haben mit dem Fall zu tun? Beantworten Sie mir nach der Konferenz ein paar Fragen?«

»Ich …«

Die Beamtin kommt hinter der Glasscheibe hervor und erlöst mich. »Zur Pressekonferenz geht's da lang.«

Sie zeigt mit dem ausgestreckten Arm in einen langen Gang, dann marschiert sie los. Wir folgen ihr bis zu einer geöffneten Tür, aus der aufgeregte Stimmen kommen.

Beim Eintreten stelle ich erleichtert fest, dass der Raum gar nicht so groß ist, wie ich befürchtet habe, und die Berichterstatter gar nicht so zahlreich. Ein Fernsehteam bespricht sich mit dem Colonello, zwei Damen und ein Herr haben sich an den hufeisenförmig angeordneten Tischen hinter ihren Laptops verschanzt. Ein Beamter ist dabei, auf dem Rednertisch Gläser und Mineralwasserflaschen zu verteilen.

Ich nicke der Journalistin zu, die mit mir hier angekommen ist, und bewege mich auf den Rednertisch und den Beamten zu.

»Maresciallo Carminati.«

»Ah, gut, dass Sie da sind. Wir haben auf Sie gewartet.«

Ich höre den Vorwurf in seiner Stimme, gehe jedoch nicht drauf ein. Von Tal bis Bozen dauert es eben eine Stunde, vor allem, wenn der Dienstwagen ein alter Panda ist, der es auch auf der Autobahn nur unter Protest auf hundert Stundenkilometer schafft. »Wo soll ich mich hinsetzen?«

Der Beamte weist auf einen Stuhl am Rand des großen Tisches hin. »Der Colonello möchte mit Ihnen sprechen, bevor das hier losgeht.«

»Ich bin hier.« Etwas anderes bleibt mir auch nicht übrig. Ich setze mich auf den mir zugewiesenen Stuhl, schenke mir ein Glas Wasser ein. Warte. Versuche, entspannt auszusehen, trotz des leichten Zitterns, das sich meiner Glieder bemächtigt hat. Ich habe noch nie eine Pressekonferenz gegeben und keine Ahnung, was auf mich zukommt. Aber irgendwie fühlt es sich so an, als würde man mich für das verantwortlich machen, was in Tal passiert.

»Carminati?«

»Sissignore.« Ich springe auf, salutiere.

Der Colonello mustert mich wie ein lästiges Insekt. »Sie sagen gar nichts. Verstanden? Lassen Sie mich das machen. Mich und den Staatsanwalt.«

Ich nicke.

»Sollte jemand Sie direkt ansprechen, sagen Sie nur: Wir haben alles unter Kontrolle. Verstanden?«

»Ja. Wir haben alles unter Kontrolle.«

»Genau. Und ansonsten …« Er fährt sich mit der Hand über die Lippen, als würde er einen Reißverschluss zuziehen. »Zitto.«

»Nichts lieber als das, Colonello.«

Und dann beginnt der Spaß. Mein Vorgesetzter leitet die Konferenz, spricht in sachlichem Tonfall über die drei Toten, gibt das Wort weiter an den Staatsanwalt, der berichtet, was die forensischen Untersuchungen ergeben haben. Ich bin nicht überrascht, dass die Forensik beim Sepp Oberrauch keine Spuren von Gewalteinwirkung durch Dritte festgestellt hat. Seine Verletzungen stammen wohl allesamt vom Sturz über die Böschung. Eine Gemeinsamkeit gibt es laut Staatsanwalt aber doch bei allen drei Toten von Tal. Eine vom Gericht angeordnete toxikologische Analyse hat eine hohe Alkoholkonzentration im Blut der Toten nachgewiesen. Sowohl der Oberplanitscher als auch der Bauer des Egg Hofes standen vermutlich stark unter Alkoholeinfluss, als ihnen die Gliedmaßen – vermutlich mit einer Säge – amputiert wurden. Gestorben seien die beiden Männer, erklärt der Staatsanwalt, am Blutverlust.

Während er versucht, die Fachtermini in ein Deutsch zu verpacken, das die Journalisten verstehen, lasse ich meine Gedanken zu den beiden Toten wandern, frage mich, ob der Alkohol relevant ist. Ob der Täter seine Opfer erst mit Alkohol ausgeschaltet hat, um leichtes Spiel mit ihnen zu haben oder ob es vielleicht eine Form von Güte war. Alkohol senkt immerhin die Schmerzgrenze. Vielleicht wollte der Täter nicht, dass sein Opfer allzu sehr leidet. Der Gedanke ist allerdings absurd. Der Täter hat gemordet. Zweimal, vielleicht dreimal. Die Wahl der Tatwaffe lässt nicht unbedingt auf großes Mitgefühl schließen. Es gibt sanftere Arten zu morden. Beinahe muss ich über meine Gedanken schmunzeln. Der sanfte Mord … Was für ein Oxymoron.

Je länger die Erklärungen des Staatsanwaltes andauern, desto mehr entspanne ich mich und schließlich fühlt es sich gar nicht mehr so verlogen an, als schließlich die eine Journalistin das Wort an mich richtet.

Ich antworte wie einstudiert. »Wir haben alles unter Kontrolle und geben unser Bestes, um den Mörder zu finden.«

»Sie sind erst seit ein paar Tagen in Tal, stimmt das?«

»Ja, aber …«

»Könnten die Morde mit dem Wechsel in der Carabinieristation in Verbindung stehen?«

»Ich denke …«

»Bisher ist Tal nie durch größere Verbrechen aufgefallen. Wie erklären Sie sich das?«

»Ich … Wir haben alles …«

»Was haben Sie bisher unternommen, um den Mörder zu finden?«

»Ich …« Hilflos blicke ich zum Colonello.

Der stiehlt mir den Text. »Meine Damen, meine Herren, wir haben alles unter Kontrolle. Mehr können wir zum jetzigen Zeitpunkt nicht sagen, weil das die Ermittlungen beeinträchtigen könnte. Wir bitten um Ihr Verständnis.«

Die Meute schweigt.

Nach der Pressekonferenz wartet der Colonello, bis auch der letzte Journalist den Raum verlassen hat, dann wendet er sich mir zu. »Bringen Sie Ordnung in das verdammte Nest, Maresciallo, haben Sie mich verstanden?«

»Ja. Ich gebe mein Bestes.«

»Hören Sie auf mit dem Scheiß. Ich will, dass Sie den Mörder finden. Und zwar pronto.«

»Sissignore.«

Und damit entlässt er mich.

Auf hundert Jahre

Salvatore hat sich mächtig ins Zeug gelegt mit dem Abendessen und ich überlege, wann er das alles wohl besorgt hat und wo. Allein die Antipasti, die er liebevoll in kleinen Schälchen in der Mitte des Tischs angeordnet hat, würden ausreichen, um eine kleine Armee sattzukriegen. Ich will gar nicht dran denken, wie danach auch noch die *Pasta alle Vongole* und dann die *Bistecca ai ferri* Platz in meinem Magen haben sollen.

»Mach dir nichts draus«, sagt Salvatore und schenkt mir ein Glas Prosecco ein.

Ich nehme das Glas entgegen und zwinge mir ein Lächeln ab, auch wenn mir mein Auftritt bei der Pressekonferenz immer noch im Magen liegt.

»Cincin.« Ich stoße mit ihm an.

»A kent annos.«

Sein Wunsch bewirkt, dass es mir kalt den Rücken hinunterrieselt. Noch hundert Jahre will ich nicht an diesem düsteren Ort festsitzen. Meine Gedanken wandern zu Beatrice, die heute wieder vergeblich auf meinen Anruf wartet.

»Greif zu.« Salvatore sticht in die in Öl eingelegten getrockneten Tomaten. »Ab jetzt kriegst du nur noch Knödel.« Er grinst, während ich eine schmerzerfüllte Grimasse schneide.

»Dann doch lieber Nudeln.«

Ich lade mir eine Portion gegrilltes Gemüse auf den Teller, dazu Schafskäse, Parmaschinken, Melone. Koste vom Caprese, den Olive Taggiasche und dem Meeresfrüchtesalat. Genieße. Ab jetzt werden solche Köstlichkeiten Luxus sein. Ich denke mit Grauen an das saure Kraut, das mir die Wirtin des Bergblicks mit griesgrämiger Miene auf den Tisch geknallt hat, als ich mich doch dazu durchgerungen habe, dort ein schnelles Essen einzunehmen. Sauerkraut, jetzt weiß ich, warum es so heißt. Mit Leberknödeln. Das Tagesgericht. Als Alternative ein belegtes Brot. Mit langen Zähnen hab ich das Zeug hinuntergeschluckt. *I Crauti*, nennen sie die Bewohner dieser Grenzregion bei uns, offenbar nicht ohne Grund. Und Salvatore lässt mich jetzt hier allein.

»Also morgen«, sage ich.

»Morgen.« Er wischt sich imaginären Schweiß von der Stirn. »Nach vierzig Jahren in diesem Kaff.«

»Und dann?«

»Geht's ab in ein anderes Kaff.« Wieder grinst er. Und erzählt von seinem Hirtendorf an der Ostküste Sardiniens, dem blauen Himmel, den Ginsterbüschen und dem weißen Stein des *Supramonte*, der über all dem thront. Er gerät ins Schwärmen. Über sein Dorf, seine Insel, seine Ludovica, die nach dem Tod ihres Ehemanns darauf wartet, dass Salvatore, ihre erste Liebe, zu ihr zurückkehrt.

Meine Beatrice, höre ich innerlich mein zukünftiges fünfundsechzigjähriges Ich schwärmen, mit ihren Haaren, die so schwarz sind wie die Seele des Teufels, und den Augen, in denen sich der Himmel spiegelt. Sie hat diesen Enzo geheiratet, aber ich war ihre erste Liebe und jetzt kommen wir endlich zusammen.

Verdammt. Wird Beatrice sich wieder diesem Großkotz Enzo zuwenden oder ist ihre Liebe stark genug, um an meiner Seite in diesem unwirtlichen Tal zu leben? Ich fühle einen Stich in meinem Herzen. Werde ich in vierzig Jahren auch so begeistert in meine Zukunft schauen, wenn ich dem nächsten Verdammten die Carabinieristation übergebe? Kenne ich dann jeden Baum und jeden Strauch hier?

Plötzlich fällt mir etwas ein. »Ich finde den Weg zu diesem Moar nicht mehr.«

Salvatore grinst. »Ich lass dir meine Karte da.« Er greift nach einem schmalen Sims, auf dem drei Bücher und ein zusammengefaltetes Stück Papier liegen, das er mir herstreckt. Ich entfalte das DIN-A3-Blatt und erkenne, dass es sich um die zwanzigfache Vergrößerung einer Kompasskarte mit dem Ausschnitt des Tals handelt. Die kleinen Würfel stellen wohl die einzelnen Gehöfte dar. Von denen aus zeigen Pfeile hin zu den Namen, die Salvatore fein säuberlich notiert hat.

»Das da ist der Moar.« Er zeigt auf einen Punkt auf der Karte. »Und fahren tust du am besten diesen Weg.« Er zeichnet mit seinem Finger die beinahe unsichtbare Linie der Straße nach, die zuerst talwärts bis zum Bach und danach in mehreren Serpentinen Richtung Himmel führt. »Eigentlich gibt es nur drei Straßen. Hier, wo der Moar wohnt, heißt die Gegend Außertal, zum Oberplanitscher hinauf heißt es Berg und wo der Egger Bauer seinen Hof stehen hat, heißt es eben Egg. Ganz einfach.«

»Ganz einfach«, wiederhole ich und beäuge misstrauisch die vielen kleinen Würfel, die auf den steilen Hängen des Tals verstreut liegen. Auch die Distanz zwischen dem Oberplanitscher und dem Moar Hof schätze ich ab. Wenn der Moar von seinem Hof zum Oberplanitscher wollte, war er mindestens vierzig Minuten unterwegs. Dasselbe gilt für die Strecke zum Egger Bauern. Da konnte er nicht einfach zwischen Abendessen und Kaffee einen Widersacher ausschalten, aufs Kreuz flechten und ein Sträußchen Vergissmeinnicht zur Dekoration pflücken. »Ganz einfach«, wiederhole ich noch einmal nachdenklich.

»Du wirst nicht bis zu deinem Ruhestand hierbleiben«, sagt Salvatore. »Du kommst weg hier. Ich weiß das.«

»Dein Wort in Gottes Ohr«, sage ich, falte die Karte zusammen und mache mich über die restlichen Antipasti her.

Tag 4 – Donnerstag

Okay

Während der Kaffee hochkocht, räume ich die Reste unseres abendlichen Gelages weg. Vor dem Fenster ist nichts als Nebel zu sehen. Meine Stimmung entspricht dem Wetter. Salvatore wird mich heute verlassen.

Von der Treppe kommt ein Rumpeln. Mein Vorgänger taucht im Flur auf, lässt seinen Koffer stehen und betritt noch einmal die Küche. Ein letztes Mal – dieser Gedanke muss ihm jetzt gerade durch den Kopf schießen. Seine Augen sind verräterisch feucht. Ich würde diesem Kaff keine Träne nachweinen. Davon bin ich überzeugt.

Ich erhebe mich, schließe ihn in die Arme. »Doch nicht so einfach, sich zu trennen, oder?«

Salvatore nickt. »Zwei Drittel meines Lebens. Ich …«, er sieht sich um, »ich werde das hier vermissen. Ob du's glaubst oder nicht.«

Ich glaube es nicht, nicke dennoch verständnisvoll.

»Halt die Ohren steif, Pietro. Und wenn du was brauchst oder nicht weißt, wo der Hof ist, auf dem sie den nächsten Toten finden …«

Ich hebe abwehrend die Hände. »Bewahre!«

»Du weißt, wie du mich erreichst.«

Ich grinse.

»Im Gegensatz zu dieser gottverlassenen Gegend haben wir Empfang auf Sardinien.«

»Ich warne dich. Ich werde täglich anrufen.«

»Il cliente da Lei chiamato non è al momento raggiungibile«, antwortet er mit einem verschmitzten Grinsen.

Ich schließe ihn noch einmal in die Arme und spüre ein leichtes Stechen in meinem Herzen. Bis jetzt hat sich meine Versetzung nach Tal wie eine vorübergehende Situation angefühlt, doch plötzlich bekommt das Ganze etwas Endgültiges. Jetzt bin ich derjenige, der hier alleine die Stellung halten muss. Ich sehe mich altern, einsam und allein, von der Dorfgemeinde gehasst, von meiner Beatrice verlassen, vom *Comando Provinciale* vergessen – und am Ende verrotten in einem Grab im Schindanger des Friedhofs, dort wo die Ausgestoßenen begraben werden.

Wie immer errät Salvatore meine Gedanken. »Es wird alles gut, Pietro. Du wirst sehen.«

Ich nicke wenig überzeugt, ringe mir ein gequältes Grinsen ab und schiebe ihn aus dem Raum, aus der Carabinieristation von Tal. Gebe ihm den notwendigen Schubs, damit er sich trennt von diesem Abschnitt seines Lebens.

»Schau, dass du wegkommst«, sage ich und schließe die Tür. Ich hasse Abschiede. Ich hasse die Vorstellung, dass Salvatore in meinem Gesicht die Verzweiflung sieht, diese Hoffnungslosigkeit, was meine Zukunft betrifft.

Das Telefon läutet. Froh, eine Ablenkung zu haben, gehe ich ins Büro und hebe ab. »Pronto?«

»Pietro?«

»Beatrice!« So sehr ich mich freue, ihre Stimme zu hören, so sehr habe ich auch Angst vor ihren Vorwürfen.

»Du hast mich gestern nicht angerufen.«

»Salvatore hat seinen Ausstand gefeiert.«

»Der Carabiniere, der vor dir die Station geleitet hat?«

Ich nicke, auch wenn sie das nicht sehen kann. »Zu leiten gibt es hier nicht viel.«

Sie geht nicht drauf ein. »Kommst du am Wochenende?«

»So gerne ich würde, es geht nicht.« Ich schließe die Augen, wappne mich gegen die Gardinenpredigt, die mir bevorsteht.

»Okay.«

Das kommt überraschend. Doch statt erleichtert zu sein, verkrampft sich mein Innerstes, weil ich spüre, dass auf dieses Okay nichts Gutes folgen kann.

»Okay?«

»Die Clique macht einen Segeltörn auf dem Gardasee. Wenn du nicht kommst, bin ich dabei.«

Segeltörn. Clique. Und ich sitze in diesem Kaff fest. Unwillkürlich krallen sich meine Finger in den rissigen Kunstlederbezug des Sessels. Das ist doch nicht alles, das spüre ich. Die Stille am anderen Ende ist unerträglich. Will ich es wissen? Von sich aus sagt sie nichts. Schließlich gebe ich mir einen Ruck. »Wer ist alles dabei?«

Ich kenne die Antwort, bevor ich sie höre. »Chiara, Alessandro, Rita, Enzo.«

Enzo. Schon wieder. Ich schlucke.

»Pietro?«

Der Knoten in meinem Hals hindert mich am Sprechen.

»Ich kann auch zu Hause bleiben, wenn es dich stört.«

Ich weiß genau, welche Antwort sie erwartet, und spiele mit. Was bleibt mir auch anderes übrig? »Nur weil ich in diesem Kaff festgenagelt bin, musst du nicht auf dein Leben verzichten, Gioia. Habt Spaß und schick mir ein paar Bilder!«

»Das mach ich, Coccolone.«

»Ich liebe dich.«

»Ich dich noch mehr.« Dann legt sie auf.

Ich vergrabe den Kopf in meinen Händen.

Das nächste Mal nimmer

Salvatore ist weg und Beatrice fährt mit Enzo auf einen Segeltörn. Was mir bleibt, ist ein Gefühl der Leere und der Verlassenheit. Etwas, das sich endgültig anfühlt und unheilvoll. Ich stehe im Flur der Carabinieristation, öffne meine Hände und schließe sie wieder, unfähig eine Entscheidung zu treffen, was ich jetzt tun soll. »Bling« macht es im Büro und die Erinnerung an Salvatores Einführung kommt in mir hoch. Zehn Uhr – Zeit für die ›gesetzlich vorgeschriebene Kaffeepause‹, wie Salvatore es genannt hat. Ich bewege mich in die Küche, schraube mit automatischen Bewegungen die Espressomaschine auf und befülle sie. Erst als der Kaffee brodelnd und fauchend hochkocht, stelle ich fest, dass ich keine Lust darauf habe. Weil Kaffeetrinken für mich etwas Geselliges ist. Allein ist es nichts als trist.

Ich schalte den Herd ab und beschließe, dass ich raus muss aus dieser Carabinieristation, die sich so leer anfühlt. Raus … Ich packe meine Uniformjacke, stecke den Autoschlüssel ein und verlasse das Haus. Zum ersten Mal schließe ich selbst ab. Dann werfe ich mich in den Wagen und fahre los.

Mit Hilfe der Karte, die mir Salvatore gestern vermacht hat, suche ich mir den Weg zum Moar Hof und folge erst mal der schmalen Straße hinunter ins Tal.

Unterwegs komme ich am Sägewerk des Steiner Peter vorbei.

Den werde ich mir später ebenfalls vornehmen, denke ich. Dann geht es über eine Holzbohlenbrücke über den Bach und schließlich in Serpentinen bergan. Als der Wald zurücktritt und sich die inzwischen vertraute Blumenwiese auftut, macht sich Erleichterung in mir breit. Hinter der Kurve erscheint der Rohbau. Ich habe ihn gefunden.

Als ich auf den Hof fahre, hebt der Moar gerade eine Axt hoch in die Luft und lässt sie auf einen Hackklotz niedersausen. Sein Bizeps würde jeden Gewichtheber vor Ehrfurcht erschauern lassen. Ein oberschenkeldicker Baumstamm bricht mit einem reißenden Geräusch in zwei Teile. Die Härchen in meinem Nacken stellen sich auf. Hat er dem Egger Bauer mit dieser Waffe die Hände abgehackt? Unschlüssig verharrt meine Hand auf dem Türöffner. Soll ich aussteigen und ihn mit meinen Fragen löchern oder wende ich den Wagen und verschwinde unbemerkt, um wiederzukommen, wenn er unbewaffnet ist?

Es ist der Moar, der mir die Entscheidung abnimmt. Mit einem letzten Schwung verkeilt er die Axt im Hackklotz, wischt sich mit dem Unterarm über die Stirn und dreht sich betont langsam zu mir um. Heute, wo ich ihm allein gegenüberstehe, fällt mir auf, dass der Moar die Ausstrahlung eines Neandertalers hat. Die vorgewölbte Stirn, die kompakte Körperhaltung, leicht nach vorn gebeugt, vor allem aber die geballte Kraft.

Ich bin die Staatsgewalt, denke ich. Versuche, mir

Mut zuzusprechen, und öffne resoluter, als ich mich fühle, die Autotür.

»Moar«, sage ich, als wären wir alte Kumpels.

»Ich war's nicht«, sagt er statt einer Begrüßung.

Ich schüttle den Kopf, um das Gefühl eines Déjà-vus loszuwerden. »Was?«, frage ich und das Gefühl verstärkt sich.

»Das mit dem Egger Bauern.«

»Das hatten wir doch schon«, sage ich.

»Fragst halt nicht immer dasselbe.« Er wendet sich wieder seinem Hackklotz zu, zieht die Axt heraus. Ich beobachte seinen Bizeps und denke mir, dass ich wahrscheinlich nicht einmal das schaffen würde.

»Was soll ich denn fragen?«

Der Moar zuckt die Schultern. »Bin ich der Karpf?«

Da hat er auch wieder recht. Ich überlege. Er legt wieder ein Holzstück auf den Klotz und lässt die Axt heruntersausen. Die Scheite fliegen zu beiden Seiten des Hackklotzes durch die Luft. Dann bückt er sich nach dem nächsten Holz, beachtet mich nicht weiter.

»Gibt's wen, der dir Böses will?«, frage ich und komme mir unheimlich schlau vor bei der Frage.

»Wieso das?« Hack. Hack.

»Weil's jemand drauf anlegt, dass du immer als Verdächtiger dastehst.«

»Das nächste Mal nimmer.«

Ich lasse die Antwort auf mich wirken und der Moar die Axt heruntersausen.

»Was soll das heißen?«

»Da musst selber draufkommen, Karpf. Ich hab eh schon zu viel gesagt.«

Zu viel? Gesagt? Wenn ich die Wörter zusammenzähle, die der Moar mir gewidmet hat, komme ich auf höchstens zwanzig. Haben die Menschen in Tal Angst, dass ihnen nur eine begrenzte Anzahl an Wörtern zur Verfügung steht?

»Ihr habt eine komische Vorstellung von Zu-viel-Sagen«, sage ich.

Der Moar zuckt die Schultern.

Ich versuche es mit einem Themenwechsel. »Moar, wo warst du am Dienstagabend?« Zumindest weiß ich seit der Pressekonferenz, dass die Scientifica den Todeszeitpunkt vom Steiner Hans auf den Zeitraum zwischen acht und Mitternacht eingrenzen konnte.

»Chorprobe.«

»Chorprobe?«

Er schaut mich verächtlich an. »Viele Menschen singen zusammen.«

Ich verdrehe die Augen. »Was eine Chorprobe ist, weiß ich. Aber ihr habt einen Chor hier in diesem …« Das Wort Kaff verbeiße ich mir.

Der Moar nickt. »Kirchenchor.«

»Wann?«

»Von acht bis zehn. Und danach sind wir noch was trinken gegangen. Im …«

»… Bergblick.« Wo auch sonst. »Kann das wer bezeugen?« Schon während ich die Frage stelle, könnte ich mich ohrfeigen für meine Dummheit.

Er macht sich weder die Mühe, mich darauf hinzuweisen, noch darauf zu antworten.

»Wer leitet den Chor?«

»Der Steiner Peter.«

Der Bruder des Toten. Womit ich es mir sparen kann, auch noch bei ihm vorbeizuschauen. Der Moar hat ihm grad ein Alibi verpasst.

»Kenn ich sonst noch wen, der da mitsingt?«

»Der Piffer Hans.«

»Und?«

»Der Schenk Ander.«

Das Kleeblatt vom letzten Mal also. Entweder die vier waren es gemeinsam und haben sich dann gegenseitig Alibis verschafft oder sie sind wirklich alle vier unschuldig.

»Noch mal zurück. Warum bist du dir so sicher, dass es beim nächsten Mal nicht so ausschaut, als wärst du der Schuldige? Nein, halt. Warum bist du dir so sicher, dass es ein nächstes Mal gibt? Was weißt du, Moar?«

Er zuckt die Schultern. »Verhaft mich doch.«

Die Galle steigt mir hoch. »Weißt was, Moar? Das werd ich vielleicht sogar tun.«

Er packt die Axt fester und macht einen Schritt auf mich zu. Ich einen zurück in die Richtung des Autos. Hält ein Autodach einen Axthieb aus? Abwehrend hebe ich die Hände.

Noch zwei Schritte, dann bin ich beim Wagen, springe hinein, schlage die Tür hinter mir zu und lasse den Motor aufheulen. Ohne auf die herumflatternden Hühner zu achten, lege ich den Rückwärtsgang ein, wende rasant im Kies und mache, dass ich fortkomme. Mit finsteren Blicken verfolgt der Moar meinen Abgang. Wie eine Statue steht er da, die Axt funkelt in der fahlen Spätvormittagssonne.

Ich gebe Gas.

Davon halten wir nichts

Noch bevor ich mit meinem Wagen das Dorf erreiche, spüre ich, dass etwas passiert ist. Eine Frau zieht ihr Kind am Arm in einen Hauseingang. Irgendwo bellt ein Hund. Straßenstaub wirbelt in einer kleinen Windhose durch die Luft. Das Dorf liegt wie ausgestorben da. Mitten auf dem kleinen Platz vor der Kirche steht ein Militärlastwagen und ein komplettes Einsatzkommando der Carabinieri grinst mir vom offenen Verdeck entgegen. Ich halte an und steige aus in diese surreale Szenerie. Einer der Männer auf dem Wagen gibt dem Ganzen den letzten Schliff, indem er leise die Hauptmelodie aus ›The Good, the Bad and the Ugly‹ pfeift.

»Maresciallo?« Einer der Männer, ein Sergente und damit vermutlich der Befehlshaber des Trupps, springt vom Wagen.

Ich gehe ein paar Schritte auf ihn zu.

»Arma dei Carabinieri di Laives zum Einsatz bereit.«

Ich nicke. Mustere die Soldaten, die nach und nach von der Ladefläche klettern, die Beretta vor der Brust, und sage kein Wort. Tal hat auf mich abgefärbt.

»Sie haben Verstärkung angefordert.«

Ich nicke noch einmal. Das habe ich. Aber dabei hab ich an einen jüngeren Salvatore gedacht, vielleicht an zwei. Nicht an eine ganze Armee. Man kann's auch übertreiben.

»Der Colonello hat angeordnet, dass wir patrouillieren«, sagt der Sergente. »Vor allem nachts.«

»Es ist noch nicht Nacht«, stelle ich fest.

»Dann machen wir uns mit dem Gelände vertraut.« Der Sergente gibt ein paar Befehle und die Soldaten stellen sich ordentlich auf. »Wo sind die beiden Höfe?«

Meine Kinnbewegung, mit der ich einmal Richtung Berg und einmal Richtung Egg deute, könnte vom Moar stammen.

Der Sergente bellt einen Befehl und will seine Truppen losschicken. Da wird mir bewusst, dass diese Männer meine einzige Unterstützung sind und ich es mir mit ihnen vielleicht nicht schon am ersten Tag verderben sollte.

»Halt«, sage ich. Das Kommando friert ein, der Sergente schaut mich fragend an. Seufzend bücke ich mich ins Auto, fische die zerknautschte Karte heraus und entfalte sie unter dem misstrauischen Blick des Militärs.

»Wir sind hier«, sage ich und deute auf die kleine Ansammlung an verblassten Würfeln, die das Dorf darstellen. »Das da ist der Oberplanitscher Hof und hier ist der Egg Hof. Wenn ihr da zu Fuß rauf wollt, seid ihr den halben Tag unterwegs.« Ein Blick auf die Uhr sagt mir, dass es auf Mittag zugeht. »Außerdem sind die Bauern dort schon tot.«

Der Sergente runzelt die Stirn. Bevor er nachfragen kann, rücke ich mit dem heraus, was mir seit meinem Besuch beim Moar im Kopf herumgeht.

»Ich glaube, es wird nicht bei diesen beiden Morden bleiben.«

»Und das wissen Sie woher?« Der Sergente schaut skeptisch.

»Von einem Zeugen.« Meine peinliche Flucht vom Moar Hof fällt mir ein und plötzlich schießt mir ein Gedanke durch den Kopf. »Eigentlich von einem Verdächtigen. Einem gewalttätigen Verdächtigen. Der vernommen gehört. Kann ich ein paar von Ihren Männern mitnehmen?«

Der Sergente nickt kurz, dreht sich zu seinen Männern um, ruft ein paar Namen. Die Jungs haben das Gespräch verfolgt und kommen grinsend auf mich zu. Ein großer Schlaksiger übernimmt die Vorstellung.

»Di Bello, Rizzi, Sartori.«

»Maresciallo Carminati«, stelle ich mich vor. »Aber ihr könnt Pietro zu mir sagen. Und du.«

»Davon halten wir nichts«, sagt der Sergente kurz angebunden. »Männer, ich will keine Klagen hören.«

»Sissignore«, kommt es aus den drei Kehlen. Ihr Kommandant steckt Salvatores Karte ein und will sich an die restliche Mannschaft wenden.

»Die will ich danach wieder«, sage ich.

Verständnislos sieht er mich an.

»Die Karte. Ohne die bin ich hier aufgeschmissen.«

Er zuckt die Schultern, faltet das Ding zusammen und übergibt es mir mit einem spöttischen Ausdruck im Gesicht. »Gewiss doch, Maresciallo.«

Ich schlucke eine Bemerkung hinunter, steige ins Auto und beobachte, wie die drei groß gewachsenen Männer sich zu mir in den Panda klemmen. Im Ergebnis ragt rechts neben meinem Schaltknüppel eine Beretta Richtung Decke. Auf der Rückbank ein ähnliches Bild. Hoffentlich geht keine von denen los.

Der junge Carabiniere neben mir, es müsste Rizzi sein, bemerkt meinen Blick. »Ist sicher nur eine Attrappe«, sagt er und grinst ein freches Jungengrinsen.

»Vielleicht auch nicht.« Im Rückspiegel erscheint Di Bellos Grinsen. Ihm fehlt ein Stück des rechten oberen Schneidezahns, was dem Grinsen einen verwegenen Ausdruck verleiht.

Sartori schiebt sich ins Bild. »Egal, ob Attrappe oder nicht: Sie wirkt.«

»Und das ist die Hauptsache.« Ich starte den Motor, wende den Wagen und fahre los in Richtung Moar Hof. Beinahe wie ein Einheimischer komme ich mir vor, als ich heute schon zum zweiten Mal die Holzbohlenbrücke passiere, die schmale Straße hochfahre und diesmal etwas sportlicher die Kurven nehme. Die Erleichterung beim Anblick der Blumenwiese ist nur noch halb so stark, dafür umso größer bei meinen drei Mitfahrern.

»Santo cielo«, sagt Rizzi, als er auf dem Hof endlich seine Beine ausklappen und außerhalb des Autos entfalten kann. »Hier leben Menschen?«

Ich nicke knapp. Sehe mich um. Die Hühner picken geschäftig im Sand herum. Vom Waldrand schreit ein Kuckuck. Der Moar ist nirgends zu sehen. Aber sein Wagen, ein verbeulter Polo, steht vor dem Container, ein Kleinmotorrad daneben.

»Er wird da drin sein«, sage ich. Weise mit dem Kinn zum Wohncontainer und die drei jungen Männer gehen darauf zu.

Im Hackklotz steckt die Axt. Magisch werde ich davon angezogen. Klebt Blut daran? Ist sie ein Mordinstrument und hat der Moar mit ihr den beiden Bauern die Hände abgehackt? Dem einen, weil er ihn beim Kauf dieses Grundstücks übervorteilt hat, dem anderen, weil er als Einziger nichts zu der Kollekte beigetragen hat? Ein dürftiges Mordmotiv. Und der Mann hat für beide Abende ein Alibi. Ich beäuge die Axt von allen Seiten. Die Klinge ist an manchen Stellen dunkler, aber es ist eindeutig Rost, nicht Blut. Doch auf einem Bauernhof gibt es viele Werkzeuge, mit denen man jemanden vom Leben in den Tod befördern kann.

Die Männer kommen vom Container zurück. »Keiner da«, sagt Rizzi.

»Im Stadel?«

Folgsam wie gut dressierte Pudel gehen sie Richtung Stadel, beide Hände auf den Berettas. Ich weiß, dass sie das tun, weil sie ihnen sonst beim Gehen gegen die Brust schlagen, aber ich kann mich nicht dagegen wehren, dass sich ein unbestimmtes Gefühl von Gefahr in mir ausbreitet. Eine Szene wie aus dem Krieg. Die drei werden wohl auch auf den Moar einen gehörigen Eindruck machen. Doch er ist nicht im Stadel und nicht im Stall. Während ich mit Rizzi beim Hof bleibe, erkunden die anderen beiden die Umgebung drumherum in immer größeren Kreisen. Ohne Ergebnis.

»Abgehauen?«, fragt mich Rizzi, als sie den Waldrand erreichen.

»Möglich.« Ich denke an seine drohende Haltung am Vormittag, wie seine Hände sich um den Stiel der Axt geklammert haben.

»Am besten bleiben zwei von uns als Wache da«, schlägt Rizzi vor.

Ich nicke.

»Gibt es ein Bild von dem Kerl?«

Ich schüttle den Kopf. Dann fällt mir etwas ein. »Vielleicht. Wenn ich hier Netz habe.« Ich ziehe mein Mobiltelefon heraus und werfe einen Blick auf das Display. Der Empfang ist wie immer auf dem Berg besser als im Tal und ich suche nach der Telefonnummer von Pfarrer Valentin.

»Hallo Valentin, hier Pietro. Ich falle gleich mit der Tür ins Haus. Hast du ein Bild vom Kirchenchor? Wo auch der Moar drauf ist?«

Er bestätigt und verspricht, es gleich zu schicken – und tatsächlich kündigt nach wenigen Augenblicken ein anzügliches Pfeifen das Eintreffen einer Nachricht an. Im Anhang ein Bild, darauf der Chor. Ich zoome die hinteren Reihen heran und mache beinahe sofort den Moar ausfindig. Gleich neben ihm – soweit ich das beurteilen kann – der Oberplanitscher Bauer. Wieder macht sich eine Ahnung in mir breit. Egal ob er auf der anderen Talseite gelebt hat: Der Moar hat den Oberplanitscher definitiv nicht nur zum Kirchgang getroffen, sondern zumindest auch einmal wöchentlich bei der Probe des Kirchenchors.

»Das ist er.« Ich halte Rizzi das Telefon hin.

Ohne mich um Erlaubnis zu fragen, nimmt er es mir ab, wischt ein paarmal auf dem Display herum, streckt es mir wieder hin. »Hab es mir geschickt. Aber der Sergente scheint keinen Empfang zu haben.«

Was für eine Überraschung. »Internet gibt's hier nur über der Baumgrenze«, erkläre ich und zucke auf seinen überraschten Blick hin die Schultern.

Ohne einen weiteren Kommentar dreht sich Rizzi um und betätigt den Knopf an einem Funkgerät, das in seiner Brusttasche steckt. Es pfeift und knackst und die resolute Stimme des Sergente ertönt, woraufhin Rizzi salutiert, auch wenn das der Sergente nicht sehen kann. Sie beraten sich kurz, dann wendet er sich wieder mir zu.

»Der Sergente braucht das Bild. Sartori und Di Bello sollen hierbleiben und den Hof sichern. Ich bring Sie wieder zurück ins Dorf. Der Rest der Mannschaft kommt hoch und durchkämmt den Wald.«

Zweifelnd betrachte ich das steile Gelände. Felswände schimmern durch die Baumwipfel. Ich bin überzeugt, dass ›kämmen‹ hier schwierig wird. Auch dem Mannschaftswagen gebe ich wenig Chancen auf der schmalen Straße. Aber ich mische mich nicht ein. Hauptsache, sie finden den Moar.

Das weiß jeder

Während die *Arma dei Carabinieri* die Wälder in Außertal durchstreift und die Frauen in Tal um ihre Kinder zittern, stelle ich mich wieder der leeren Carabinieristation. Es ist weit nach zwei und der Hunger bringt mich um. Lustlos öffne ich die Küchenschränke, finde Nudeln, ein paar sonnengereifte Tomaten und eine Handvoll der Oliven und frischen Kapern, die Salvatore bei unserem Festgelage kredenzt hat. Ich entscheide mich für Spaghetti alla Puttanesca, stelle einen Topf mit Salzwasser auf, schneide Zwiebeln und Knoblauch klein und röste sie zusammen mit einer ordentlichen Portion *Peperoncino* an. Währenddessen gehen meine Gedanken spazieren. Salvatore weg, meinen Fall muss ich mit einer Armee teilen, Beatrice in Gedanken vermutlich bereits in den Armen ihres Ex. Ich festgenagelt in diesem Kaff. Und ich kann nichts tun.

Ich würfle die Tomaten, gebe sie zu den Zwiebeln. Dann kommen die in Scheiben geschnittenen Oliven und Kapern hinzu, etwas Oregano und Pfeffer und schon habe ich nichts mehr zu tun.

Kann ich wirklich nichts tun? Der Steiner Peter fällt mir ein, Bruder des Ermordeten und Chorleiter des Kirchenchors. Der dem Moar ein Alibi bietet. Ob ich mit ihm reden soll?

Dann sind die Nudeln gar. Ich zwinge mich dazu, am

Tisch zu essen, schließlich will ich nicht verrohen in der Einsamkeit von Tal. Deshalb schenke ich mir auch ein Glas Wein ein, lege ein Brötchen in den Brotkorb und eine Serviette neben den Teller. Zuletzt reibe ich Pecorino über das Gericht und beginne zu essen. Als ich mir den ersten Happen in den Mund schiebe, überrascht mich die Schärfe. Treibt mir die Tränen in die Augen. Tapfer esse ich weiter. Schlinge, um nicht länger mit meinen Gedanken allein zu sein.

Schließlich habe ich fertig gegessen und das Geschirr verräumt. Es ist Viertel nach drei und es gibt keinen Grund, das Gespräch mit dem Steiner Peter noch weiter hinauszuzögern.

Den Panda lasse ich an der Carabinieristation stehen. Ein paar Schritte zu Fuß werden mir guttun. Ich schlendere an der Kirche vorbei, werfe einen Blick auf das Schmuckstück von einem Friedhof und biege dann in die schmale Straße ein, die talwärts zum Sägewerk von Steiner Peter führt. Der Asphalt dampft in der Mittagshitze, im hohen Gras zirpt eine Grille, sonst lastet eine verräterische Ruhe über Tal. Auch das Sägewerk liegt da wie ausgestorben. Ich bewundere einen riesigen Kirschbaum am Wegrand, von dem die Früchte verlockend zu mir herunterleuchten. Hellrot sind sie. Ein paar Tage wird es wohl noch dauern, bis man sie naschen kann. Wehmütig denke ich an Bergamo, wo die Kirschen schon längst abgeerntet sind. Wo schon die Marillen reif sind, die Pfirsiche … wo alles süß nach Heimat schmeckt und mir klar ist, wie die Menschen gestrickt sind.

Ich nähere mich dem Wohnhaus, klopfe. Erst bleibt es still, dann nähern sich Schritte hinter der Tür. Mit einem Ruck wird sie nach hinten gezogen und der Steiner Peter steht vor mir. Er sieht furchtbar aus. Tiefe Augenringe, geschwollene Augenlider. Als er mich erkennt, flackert etwas in seinen Augen auf, das ich nicht richtig einordnen kann. Erleichterung? Angst?

Er lässt mir nicht genug Zeit, um über diesen Ausdruck zu grübeln. Fährt sich mit der Hand übers Gesicht, wie um ihn wegzuwischen, tritt zurück. Ohne ein weiteres Wort geht er mir voraus durch den dunklen Flur nach hinten in eine Stube, die nicht viel heller ist. Woher soll auch das Licht kommen in diesem Talwinkel, in dem sein Sägewerk steht und eben auch das Wohnhaus. Der Steiner Peter lässt sich auf einen der Holzstühle fallen, vergräbt sein Gesicht in den schrundigen Händen. Ich bleibe stehen. Wie soll ich bloß anfangen?

»Wann ist das Begräbnis?«, frage ich irgendwann. Mehr, um überhaupt irgendwas zu fragen.

»Das wissen Sie besser als ich.«

Natürlich. Der Leichnam wurde zur Obduktion mitgenommen. Kann also ein paar Tage dauern, bis er für die Beerdigung freigegeben wird.

»Herr Steiner …« Ich stocke. Weiß nicht, was ich ihn eigentlich fragen will. Dann gebe ich mir einen Schubs. »Warum waren Sie nicht überrascht, als Sie vom Tod Ihres Bruders erfahren haben?«

Bevor er antworten kann, tritt seine Frau in den

Raum und hinter den Steiner. Legt ihm eine Hand auf die Schulter.

»Peter«, sagt sie nur.

Er sieht hoch, die beiden tauschen einen beredten Blick. Dann nickt der Steiner und steht auf. »Ich muss zur Säge.«

»Sie wollten mir sagen, warum Sie nicht überrascht waren, als Sie vom Tod Ihres Bruders erfahren haben.«

»Ja«, sagt der Steiner, wendet sich ab und ist draußen, bevor ich Piep sagen kann. Ratlos sehe ich seine Frau an.

Die zuckt die Schultern. »Kommen Sie ein andermal wieder.«

Als ob ich ein andermal mehr erfahren würde. Sie macht eine eindeutige Kopfbewegung in Richtung Tür. Meine Befragung ist beendet.

Als ich wieder im Freien stehe, geht mir auf, dass die Steiners der Staatsgewalt in meiner Person gerade übelst mitgespielt haben. Ich wurde gelinde gesagt hinausgeworfen. Kurz überlege ich, ob ich es auf sich beruhen lassen oder noch mal den Rückwärtsgang einlegen soll, darauf bestehen, dass man mir Rede und Antwort steht. Dann entscheide ich mich für Geduld. Der Steiner hat grad seinen Bruder verloren. Und was soll das Gespräch schon ergeben? Er könnte den Moar entlasten, aber das kann ich auch vom Piffer haben oder vom Schenk.

Ich zucke die Schultern. Mache mich wieder auf in Richtung Dorf, da kracht es über mir. Erschrocken schaue ich nach oben in den Kirschbaum, von wo das Krachen kommt und werde Zeuge, wie ein Gewirr aus Armen und Beinen durch die Äste stürzt und mit einem dumpfen Schlag auf dem Boden landet. Ein deftiger Fluch kommt aus dem Knäuel, das sich vor meinen Augen zu einem Jungen entwirrt. Dann noch ein Fluch, schließlich ein Stöhnen. Ich atme erleichtert aus. Ganz so schlimm kann es um den Burschen nicht bestellt sein, wenn die Flüche vor den Schmerzenslauten kommen.

»Alles in Ordnung?«, frage ich trotzdem.

»Einen Scheiß ist es.« Der etwa neunjährige Junge rappelt sich fluchend auf. Schwarzhaarig ist er und sein Gesicht ist übersät mit Sommersprossen. Sein Mund verzieht sich zu einem Grinsen. Bei einem Schneidezahn ist ein ganzes Stück herausgebrochen, aber da es nicht blutet, vermute ich, dass diese Verletzung von einem früheren Unfall stammt. »Das war wohl die Strafe fürs Kirschenstehlen.«

Ich nicke. »Diebstähle bleiben nicht ungestraft. Andernfalls hättest du heute Abend wahrscheinlich ganz ordentliche Bauchschmerzen gekriegt.«

»Wahrscheinlich«, sagt er. Grinst schon wieder. »So gesehen bin ich noch mit dem Schrecken davongekommen.« Er rappelt sich auf, begutachtet seine Hände, sucht die Gliedmaßen nach Schrammen ab. Dann sieht er mich an. »Was haben Sie denn vom Steiner gewollt? Ist er der Mörder?«

»Das werde ich dir gerade auf die Nase binden.«

»Also ist er's.« Er klopft sich gleichmütig den letzten Dreck von der Hose. »Vielleicht weil der Hans ihm die Frau ausspannen gewollt hat?«

Plötzlich hellhörig mustere ich den Kerl. »Ausspannen?«

»Ja. Die Res hat was gehabt mit dem Steiner Hans. Das weiß jeder.« Er macht eine großspurige Handbewegung.

Klar. Das weiß jeder. Nur der Idiot von Carabiniere nicht. Dem muss man solche Sachen ja nicht sagen. »Erzähl.«

Der Junge legt den Kopf schief. »Du weißt wirklich nix?«

Ich schüttle den Kopf und hoffe, dass das für dieses Tal so untypische Mitteilungsbedürfnis des Jungen jetzt nicht verschwindet. Doch meine Befürchtungen sind unbegründet.

Ein stolzes Grinsen überzieht sein Gesicht. »Ja, also: Die Res hat den Peter verlassen wollen. Und zum Hans ziehen. Weil, meine Mama sagt, eigentlich hat die Res als junge Frau schon den Hans heiraten wollen, aber der hat dann die Katharina geheiratet und da hat sie halt den Bruder genommen, den Peter. Als dann die Katharina letztes Jahr gestorben ist, hat's halt wieder angefangen und die Res hat wollen die Scheidung einreichen und den Hans heiraten.«

Mir schwirrt der Kopf vor lauter Namen. »Also die Frau vom Steiner Peter hat seinen Bruder heiraten wollen?«

Der Junge nickt. »Sag ich doch.« Als wäre das die natürlichste Sache der Welt.

Mein Herz klopft. Der Bengel hat mir gerade ein hervorragendes Mordmotiv für den Steiner Peter geliefert. Ich will schon wieder zurückeilen, den Kerl vernehmen – diesmal richtig – da fällt mir ein, dass der Moar ihm unwillentlich ein Alibi verschafft hat. Und nicht nur der Moar. Der ganze Kirchenchor wird bezeugen können, dass der Steiner Peter am Dienstag die Chorprobe geleitet hat. Meine Begeisterung über die Neuigkeit verpufft.

»Nehmen Sie ihn jetzt fest?«, fragt der Junge neugierig.

Ich schüttle den Kopf. Dann grinse ich. »Aber dich. Dich könnte ich festnehmen. Immerhin wolltest du Kirschen stehlen.«

Er tut mir fast leid, wie er plötzlich etwas blass um die Nase wird. Doch er erholt sich schnell von seinem Schrecken.

»Woher wissen Sie denn, dass ich Kirschen stehlen wollte? Vielleicht wollte ich nur den Ausblick genießen. Die Kirschen sind noch nicht einmal reif.«

Ich schmunzle. »Wie heißt du überhaupt?«

Statt einer Antwort grinst er wieder frech. »Sag ich nicht.« Ohne Vorwarnung startet er aus dem Stand und setzt über die Wiese davon, schnell wie ein Hase, der von einer Hundemeute gehetzt wird. Ich lasse ihn laufen. Erstens ist er, abgesehen vom Pfarrer, der erste Mensch, der hier mit mir gesprochen hat, und zweitens weiß ich genau, dass ich nicht die geringste Chance habe, diesem flinken Burschen hinterherzukommen.

Da steckt was anderes dahinter

»Was weiß ich alles nicht vom Steiner Hans?«, frage ich Valentin, nachdem er mir die Tür geöffnet hat. Seine Frisur sieht aus, als hätte ich ihn gerade aus dem Mittagsschlaf geholt, den er, wenn ich von den Ringen unter seinen Augen ausgehe, auch dringend gebraucht hätte. Sein Hemd ist zerknittert und am Kragen prangt ein großer Brandfleck. Hochwürden hat wohl zum ersten Mal in seinem Leben versucht, ein Hemd zu bügeln.

»Was weißt du denn schon alles?« Valentin macht einen schleppenden Schritt nach hinten, um mich in sein Refugium einzulassen. Wir gehen durch in die Stube.

Ich beschließe, mit der Tür ins Haus zu fallen. »Hat er was mit der Frau von seinem Bruder gehabt?«

Valentin schaut mich groß an. »Der Hans mit der Res?«

Ich nicke.

»Woher hast du denn den Schmarren?« Dann verändert sich etwas in seinem Gesicht und ich erkenne, dass er einer Erinnerung nachgeht. »Der Hans hätt was mit der Res vom Peter gehabt, sagst du?«

Ich nicke noch einmal. Er lässt sich auf einen Stuhl fallen, deutet auf den gegenüber.

»Da könnt was dran sein.« Er richtet seine blauen Augen auf mich. »Da könnt was dran sein«, wiederholt er leise. Beinahe als würde er nur mit sich selbst sprechen.

Er taucht ab in eine Gedankenwelt, in die ich ihm nicht folgen kann. »Die Res und der Hans … der Peter …« Plötzlich ist er wieder da, sieht mich an, sieht auf den leeren Tisch mit dem durchsichtigen Plastik, das die bestickte Tischdecke darunter vor Schmutz schützen soll. »Kaffee ist alle«, sagt er.

Ich winke ab. »Für Kaffee ist es eh zu spät.« Ich weise auf die Uhr. Es ist beinahe halb fünf und wenn, dann wäre es bald Zeit fürs Abendessen – zumindest für diese Bergmenschen hier.

»Die Anna hat es sich nicht anders überlegt.«

Am liebsten würde ich aufstehen und den Kerl schütteln. »Der Hans«, erinnere ich ihn. »Der Hans und die Res. War da was?«

Valentin wiegt den Kopf. »Ja und nein.«

Ich überlege schon, ob er einen Sturz aus dem Fenster überleben würde, da gibt er sich doch einen Ruck.

»Also offiziell war da sicher nichts. Aber der Hans hat einmal bei der Beichte so eine Andeutung gemacht.«

»Was für eine Andeutung?«

»Ich darf da nichts sagen. Das Beichtgeheimnis …«

»Das Beichtgeheimnis ist mir scheißegal!« Am liebsten würde ich ihn schütteln. »Der Hans ist tot und er ist nicht beim Gänseblümchenpflücken gestorben. Jemand hat ihn ermordet, und das war derselbe, der auch den Oberplanitscher ermordet hat. Ich will wissen, wer das war, bevor noch einer dran glauben muss.« Dem Moar sein kryptisches ›Der nächste nimmer‹ schießt mir durch den Kopf und ich spüre, wie sich die Härchen in meinem Nacken aufrichten. »Ich muss es wissen, Valentin!«

Hochwürden Egger geht in sich, ich sehe den Kampf, den er mit seinem Gewissen ausficht. Schließlich gewinnt die Zivilcourage.

»Da war was. Einmal hat er gesagt … in der Beichte … er würde seines Nächsten Frau begehren.«

»Und?« Mein Herzschlag beschleunigt sich.

»Nichts und.« Valentin schaut mich verständnislos an. »Ich hab ihm aufgetragen, einen Rosenkranz zu beten.«

»Und?«

Er zuckt die Schultern. »Er hat ihn gebetet, nehm ich an. Jedenfalls hat er danach noch eine ganze Weile vor dem Marienaltar gekniet.«

»Das war's?« Ich bin enttäuscht.

»Was meinst du, was mir die Leute bei der Beichte anvertrauen?« Auf einmal wirkt er wirklich aufgebracht. »Das läuft nicht so wie in den Vorabendkrimis, weißt du? Dass da einer ein komplettes Geständnis abliefert, und du kannst ihn darauf festklopfen. Die meisten Sachen machen die Leute mit sich selbst aus. Das ist nicht mehr so, wie es mal war. Nicht mal hier in Tal.«

Ich bin dem Ausbruch einigermaßen verdattert gefolgt und suche nach den richtigen Worten, um sein erhitztes Gemüt wieder herunterzukühlen.

»Schon gut, ich hab halt gehofft.« Ich seufze, schaue zum Fenster hinaus, dann wieder den Pfarrer an. »Es ist nur so … schwierig mit den Leuten hier. Keiner redet mit mir, keiner schert sich auch nur in der geringsten Weise darum, dass diese beiden Morde aufgeklärt werden. Es ist … wie eine Mauer, verstehst du? Ich hab das Gefühl, ich stehe im Wald.«

»Ich weiß …«

»Dann hilf du mir wenigstens. Lass uns mal annehmen, dass dieser Hans mit der Res etwas hatte. Und der Peter seinen Bruder aus dem Weg geräumt hat, weil er eifersüchtig war.«

»Das macht keinen Sinn, weil der Peter mit dem Oberplanitscher überhaupt kein Problem hatte. Im Gegenteil: Er hat ihn unterstützt, wo es nur gegangen ist.«

Das muss nichts heißen. Zu oft habe ich gesehen, wie dicke Freunde plötzlich erbitterte Feinde geworden sind. Kann gut sein, dass der Pfarrer da etwas nicht mitgekriegt hat. Bleibt aber immer noch der Umstand, dass der Steiner Peter ein Alibi vom Moar gekriegt hat und vom Piffer Hans und vom Schenk Ander. Und vom halben Kirchenchor …

»Da steckt was anderes dahinter«, sagt Valentin und denkt nach. Plötzlich leuchtet sein Gesicht auf. »Was, wenn das ein religiös motivierter Mord ist? Der Zehn-Gebote-Mörder oder so?«

Ich kann mir eine spöttische Grimasse nicht verkneifen. Das Strickmuster aus einem Vorabendkrimi wird für die Aufklärung meines Falls nicht helfen. Zehn-Gebote-Mörder! Dass ich nicht lache.

Doch er lässt nicht locker. »Im Ernst! Der Hans hat seines Nächsten Frau begehrt und der Oberplanitscher hat seines Nächsten Hab und Gut begehrt. Da wickelt einer die Zehn Gebote ab, von hinten zwar, aber es könnte doch sein, nicht?« Beifall heischend schaut er mich an. Erinnert mich an einen Pudel, der um ein Leckerli bettelt, mit seinen blonden Locken. »Denk nur an die Art, wie die Männer ermordet worden sind! Die Marterlen! Ich sag's dir: Der nächste Tote hat irgendwo ein falsches Zeugnis abgelegt!«

Wieder rieselt mir ein Schauder über den Rücken. Wie er das dahinsagt … Mir fällt der Moar ein. ›Das nächste Mal nimmer.‹ Auch er geht von einem weiteren Mord aus. Immer drängender hängt diese Theorie im Raum. Diese Theorie, nach der die zwei Toten nur der Anfang sind, der Anfang einer Serie von zehn Morden. Für jedes der zehn Gebote ein Toter mit einem Sträußchen Vergissmeinnicht zu Füßen. Ich muss von dieser furchtbaren Theorie wegkommen.

»Und der Sepp?«

»Der Sepp fällt sowieso aus dem Muster. Der ist nicht gekreuzigt worden.«

Das stimmt. Auch der Staatsanwalt geht davon aus, dass der Tod des Dorfsäufers tatsächlich ein Unfall war. Die *Scientifica* hat zumindest keine Hinweise auf Fremdeinwirken gefunden. Wenn ich den Sepp also beiseitelasse, haben wir wenigstens eine Theorie, und eine ist besser als gar keine. Was anderes als widersprüchliche Hinweise habe ich sowieso nicht. Jeder Verdächtige hat ein Alibi. Und aus diesen verstockten Berglern ist nichts herauszubekommen, was mich in irgendeiner Weise weiterbringen könnte.

Ich atme durch. »Also gut. Gehen wir mal davon aus, dass es sich um religiös motivierte Morde handelt und dass deine Zehn-Gebote-Theorie stimmt. Wer im Dorf kommt als nächstes Opfer infrage? Von wem weißt du, dass er gelogen hat, jemanden verleumdet hat?«

Valentin denkt nach, dann reißt er die Augen auf. »Die Rosa«, flüstert er. »Die Rosa ist das Dorfradio. Die weiß über jeden und jede Bescheid und erzählt oft genug Zeug, das sich später als Unwahrheit herausstellt. Wenn einer wegen dem achten Gebot ans Kreuz gehört, dann sie.«

Wieder rieselt es mir kalt über den Rücken. So leichtfertig bricht Valentin den Stab über die Dorfwirtin. Denkt der Mörder wie er? Soll Rosa sterben, weil sie tratscht?

Plötzlich wird es mir zu eng in der Stube. Ich muss raus. Raus aus der Pfarrerswohnung, raus aus dem Haus, dem Dorf. Raus aus dem Tal. Zu Menschen, die miteinander sprechen, miteinander scherzen. Die einander nichts Böses wollen.

Ich stehe auf. »Valentin, bis morgen. Ich melde mich.«

»Und die Rosa?«, fragt er, gefangen in seiner Theorie, in der Rosa die Nächste ist, die mit einem Sträußchen Vergissmeinnicht zu Füßen am Wegesrand hängt.

»Ich sag den Männern, dass sie auf die Rosa besonders achtgeben müssen.«

Dann drehe ich mich um und fliehe.

Das ist ein Befehl

Die Kirchturmuhr schlägt fünf, als ich auf dem Dorfplatz stehe und überlege, was ich mit mir anfangen soll. Ich fühle mich, als wäre ich schon zwei Tage ununterbrochen auf den Beinen und finde, dass ich mir den Feierabend verdient habe. Einen Feierabend, den ich allein verbringen werde. Ich kann heute sowieso nichts mehr tun. Mit dem Steiner Peter brauche ich nicht noch mal zu sprechen, der Moar wird grad vom Heer durch die Wälder gejagt, es gibt also nichts Sinnvolles für mich zu tun. Das Schicksal nimmt mir die Entscheidung ab. Ein unheilvolles Grummeln ertönt, leise erst, wird von einer Talseite zur anderen geworfen und dabei immer lauter. Im Talschluss türmen sich Wolkenberge auf. Fasziniert sehe ich zu, wie die grauen Ungetüme sich näher schieben und das Tal in ihrem Schatten versinkt, während ich selbst noch im hellen Sonnenschein stehe. Vor dem dunklen Hintergrund flackert ein Blitz auf.

Als der erste dicke Tropfen auf den heißen Asphalt platscht, renne ich los. Die Straße hinunter, um die Haarnadelkurve und das Stück weiter bis zur Carabinieristation. Die Tropfen verdichten sich zu einem Schauer, veranstalten einen Trommelwirbel auf dem Asphalt, von dem feuchte Wärme hochsteigt, die dem alpinen Tal ein tropisches Klima verpasst. Als ich endlich die Carabinieristation erreiche, bin ich nass bis auf die Haut und das Gewitter ist direkt über mir.

Nachdem ich mir trockene Sachen angezogen habe, sitze ich auf meinem Bett und genieße bei ausgeschalteter Deckenbeleuchtung das Schauspiel. Diffuses Licht liegt über Tal, als würden die Blitze einen schwefelgelben Nebel in der Luft hinterlassen, ein Donner geht in den nächsten über. Das anhaltende Grollen schwillt auf und ab, bleibt zwischen den steilen Wänden des Tals gefangen, bis es endlich doch verklingt, nur um vom nächsten Donner abgelöst zu werden.

Ein Blitz fährt in den Bergrücken, der überm Moarhof aufsteigt, und unwillkürlich muss ich an den sturen Bauern denken, der sich dort oben irgendwo versteckt, dort wo die Blitze am heftigsten einschlagen. Wie er vielleicht triefend wie ein nasser Hund unter einem Baum Schutz sucht vor den Wassermassen, die aus dem Himmel stürzen, wie er mich verflucht und dazu den gesamten Polizeiapparat, der sich auf ihn eingeschossen hat. Auch wenn er mich bedroht hat, hoffe ich, dass es ihm gut geht in diesem Hexenkessel und dass er einen trockenen Unterschlupf hat.

Ein trockenes Reißen ertönt, beinahe gleichzeitig mit einem Knall. Mein Herz macht einen Sprung und galoppiert danach umso schneller weiter. Ein Blitz muss in nächster Nähe eingeschlagen sein. Plötzlich setzt der Regen aus, alle Geräusche verstummen und einen Moment lang herrscht eine unheimliche Stille.

Da höre ich es. Ein leises Knistern, das von oben kommt, vom Dachstuhl. Ich springe auf, renne in den Flur. Am hinteren Ende führt eine Leiter zu einem kleinen Raum direkt unterm Dach, in dem ein paar Stapel alter Dachschindeln liegen. Und dort sehe ich Rauchschwaden durch den schmalen Spalt kriechen.

Der Blitz hat den Dachstuhl in Brand gesetzt!

Nach einer kurzen Schockstarre komme ich in die Gänge, poltere die Treppe hinunter ins Büro, hoffe, dass die Telefonleitung nicht tot ist, und wähle den allgemeinen Notruf. Gott sei Dank, es funktioniert. Ich mache Meldung, renne rauf, raffe zusammen, was ich an Wertsachen finden kann, stürze ins Freie.

Draußen geht die Sirene los, vom nahen Kirchturm werden die Männer der freiwilligen Feuerwehr zum Einsatz gerufen, Autoreifen quietschen. Durch den wieder einsetzenden Regen und das Donnergrummeln, das sich jetzt entfernter anhört, höre ich das Martinshorn der Feuerwehrwagen, die sich schnell nähern.

Keine zehn Minuten später wimmelt die Straße vor der Carabinieristation von Männern in schwarzer Montur. Ich werde vom Piffer Hans, dem Einsatzleiter, hinter die Absperrung geschoben in einen Mannschaftswagen, wo jemand eine dicke Wolldecke um mich legt, die nach Mist stinkt, aber was soll's. Ich bin schon wieder nass und dankbar für ein bisschen Wärme.

Wie in Trance beobachte ich die Männer. Ein eingespieltes Team, jeder Handgriff sitzt, aber soweit ich das beurteilen kann, wird während der ganzen Löschaktion kein Wort gesprochen. Plötzlich verstehe ich. Die Menschen in Tal sind nicht nur mir gegenüber verstockt, sie sprechen auch untereinander nicht.

Dann kommen die Männer von der Carabinierieinheit und plötzlich übersteigt der Lautstärkepegel das Prasseln des Regens. Was vorher wie eine Szene aus einem Stummfilm gewirkt hat, wird zum lautstarken Drama. Kommandos werden gebrüllt, Menschen laufen durcheinander, der eingespielte Tanz der Taler Feuerwehr wird zu einer Farce, als der Wettstreit zwischen den Einheimischen und dem Militär in den Vordergrund tritt. Die Flämmchen züngeln derweil immer wieder lustig auf dem Dach der Carabinieristation.

Plötzlich unterbricht ein donnerndes »Stopp!« das Geschrei. Der Piffer Hans steht wie ein Fels in der Brandung mitten auf der Straße. Die Regentropfen in seinem wild wuchernden Bart funkeln wie seine dunklen Augen. Er hebt den Arm und zeigt die Straße runter. »Voi! Via!«

Der Sergente kommt angeschossen und baut sich zu seiner vollen, allerdings nicht allzu beeindruckenden Größe vor dem Einsatzleiter auf. »Sagt wer?«

»Ich.« Der Piffer Hans, ein Bär von einem Mann, schaut gleichmütig auf ihn hinunter.

Bevor es zum Eklat kommt, streife ich mir die Decke von den Schultern und schiebe mich aus dem Auto. »Sergente, kommen Sie. Begleiten Sie mich in den Bergblick. Ich muss mich aufwärmen.«

Kurz zögert er.

»Das ist ein Befehl«, sage ich. Das gibt den Ausschlag. »Und Ihre Männer nehmen Sie mit.«

Weidmannsheil

Ein Bier und einen Teller Hirtennudeln dauert es, bis auch die Feuerwehrleute im Bergblick eintrudeln. Sofort erfüllt beißender Rauchgeruch den getäfelten Speisesaal. Die Wirtin hat trotz der späten Stunde, immerhin ist es schon halb elf, das Restaurant für uns geöffnet und die Stube eingeheizt. Dass mehr Rauch als Wärme aus dem Stubenofen kommt, ist den Männern egal. Hauptsache, man bekommt nach dem Einsatz etwas Warmes in den Magen.

Der Piffer Hans tritt zögernd an den Tisch, den ich mir mit dem Sergente und drei seiner Jungs teile. »Brand ist gelöscht.« Drei Wörter. Artikel sind wohl ausgegangen.

»Danke«, sage ich. »Darf ich euch ein Bier ausgeben?«

Ein sparsames Kopfnicken, als sei es die selbstverständlichste Sache der Welt, dass ich der etwa zwanzigköpfigen Mannschaft ein Bier spendiere. Auch Rosa nickt nur und macht sich ans Zapfen. Als ich die Größe der Bierkrüge sehe, schlucke ich. Überschlage in Gedanken die Rechnung.

Der Sergente errät, was in meinem Kopf vorgeht, und grinst süffisant. Ich lasse ihn. Mein Ziel für den heutigen Abend ist, von diesen Eigenbrötlern Antworten im Ausmaß von mindestens zwanzig Wörtern zu bekommen. Zu diesem Zweck erhebe ich mich vom Tisch und gehe auf den Piffer Hans zu.

»Steht die Carabinieristation noch?«

»Hmpf.«

Das muss ich anders anpacken. »Ist der Moar eigentlich auch bei der Feuerwehr?«

Wieder ein »Hmpf«, dann wendet er sich ab und prostet jemandem zu. Es ist der Schenk Ander. Ich stelle mich so, dass ich beide im Blickfeld habe, wenn sie miteinander sprechen wollen. Wobei ich darauf wetten könnte, dass es nicht ihr vorrangigstes Ziel ist, miteinander zu sprechen.

»Feuerwehr, Kirchenchor … Hier ist wohl jeder überall dabei. Eine Musikkapelle habt ihr sicher auch?«

»Hmpf.«

»Spielen Sie auch ein Instrument?«, frage ich den Piffer Hans.

»Tuba«, sagt er. Nimmt einen Zug aus seinem Glas. Einen ordentlichen Zug. Die Hälfte des Glases ist leer.

Ich wende mich an den Schenk Ander. »Und Sie?«

»Ich bin die Marketenderin.« Die umstehenden Männer lachen. Zumindest weiß ich, dass Marketenderinnen Frauen sind, die – meistens mit einem Schnapsfass und einem Blumenstrauß bewaffnet – aus dekorativen Zwecken bei den Musikkapellen mitmarschieren. Ganz sicher kein Männerjob. Nicht einmal in Zeiten der Gleichberechtigung. Ich weiß nicht, ob ich mich darüber freuen soll, dass die Männer schon ein Viertel meines Wortsolls erreicht haben, oder darüber ärgern, dass sie mich zum Ziel ihres Spotts auserkoren haben. Als ich die schadenfrohe Grimasse des Sergente sehe, beschließe ich, gute Miene zum bösen Spiel zu machen.

»Schade. Sonst hätte ich mich für den Posten beworben.«

Wieder lachen die Männer.

»Und der Moar? Spielt der auch ein Instrument?«

Kaum ist die Frage heraus, verblasst die Heiterkeit auf ihren Gesichtern. Der Piffer Hans hält das leere Glas Richtung Rosa, die es ihm ohne ein Wort abnimmt und auffüllt. Ohne meine Bestätigung abzuwarten, setzt sie einen weiteren Strich auf die Liste, für die ich aufkommen muss. Langsam dämmert mir, dass es für mich zuträglicher wäre, ich würde die Zeche bezahlen und verschwinden, bevor das Ausmaße annimmt, die mein mageres Gehalt übersteigen. Aber mitten in meine Gedanken hinein, überrascht mich der Schenk Ander.

»Der Moar spielt Horn und wenn er am Samstag bis zum Begräbnis nicht wieder im Dorf auftaucht, wäscht ihm der Hans den Kopf. Also schaut's, dass ihr ihn vorher noch findet.«

Ich starre den Schenk Ander fassungslos an.

»Was?«, fragt er und fällt damit in seine gewohnte Einsilbigkeit zurück.

»Zwanzig«, sage ich. Obwohl das jetzt sicher mehr Wörter waren, aber so schnell hab ich nicht mitzählen können.

»Hmpf.« Ganz leise höre ich irgendwo noch ein gerauntes »Walsche!«

Ich reagiere nicht darauf, wende mich dafür an den Sergente. »Habt ihr gehört? Ihr sollt den Moar finden.«

»Wenn's so leicht getan wäre wie gesagt.«

»Wahrscheinlich suchen sie Schwämme statt den Moar«, raunt irgendwer. Das Bier muss die Zungen der Talbewohner gelöst haben. Ich staune nicht schlecht.

»Vielleicht suchen sie nur am falschen Ort«, murmelt jemand anders.

»Wo sollte man denn suchen?«, frage ich stellvertretend für den Sergente.

Wie auf ein Kommando heben plötzlich alle Männer ihre Bierkrüge und nehmen einen ordentlichen Zug. Keine Antwort. Ich seufze. Tja. Wäre auch zu schön gewesen. Als der Piffer Hans sein leeres Glas wieder Richtung Rosa schwenkt, beschließe ich, dass es reicht.

»Die Rechnung, Rosa«, sage ich, sehe zu, wie sie einen weiteren Strich auf die Liste setzt, im Kopf die Summen addiert und mir einen Betrag nennt, der niedriger als erwartet ist. Ich zahle und verlasse die Gaststube. Mit mir der Sergente, dem seine Männer wie gut abgerichtete Hunde folgen.

»Wir werden heute durchs Dorf patrouillieren«, sagt er.

»Bei dem Wetter?« Auch wenn das Gewitter inzwischen weitergezogen ist, ist das Donnergrollen nicht ganz verklungen, sondern nur weiter entfernt.

Er zuckt die Schultern.

»Na dann«, sage ich. »Weidmannsheil.«

Tag 5 – Freitag

Moar, was hast du getan?

Ich schlafe schlecht in dieser Nacht. Die behelfsmäßig ausgebrachte Plastikplane auf dem Dach verstärkt das Prasseln des Regens, mein Bett ist feucht, es stinkt nach verbranntem Holz und das Donnergrollen dauert die ganze Nacht an. Mal lauter, mal leiser wummern die Schläge durchs Tal. Mein Unterbewusstsein verstärkt jeden einzelnen und lässt mich den Brand ständig von Neuem erleben. Mal höre ich in meinen Träumen das reißende Geräusch, das dem ohrenbetäubenden Donnerschlag vorausgegangen ist, dann wieder die Sirene der Feuerwehr.

Ein Alarm ist es auch, der mich aus dem unruhigen Schlaf weckt, in den ich irgendwann doch gesunken bin. Schlaftrunken richte ich mich auf, versuche, meine Gedanken zu sortieren. Bis ich endlich das Geräusch richtig einordnen kann, vergehen ein paar Augenblicke. Das Telefon läutet. Ein Blick auf den Wecker verrät mir, dass es halb fünf ist. Nicht einmal fünf Stunden Schlaf waren mir vergönnt. Aber ich weiß genau, dass so ein früher Anruf nur eines bedeuten kann: Es muss etwas passiert sein. Also springe ich aus dem Bett und renne ins Büro.

»Pronto?«

Ein Knacksen und Rauschen ertönt am anderen Ende der Leitung.

»Entschuldigung. Ich kann nichts verstehen.«

Wieder Knacksen, Rauschen – dazwischen ein paar Wortfetzen. Ich kann nichts ausmachen bis auf … Marterle. Ein eisiger Schreck fährt mir in die Glieder. Guter Gott, hoffentlich nicht das, was ich denke. Plötzlich ist die Verbindung einwandfrei.

»Hörst du mich jetzt?« Es müsste Rizzi sein, der am anderen Ende der Leitung ist.

»Ja«, sage ich beklommen. »Ich höre.«

»Wir haben hier eine Leiche sichergestellt.«

Mein Arm wird plötzlich schwer und ich muss mich setzen, damit ich ihn irgendwo aufstützen kann, damit ich den Hörer weiter ans Ohr pressen kann, um zu hören, was ich nicht hören will.

»Wo?«

»Außertal. Wir waren eigentlich auf der Suche nach dem Moar. Aber … Es ist unbeschreiblich.«

Ich rufe mir Salvatores Landkarte vor Augen. Außertal beginnt beim Moarhof und zieht sich bis weit über den Bergrücken.

Moar, was hast du getan? Und warum? Oder bist du gar das Opfer? Ich seufze. »Bin gleich da.«

Bevor ich das Büro verlasse, fällt mein Blick auf den Monatskalender an der Wand. Es ist Freitag. Der Tag, an dem Beatrice zu ihrem Segeltörn startet. Mit Enzo. Ich schlucke, als mir bewusst wird, dass ich sie gestern wieder nicht angerufen habe. Sie mich auch nicht. Oder hat sie während des Brandes angerufen? Egal, was heute passiert, ich muss sie erreichen. Ich muss.

Aber jetzt wartet erst mal eine weitere Leiche auf mich.

Siebte Station

Es wird gerade hell, als ich ankomme. Rizzi empfängt mich mit blassem Gesicht weit oberhalb des Moarhofs. Die Asphaltstraße endet hier, nur ein Forstweg führt hinter einer Schranke weiter bergwärts. Startpunkt für einige Wanderungen, wie ich auf einem Wegkreuz lese, auf dem die italienischen Flurnamen geschwärzt sind.

»Es ist furchtbar«, sagt er. »Dieser Moar muss ein Tier sein.«

»Der Moar war das?« Auch wenn das mein erster Verdacht war, kann ich es nicht wirklich glauben. Nicht der Moar.

»Liegt nahe, oder? Außerdem hat die Leichenstarre noch nicht vollständig eingesetzt, der Mord ist also sechs bis acht Stunden her, und da waren alle anderen Männer beim Löscheinsatz.«

Wirklich alle? Wieso haben sie den Moar schon zum Mörder erklärt? Ohne Beweise. Und obwohl er für die beiden vorherigen Morde ein Alibi hat. Aber ich spare mir den Einwand. »Wo?«

»Da hoch.« Rizzi weist mit dem Kinn zu einem schmalen Pfad, an dessen Beginn auf einem Wegweiser ›Maria im Wald‹ steht, daneben die erste Station eines Kreuzwegs. Jesus wird zum Tode verurteilt. »Es ist schon ein Stück. Siebte Station. Ich warte hier auf die Scientifica.«

Ich sehe ihm an, dass er froh darüber ist, auf die Spurensicherung warten zu können. Sich das Bild nicht noch einmal anschauen zu müssen, das sicher nicht weniger grausam ist als die beiden davor. Ich nicke und begebe mich auf den Kreuzweg. Jesus wird zum Tode verurteilt, Jesus nimmt das Kreuz auf seine Schultern, Jesus fällt zum ersten Mal. Der Weg führt am Rande einer frisch gemähten Wiese entlang unter Birken und Haselbüschen, hinter denen ein gluckerndes Bächlein sich seinen Weg Richtung Tal sucht.

An der vierten Station fällt mir zum ersten Mal ein Sträußchen mit Vergissmeinnicht auf, das jemand liebevoll am Fuß der Station gepflanzt hat, an der Jesus seiner Mutter begegnet. Ich bleibe stehen, versuche, wieder zu Atem zu kommen, und lasse meinen Blick über das Tal schweifen. Die Luft ist nach dem Gewitter glasklar und frisch, hoch an einem strahlend blauen Himmel bereitet sich die Sonne darauf vor, alles zu geben, um den Menschen den Schweiß aus den Poren zu treiben. Ein Tannenhäher fliegt über die Wiese auf den Wald zu und lässt dabei seinen metallischen Ruf ertönen, ein lang gezogenes, hartes »Kräh«, das irgendwann im Grillengezirpe untergeht.

Ich wandere weiter. Komme an die sechste Station. Simon hilft Jesus das Kreuz zu tragen, er erhält das Schweißtuch von Veronika. Gehe weiter. Der Weg zieht an, taucht nun in den Wald ein. Ich wappne mich, aber auf das Bild, das sich mir bietet, bin ich trotzdem nicht vorbereitet.

Das Erste, was ich sehe, sind Di Bello und Sartori. Der eine sitzt mit bleichem Gesicht an einen Fichtenstamm gelehnt, der andere steht über ihn gebeugt. Dahinter mache ich die Station aus und im ersten Moment verstehe ich nicht, wo hier der Tote sein soll. Suchend wandert mein Blick über die kleine Lichtung und dann sehe ich ihn, am Boden. Ein Körper, an ein Kreuz geflochten.

Jesus fällt zum dritten Mal, schießt es mir durch den Kopf und mein Blick sucht unwillkürlich nach den abgehackten Händen. Als ich diese intakt an den dazugehörigen Armen sehe, stutze ich kurz, dann sehe ich, was diesmal anders ist.

Auf einem riesigen Ameisenhaufen liegt ein rundes Etwas, das nur deshalb meine Aufmerksamkeit erregt, weil es sich bewegt.

Ich würge.

Es ist ein Kopf. Der Kopf, der bei diesem Gekreuzigten fehlt. Er ist übersät mit wuselnden, wimmelnden Ameisen. Sie krabbeln über seine aufgerissenen Augen, aus seinem Mund, seinen Nasenlöchern. Der Wind dreht und der süßliche Geruch einer verwesenden Leiche vermischt mit Ameisensäure weht mir entgegen. Ich wende mich ab und mein Mageninhalt hebt sich, Di Bello tut es mir am Fuß seiner Fichte gleich.

»Wir haben nicht gewusst, ob wir den Kopf aus dem Ameisenhaufen …«, sagt Sartori entschuldigend. Ich sehe ihm an, dass er bangt, dass ich, der Ranghöhere, ihn mit dieser Aufgabe betraue.

»Lassen wir das der Scientifica. Tot ist er schon. Wenn die Ameisen noch ein bisschen mehr von ihm abknabbern, wird das auch nicht mehr viel ändern.«

Ein Würgen von Di Bello unterbricht mich. Bei dem Geräusch steigt auch mir die Galle wieder hoch.

»Reiß dich am Riemen, Di Bello!«

»Sissignore.« Er rappelt sich auf und versucht, die Hacken zusammen zu schlagen. Verschämt schaut er an sich herunter, wischt an den Kotzespuren auf seiner Uniform herum.

»Weiter unten bin ich an einem Bach vorbeigekommen. Geh runter und wasch dir den Dreck ab«, sage ich.

»Sissignore«, sagt er noch einmal und wendet sich ab. Dankbar, dass er diesem Anblick entkommt. Sartori schaut aus, als würde er ihm am liebsten folgen. Aber ich will nicht allein hierbleiben.

»Weiß man schon, wer es ist?«

Sartori schüttelt den Kopf. »Niemand da, den man fragen könnte.«

»Stimmt auch wieder.« Ich atme durch. Wieder steigt mir die ekelerregende Geruchsmischung in die Nase. »Riecht übel.«

»Das kannst du laut sagen.« Er grinst. Ich grinse zurück. Nach dem Einsatz beim Moarhof haben wir vereinbart, dass wir uns duzen, solang der Sergente nicht da ist.

Schwankenden Schritts kommt Di Bello wieder, nimmt seinen angestammten Platz an der Fichte ein. Er ist immer noch blass um die Nase. Auch Sartori und ich lassen uns nieder, wenden der Leiche den Rücken zu und ignorieren das immer weiter anschwellende Summen. Fliegen haben sich zu den Ameisen gesellt. Wenn die *Scientifica* nicht bald kommt, werden die Insekten den Schädel bis auf den Knochen abgenagt haben.

»Ist es derselbe Täter? Was meinst du?« Sartori vermeidet es, zur Leiche zu schauen.

»Ich vermute es«, sage ich. Doch etwas fehlt mir noch, um Gewissheit zu haben. Obwohl ich es eigentlich Sartori gleichmachen möchte, stehe ich auf und gehe auf den Ameisenhaufen zu.

Sartori folgt mir mit dem Blick. »Was hast du vor?«

Es dauert nicht lange, und ich finde, was ich suche. Das Sträußchen Vergissmeinnicht steckt bei diesem Toten in der Brusttasche seiner Lodenjoppe. Ein paar Stängel nur, die Blüten blass, als hätten sie ihre beste Zeit schon längt gesehen.

»Der Vergissmeinnicht-Mörder«, murmle ich vor mich hin.

»Was?«

Ich gehe nicht auf Sartoris Frage ein. Etwas anderes nimmt meinen Blick gefangen. »Blonde Haare«, sage ich. »Locken.« Locken, die aussehen, als würde eine leichte Brise sie bewegen, dabei sind es die Ameisen, die zwischen den Haaren auf der Kopfhaut herumkrabbeln und dafür sorgen, dass sich die blonden Locken wie Wellen bewegen. Wieder unterdrücke ich den Brechreiz.

»Die Augen könnten grün sein«, sagt Sartori neben

mir. Er hat seinen Platz an der Seite seines Freundes verlassen und will wohl sich selbst und mir beweisen, dass er aus härterem Holz geschnitzt ist.

Ich nicke. »Oder blau. Warte mal.« Ich strecke mich nach oben und reiße ein Ästchen einer Lärche ab. Mit den weichen, frühlingsgrünen Nadeln versuche ich, ein Auge von den Ameisen zu befreien, die sich hartnäckig festklammern. Trotzdem schaffe ich es.

»Blau.«

Di Bello würgt wieder.

»Bach«, sagen Sartori und ich wie aus einem Munde. Di Bello steht folgsam auf und macht sich davon, während wir uns angrinsen.

»Scheiß-Job«, sagt Sartori.

»Das kannst du laut sagen.« Dann halte ich inne. Horche. Ein Brummen. Ich nicke Sartori zu. »Wir sind befreit. Das ist die Scientifica.«

Auch er lauscht und nickt. »Könntest recht haben, Maresciallo.«

Das Brummen wird lauter, bis ein Hubschrauber knatternd dort in der Luft stehen bleibt, wo Rizzi auf die Männer vom *Ripartimento Investigativo Scientifico* wartet. Gelassen sehen wir zu, wie erst ein Mann, dann ein zweiter und schließlich ein dritter abgeseilt werden, schauen auf die Uhr. In ungefähr zwanzig Minuten werden sie ankommen.

Ich rapple mich hoch. »Ihr haltet hier die Stellung, Männer.«

»Und du?« Sartori sieht mich an.

Ich ziehe Salvatores Karte aus meiner Uniformjacke, entfalte sie und tippe auf eine bestimmte Stelle. »Ich gehe hier nach dem Rechten sehen.«

»Wo?«

»Beim Außertaler. Das ist der Hof, der gleich da unten sein müsste.«

Sartori reißt die Augen auf. »Hier oben ist auch noch ein Hof?«

Ich nicke. Ganz der Einheimische. »Ja. Und das ist noch immer nicht der Hof, der dem Himmel am nächsten ist.« Ich falte die Karte wieder zusammen, nicke den beiden zu. »Ich will keine Klagen hören, Jungs.« Ich zwinkere. Als ob irgendwer sich über die beiden beschweren würde.

Ich marschiere talwärts. Auf halbem Weg kommen mir die Männer von der Spurensicherung entgegen, die sich in ihren weißen Ganzkörperkondomen den Kreuzweg heraufquälen. Ob es eine Vorschrift gibt, die ihnen verbietet, diese Dinger erst am Tatort anzuziehen? Wir bleiben stehen, die anderen sichtlich erfreut über die Pause.

»Carminati.« Ich strecke dem Vordersten die Hand hin. »Ich bin der Carabiniere vor Ort. Wenn Sie was brauchen …« Ich lasse den Satz unvollendet. Wenn sie was brauchen, wenden sie sich sowieso nicht an mich, sondern gleich an den ermittelnden Staatsanwalt.

»Wie weit noch?«, fragt ein Rotgesichtiger, dem kleine Schweißbäche von der Stirn rinnen und der den schweren

Koffer mit den Sicherungswerkzeugen trägt.

»Halbweg«, sage ich, lächle mitleidig und sehe ihnen nach, wie sie hochstapfen. Der Rotgesichtige gibt den Koffer an seinen Kollegen weiter. Das Leben ist schwer in den Bergen.

Und Blutschwitzer

Die Frau und mindestens fünf Kinder sitzen mit verlorenem Gesichtsausdruck auf dem Söller vor dem Haus, liebevoll umrahmt von wild wuchernden Geranien. Brennate Liab, nennen die Einheimischen die rot blühenden Pflanzen. Brennende Liebe.

»Vergissmeinnicht, Brennate Liab«, sage ich statt einer Begrüßung zu der Bauernfamilie. »Ihr habt schöne Namen für eure Blumen.«

Als wäre ich von einem anderen Stern direkt auf ihrem Hof aufgeschlagen, schauen sie mich an. Die Bäuerin hat mit der vorgewölbten Stirn und den wirren Haaren was von einem Höhlenmenschen. Und wirkt genauso feindselig, wie ich mir so einen vorstelle. Nur eine Kleine mit zwei blonden Rattenzöpfen lächelt mir vertrauensselig entgegen. Ihre Augen strahlen wie zwei Scheinwerfer. Das Blau kenne ich. Ich schlucke.

»Und Blutschwitzer«, sagt sie. »Die mag ich am allerliebsten.«

Beim Namen dieser Blume rieselt es mir kalt über den Rücken. »Kann ich den Bauern sprechen?«

Die Bäuerin, die mich vage an jemanden erinnert, wird blass um die Nase. »Der ist nicht da.« Damit bestätigt sie meinen Verdacht, dass es sich bei dem Toten an der siebten Station um ihren Ehemann handelt.

Trotzdem tue ich weiterhin so, als wüsste ich von nichts. »Wo ist er denn?«

Sie zuckt die Schultern.

Als von ihr nichts kommt, lächle ich das Mädchen mit den Rattenzöpfen an. »Wo ist denn der Papa?«

Sie runzelt die Stirn. »Ich weiß nicht«, bekennt sie schließlich. »Er ist auch gestern nicht heimgekommen. Obwohl Gewitter war. Und Blitz und Donner. Vielleicht hat ihn der böse Donnertroll gefangen, Mama?« Angstvoll wendet sie sich ihrer Mutter zu, die ihr beruhigend einen Arm um die Schulter legt.

»Schsch«, macht sie und streicht dem Mädchen über den Rücken.

Ich habe einen Knoten im Hals, der so dick ist, wie einer von diesen Knödeln, die es hier in mindestens ebenso vielen Variationen gibt wie bei uns in Bergamo die Pasta. Es ist offensichtlich, dass ein ›Donnertroll‹ den Familienvater gefangen hat, wenn auch noch nicht welcher.

Ich wende mich an die Mutter. »Kann ich mit Ihnen sprechen? Allein?«

Ich sehe, wie es in ihrem Gesicht zu arbeiten beginnt. Dann wird ihre Gesichtsfarbe noch eine Spur blasser. Ich mustere sie genauer. Sie wendet mir den Kopf zu und da bemerke ich, dass da ein Gelbton ist, der nicht vom Erschrecken stammt, sondern von einem Bluterguss, der schon beinahe verheilt ist. Anders als der Abdruck von fünf Fingern, den ich an ihrem Hals erkennen kann. Blauviolett zeichnet er sich allzu deutlich von der Haut ab.

Erschrocken sehe ich die Frau an.

Sie bemerkt meine Blicke. Nickt müde. Steht auf. Macht eine Bewegung in Richtung der Kinder, als würde sie einen Hühnerschwarm verscheuchen. »Rein mit euch.«

Ich folge den Kindern mit dem Blick und plötzlich sehe ich Dinge, die mir bis jetzt nicht aufgefallen sind. Der etwa zwölfjährige Junge humpelt stark, das Mädchen mit den Rattenzöpfen hat blaue Striemen an der Wade, die nur von Schlägen mit einem harten, dünnen Gegenstand herrühren können, auf dem Oberarm ihrer älteren Schwester blüht ein handtellergroßes Hämatom. Wieder wechsle ich einen Blick mit der Frau.

»Was ist?«, fragt sie. Ihre Stimme ist herrisch, grob. Sie wird mir gegenüber mit keinem Wort verlauten lassen, dass ihr Mann sie schlägt, das spüre ich. Geschlagen hat, verbessere ich mich in Gedanken selbst.

»Ihr Mann ist seit gestern abgängig?«

Sie nickt.

»Haben Sie versucht, ihn zu erreichen?«

Sie schüttelt den Kopf.

»Warum nicht?«

»Hier ist eh nirgends Empfang.«

Da hat sie auch wieder recht.

»Welche Haarfarbe hatte ihr Mann?« Bevor ich mich versehe, habe ich die Vergangenheit benutzt. Hoffe, dass sie es nicht bemerkt. Hoffe vergebens.

»Er ist tot?« Auf dem Gesicht der Frau erscheint ein Ausdruck, den ich nicht richtig deuten kann.

»Welche Haarfarbe hatte ihr Mann?«, wiederhole ich stur.

»Blond«, gibt sie ungeduldig zur Antwort. »Was ist mit ihm?«

»Ich fürchte, er ist tot«, sage ich. »Man hat ihn noch nicht identifiziert, und das ist auch nicht so einfach, weil …« Ich verstumme. Ich kann ihr unmöglich sagen, dass der Kopf ihres Ehemanns grad von Millionen von Ameisen zersetzt wird.

Ihre Reaktion überrascht mich. Statt in Weinen auszubrechen, nickt sie einfach.

»Die Nachricht kommt nicht unvorbereitet?«

Ein kaum merkliches Kopfschütteln ist die Antwort.

»Hatte Ihr Mann Feinde?«

Sie fixiert mich mit ihrem Blick. Finster. Aus dunklen Augen starrt sie mich an, als würde sie mit einer Axt auf mich losgehen, wenn sie eine zur Hand hätte. Plötzlich weiß ich, an wen sie mich erinnert.

»Sie sind die Schwester vom Moar.«

Ertappt senkt sie den Blick.

Die Prophezeiung vom Moar schießt mir in den Kopf. ›Das nächste Mal nimmer‹, hat er gesagt und damit voll danebengelegen. Wenn das da oben an der siebten Station wirklich der Ehemann dieser Frau ist, die am ganzen Körper übersät ist mit Misshandlungsmalen, dann ist er als ihr Bruder schon wieder im engsten Kreis der Verdächtigen.

Moar, wieso kannst du nicht einfach recht behalten?

Wer ist das nächste Opfer?

»Ich blicke da einfach nicht durch«, sage ich und wische mir kraftvoll übers Gesicht. ›Den Balken wegreiben, der vor der Erkenntnis liegt‹, hat mein alter Lehrer das immer genannt. Die Gesichtsmassage erfrischt, aber der Balken liegt unverrückt da.

Valentin nickt verständnisvoll. »Kannst du gar nicht.«

»Kann ich nicht?« Ich sehe ihn überrascht an. »Wie meinst du das?«

Er steht auf, stellt sich ans Fenster. Sein Blick geht über den Friedhof.

»Die Menschen hier sind ein ganz besonderer Schlag.« Damit sagt er mir nichts Neues. Ein besonderer Schlag trifft nur die halbe Wahrheit, denn die Menschen hier sind verbockt, versteinert, verbohrt. Auch uns Bergamasken sagt man eine gewisse Sturheit nach, aber was die Menschen aus Tal mir hier entgegenbringen, ist nicht nur Sturheit.

»Ich bin jetzt seit sechs Jahren hier in Tal. Und glaub mir, ich war ambitioniert. Die erste eigene Pfarrei, das ist eine Verantwortung, eine Herausforderung. Der erste Schock war dieses Tal, das nur aus Steilwänden besteht. Der zweite die Menschen.« Er seufzt. »Ich wollte etwas ganz Besonderes aus der Pfarrei machen. In den ersten Wochen hab ich versucht, einen Kinderchor auf die Beine zu stellen, das Ministrantentraining hab ich aufgenommen und du kannst dir nicht vorstellen, was ich alles getan habe, um den Pfarrgemeinderat auf meine Seite zu ziehen. Aber …« Er hebt die Hände und lässt sie dann kraftlos fallen. »Weiß du, wie meine erste Pfarrgemeinderatssitzung ablief?«

Endlich sieht er mich an und obwohl ich überhaupt keine Lust auf die Schilderung seiner ersten Sitzung mit dem Pfarrgemeinderat habe, nicke ich.

»Ich hatte mich so gut vorbereitet. Wollte ihnen meine Ideen unterbreiten. Schöne Ideen! Ideen, die ich von anderen Pfarrern übernommen hatte und die unser Herr Bischof gut fand. Aber ich bin gar nicht dazu gekommen, irgendetwas davon zu erzählen.« Aus blauen Augen schaut er mich traurig an und ich sehe, dass er in Gedanken tief in seinen Erinnerungen steckt. »Der Gruner Meini hat mir den Satz abgeschnitten und gesagt: ›Was soll diese Kinderei mit dem Händefassen beim Vaterunser? Wir mögen so was nicht hier in Tal. Solche Kindereien lass lieber gleich bleiben, Pfarrer.‹ Und dann hat der Steiner Peter gemeint: ›Wir mögen überhaupt nicht singen. Wer singen mag, der ist im Kirchenchor. Und das sag ich auch gleich, Pfarrer: Bei den Liedern lass ich mir nicht reinpfuschen.‹ Das war's dann. Meinen Vorschlag mit dem Kinderchor haben sie sofort abgeblockt. ›Das weiß man ja, was passiert, wenn man den Pfarrer mit den Kindern allein lässt‹, war der Kommentar, und die Ministranten hat die Rosa vom Bergblick über und die gibt sie nicht her.« Pfarrer Valentin seufzt. »Das war die erste

Sitzung. Und wenn du glaubst, dass die nächsten besser gewesen sind, hast dich geschnitten. Ich bin hier nicht der vom Bischof eingesetzte Geistliche, sondern Pfarrer von Tals Gnaden. Und wehe, ich weiche auch nur ein Komma von dem ab, was irgendein Pfarrer vor hundert Jahren gemacht hat. Dann trifft sich der Pfarrgemeinderat und es setzt eine Standpauke. Sie hassen mich, Pietro.« Sagt's und schaut mich ernsthaft an. »Und dich hassen sie auch. Und deshalb sagen sie dir auch nichts und so lange sie nichts sagen, wirst du auch nicht durchblicken können.«

Weil ich dieser zwingenden Logik nichts entgegenzusetzen habe, vergrabe ich mein Gesicht wieder in den Händen. Der Kopf auf dem Ameisenhaufen erscheint vor meinem inneren Auge, die seltsame Reaktion der Außertalbäuerin bei der Nachricht, dass ihr Mann gestorben ist.

Ich richte mich auf. »Was weißt du von der Außertalbäuerin?«

Valentin zieht die Brauen hoch. »Der Außertaler hat sie geschlagen?«

»Du wusstest es?«

»Jeder hat's gewusst, aber wenn du sie drauf ansprichst, wird sie kein Wort verlauten lassen. Sie ist gefallen, sie hat sich gestoßen, ihr Mann würde so was nie tun. Die Kinder sind auch voller blauer Flecken. Seit die Lehrerin die Mutter einmal drauf angesprochen und ihr geraten hat, sich Hilfe zu holen, fehlen die Bälger ständig in der Schule. Immer eine Woche oder länger …«

»So lange, wie ein Hämatom braucht, um zu verheilen.«

Valentin nickt. »Ich hab auch mal versucht, mit ihr zu sprechen. Als sie zur Adventsbeichte bei mir war. Sie war verstockt wie ein Prügel Feuerholz. Irgendwann hab ich's aufgegeben und sie entlassen. Tags drauf stand der Außertaler plötzlich in meiner Stube und hat … Na ja, er ist eh tot. Das tut nichts mehr zur Sache.«

Ich nicke. Ihr Mann hat sie also geschlagen. Die Kinder ebenfalls. Doch sie hat bis zuletzt zu ihm gestanden.

»Kann es sein, dass der Moar, also ihr Bruder, dem Ganzen ein Ende bereiten würde?«

»Dass der Moar ihr Bruder ist, weißt du also auch schon?« Er wartet mein bestätigendes Nicken gar nicht ab. »Natürlich kann es sein. Genauso wie es sein kann, dass er dem Oberplanitscher eine bleibende Lektion erteilt, weil der ihn übervorteilt hat und dem Steiner Hans, weil der nichts gespendet hat, aber kommt dir das nicht selbst ein bisschen zufällig vor?«

»Ja, das tut es. Aber er ist meine einzige Spur.« Immer noch. Inzwischen schäme ich mich vor dem armen Bauern, der zu seinem abgebrannten Hof mittlerweile auch noch dreier Morde verdächtigt wird und sich sogar bei einem Wetter wie gestern im Wald verstecken muss.

»Und was ist mit dem Sepp?«, sagt Pfarrer Valentin. »Glaubst du, den hat er auch um die Ecke gebracht?«

Ich zögere. Der Sepp ist bislang der einzige Tote, der nicht mit der Axt bearbeitet, an ein Kreuz genagelt und mit einem Sträußchen Vergissmeinnicht gefunden worden ist.

Es kann natürlich sein, dass das Sträußchen vom Bach Richtung Tal geschwemmt wurde, aber selbst der Staatsanwalt glaubt nicht, dass sein Tod etwas mit diesen Morden zu tun hat. Sicher wissen kann ich es leider immer noch nicht. Vielleicht hat der Mörder erst nach dem Tod vom Sepp seine künstlerische Ader entdeckt?

Zeit, das Thema zu wechseln. »Lass uns zu deiner Theorie mit den zehn Geboten zurückgehen. Wenn also der Oberplanitscher seines Nächsten Gut und der Steiner seines Nächsten Frau begehrt hätte, welches Gebot hätte dann der Außertaler verletzt?«

Ich sehe Valentin erwartungsvoll an, doch der schüttelt den Kopf. »Wenn wir davon ausgehen, dass der Täter die zehn Gebote von hinten abarbeitet, wäre ›Du sollst nicht lügen‹ dran gewesen«.

»Hat der Außertaler gelogen?«

Er zieht die Schultern hoch. »Ich habe keine Ahnung.«

Ich seufze. »Ich auch nicht.«

Eine Weile sitzen wir grübelnd nebeneinander am Tisch in der Stube. Ich vergrabe wieder das Gesicht in den Händen und rufe mir die Morde in Erinnerung. Den toten Oberplanitscher und den Steiner, denen die Hände abgetrennt wurden, den Außertaler ohne Kopf. Warum waren es bei ihm nicht die Hände?

»Und wenn es mit den zehn Geboten gar nichts zu tun hatte?«, frage ich leise durch die Finger hindurch. »Wenn es gar nichts mit dem Glauben zu tun hat?« Dann wäre ich wieder beim Moar.

»Meinst?«, fragt Valentin zweifelnd zurück. »Warum dann das Marterle?«

Wieder schweigen wir. Ich stehe auf, gehe zum Fenster, während er sich wieder setzt. Draußen auf dem Friedhof hat das Gewitter einiges angerichtet. Die Stiefmütterchen sind geknickt und hängen traurig auf den Gräbern, im Kies dazwischen stehen tiefe Pfützen. Doch noch hatte niemand Zeit, sich darum zu kümmern. Nur der Junge, der bereits vor ein paar Tagen vor diesem frisch aufgeworfenen Grab stand, ist wieder da. Sein Kopf hängt auf seine Brust und seine Schultern zucken. Wenigstens einer hier, der Gefühle zeigt. Als ich sehe, was er in der Hand hält, stockt mir der Atem. Ein Sträußchen Vergissmeinnicht.

»Wer ist das?«, frage ich und deute mit dem Kinn aus dem Fenster.

Valentin stellt sich neben mich. »Kenne ich nicht. Keiner aus dem Dorf jedenfalls.« Er sieht auf die Uhr. »Der Mittagsbus war grad da. Vielleicht kommt er aus der Stadt. Wird ein Freund von der Lisa sein.«

»Wer ist die Lisa?«

Erstaunt bemerke ich den Schatten, der sich über Valentins Gesicht legt. Dann verstehe ich.

»War«, berichtigt er mich. »Wer war die Lisa? Ein Mädchen. Hat Selbstmord begangen. Vor nicht allzu langer Zeit. Vielleicht war er ihr Freund.«

»Hatte einer der Toten etwas mit ihr zu tun?«, frage ich.

»Nein.« Mehr sagt er nicht. Einen Moment schauen wir noch auf den Friedhof, dann wendet er sich um.

»Und wenn's die Todsünden sind?«, fragt er.

»Die Todsünden?«

»Das Muster, nach dem der Täter vorgeht.« Valentin zieht auch mich weg vom Fenster und wir setzen uns an den Tisch. »Überleg mal. Der Oberplanitscher hat sich der Todsünde des Geizes schuldig gemacht, der Steiner war neidisch auf seinen Bruder, wenn du so willst. Oder eifersüchtig. Der Außertaler könnte für den Zorn stehen. Und sogar der Sepp würde ins Muster passen – er war maßlos. Ich weiß, dass die Forensik keine Fremdeinwirkung festgestellt hat, aber es könnte ja sein, dass jemand ihn geschubst hat.« Die Idee gefällt ihm augenscheinlich mit jedem Argument, das er mir hinknallt, besser und er sieht mich an wie ein Hund, der um Schokolade bettelt.

Ich gebe ihm, was er braucht. »Das wäre eine Idee. Dann würden noch welche Todsünden fehlen?«

»Wollust, Hochmut und Trägheit.« Das kam wie aus der Pistole geschossen. Das ist sein Gebiet, da kennt er sich aus.

Ein Lächeln über seinen Eifer stiehlt sich in meine Mundwinkel. Dann rufe ich mich selbst zur Ordnung. Wenn diese Theorie stimmt, stehen uns noch drei Morde bevor. Drei Tote mit einem Sträußchen Vergissmeinnicht, die irgendwo an einem Kreuz hängen.

Ich sehe Valentin an. »Wer würde für diese drei Todsünden infrage kommen? Wer ist das nächste Opfer?«

Sie wird Ihnen kein Glück bringen

»Sergente, ich habe eine neue Theorie.« Ich lasse mich neben dem Sergente nieder, der auf einem Stein vor dem Mannschaftszelt sitzt und sich seine Verdauungszigarette dreht. Die Kirchturmuhr schlägt einmal träge. Ich kann nicht glauben, dass erst Mittag ist. So viel ist in den letzten Stunden schon wieder passiert und so müde fühle ich mich.

»Aha.« Ich höre den Spott in seiner Stimme.

»Die sieben Todsünden«, erkläre ich.

Er zieht abwartend die Augenbrauen hoch.

Also erläutere ich ihm Valentins Theorie und ende mit den potenziellen Mordopfern. »Demnach stehen jetzt der Grunser Meini für den Hochmut, die Beikircher Zita und der Runer Lois für die Wollust und der Quirin Amplatz für die Trägheit auf der Liste.«

Auf der Stirn des Sergente sind deutliche Fragezeichen zu sehen. Ich hole Luft, um das Ganze zu verdeutlichen.

»Der Grunser Meinrad ist der Vorsitzende des Pfarrgemeinderats und so hochmütig, dass es auf keine Kuhhaut geht, sagt der Pfarrer. Die Beikircher Zita ist verheiratet und hat ein Verhältnis mit dem Runer Lois, der auch verheiratet ist – deshalb Wollust und der Quirin Amplatz …«

Der Sergente winkt ab. »Das ist die dümmste Theorie, die ich jemals gehört habe.«

»Es ist aber die einzige Theorie.«

Er wiegt den Kopf. Schließlich gibt er sich einen Ruck. »Wo wohnen die Herrschaften?«

»Ihr werdet euch darum kümmern?«

»Patrouillieren müssen wir sowieso.«

Mir fällt ein Stein vom Herzen und ich zeige ihm auf der Landkarte, wo die vier Häuser stehen. Dann fällt mir noch etwas ein. »Vom Moar nix Neues?«

Er schüttelt den Kopf. »Vom Außertaler auch nicht. Nur dass er gewaltsam ums Leben gekommen ist.«

»Was für eine Überraschung.«

»Ja.« Der Sergente widmet sich weiter seiner Zigarette. »Ich habe gehört, dass Sie diesen Posten Generale Ravasio zu verdanken haben?«

Überrascht sehe ich ihn an. »Das vermute ich.«

»Lassen Sie die Finger von Beatrice. Den Kampf können Sie nicht gewinnen. Und es gibt Schlimmeres als Tal.«

Mir bleibt der Mund offen stehen. »Wie meinen Sie das, Sergente?«

»Wissen Sie, wie ich nach Afghanistan gekommen bin?« Er wuzelt weiter an seiner Zigarette herum, als würde er übers Wetter sprechen.

Mein Herz klopft mir inzwischen bis zum Hals. »Wie?«

»Ich war mit Chiara verlobt.«

Beatrices Schwester heißt Chiara. Ich habe nur von ihr erzählen hören, denn sie studiert seit vier Jahren in den Vereinigten Staaten und ich bin ihr selbst noch nie begegnet. Von einer Verlobung weiß ich nichts.

»Und?«, frage ich.

»Eine Woche, nachdem wir unsere Verlobung verkündet hatten, erhielt ich den Marschbefehl.« Er sieht auf. In seinem Blick liegt Mitleid. »Und sie hat mich verlassen. Mit einer SMS. ›E´finita. Ti lascio‹, stand da, mehr nicht. Meine Anrufe hat sie nicht mehr entgegengenommen. Aus.«

»Beatrice ist anders.« Doch in meinem Herzen regen sich Zweifel. Ist Beatrice wirklich anders? Beatrice, die heute mit ihrem Ex zu einem Segeltörn aufbricht?

Er sieht mich an. Sieht die Unsicherheit in meinem Blick. Nickt. »Alle drei seiner Töchter sind Figlie di Papà. Lassen Sie die Finger von ihr. Sie wird Ihnen kein Glück bringen.«

Ein Zittern breitet sich von meiner Magengrube in den ganzen Körper aus.

Sein Mundwinkel verzieht sich spöttisch nach oben. »Lassen Sie die Finger von ihr«, sagt er noch einmal.

Lass mich nur machen, Pierino

›Sie wird Ihnen kein Glück bringen.‹ Die düstere Prophezeiung des Sergente lässt mich den ganzen Nachmittag nicht aus. Ungeduldig warte ich auf den Feierabend. Ich muss mit Beatrice sprechen. Ich muss.

Dann ist es endlich siebzehn Uhr und ich kann mit ruhigem Gewissen den Computer herunterfahren und Feierabend machen.

An derselben Kurve wie vor ein paar Tagen erwacht mein Handy zum Leben und eine Kakophonie an Klingel- und Pfeiftönen erklingt. Ich halte an. Zweiunddreißig Nachrichten von Beatrice, fünf von meiner Mutter. Zusammenfassung der gesammelten Werke: Wo bist du? Warum erreicht man dich nicht?

Seufzend wähle ich Beatrices Telefonnummer. Es läutet. Es läutet weiter. Irgendwann springt die automatische Durchsage von Vodafone an: *Il cliente da Lei chiamato non è al momento raggiungibile.* Ich versuche es noch mal, mit demselben Ergebnis. Sie geht nicht ran. Die Eifersucht bohrt sich wie ein Wurm durch meine Eingeweide. Warum geht sie nicht ran? Hört sie nur das Läuten nicht oder spaziert sie gerade mit Enzo Hand in Hand über die Uferpromenade am Gardasee und schaut in den Sonnenuntergang? Sitzt sie mit ihm in einem der Restaurants mit Seeblick und das Licht der Kerze bricht sich im Veneziano, der vor ihr steht? Teilt sie sich mit ihm eine Koje …? Ich schüttele den Kopf, um die schmerzenden Gedanken zu vertreiben.

In diesem Moment läutet das Telefon. Meine Hoffnung, dass Beatrice mich zurückruft, wird aber sofort zerstört. Es ist meine Mutter.

»Pierino! Endlich erreiche ich dich! Warum gehst du nie ans Telefon? Wie ist es in dem Kaff, in das dich dieser Mistkerl versetzt hat? Isst du genug? Sind deine Arbeitskollegen nett?«

Meine Mutter lässt mich nicht zu Wort kommen, sondern stellt weiter eine Frage nach der anderen, begnügt sich aber mit einem von Zeit zu Zeit eingestreuten »Mhm« oder »Sì«. Zum Schluss fordert sie, dass ich am übernächsten Wochenende zur Hochzeit von *Zia* Margherita komme, die in Wirklichkeit keine Tante ist, sondern die Mutter meiner Kusine zweiten Grades und offensichtlich in zwei Wochen wieder heiratet – zum dritten Mal, wenn ich richtig mitgezählt habe.

»Ich weiß nicht, ob ich für eine Hochzeit freibekomme, Mamma.« In Gedanken füge ich hinzu, dass ich – sollte ich wirklich freibekommen – diese Zeit Beatrice widmen würde. Geradebiegen, was nicht mehr rund läuft. Ich bin zuversichtlich, dass ich in absehbarer Zeit zu Hochzeit Nummer vier meiner *Zia* Margherita eingeladen werde.

»Du musst!«, sagt meine Mutter entschieden. »Zia Margherita wäre auf den Tod beleidigt, wenn wir nicht vollzählig kommen. Familie bedeutet ihr alles. Das weißt du!«

Nichts weiß ich und es ist mir auch egal. »Ich schaue, was sich machen lässt.«

Sie ist nicht zufrieden. »Du musst schon allein deshalb kommen, um deine Beatrice langsam in die Familie einzuführen. Wenn ihr demnächst heiratet …«

Ich seufze. Dass Beatrice und ich heiraten werden, fühlt sich plötzlich irgendwie unwirklich an. Der Generale wird dazu nie seine Zustimmung geben und Beatrice … wieder denke ich an den erfolglosen Versuch, sie zu erreichen. Ob sie überhaupt noch heiraten will? Plötzlich fällt mir was ein.

»Mamma? Wenn Beatrice zur Hochzeit mitgeht, versuche ich wirklich, mir das Wochenende freizunehmen. Aber überzeugen musst du sie. Rufst du sie an? Und …«, ich zögere, »möchtest du Beatrice einmal zu euch einladen? Zum Essen vielleicht? Ihr ein bisschen die Zeit vertreiben, bis ich komme?«

Die Stille am anderen Ende der Leitung verrät, dass meine Mutter nicht begeistert ist. Kein Wunder. Beatrice bleibt anfangs auf Distanz. Dann wirkt sie kühl. Unnahbar. Meine Mutter ist hingegen der herzliche Typ, der sehnlichst darauf wartet, dass die Familie größer wird, dass Enkelkinder kommen. Von den paar gemeinsamen Besuchen zum Sonntagskuchen abgesehen kennen die beiden sich kaum, und da wurden sie nicht wirklich warm miteinander.

»Es ist mir wichtig, Mamma. Es …«, ohne dass ich es verhindern kann, bricht es aus mir heraus, »es wäre wichtig, dass ihr euch besser kennenlernt. Du und deine zukünftige Schwiegertochter.«

Das ist nur die halbe Wahrheit, aber meine Mutter hört auch so die Angst heraus, die ich zu verbergen versuche.

»Hat sie einen anderen?«

»Nein, hat sie nicht«, sage ich schnell. Noch nicht … hoffentlich. Enzo schleicht sich wieder in meine Gedanken. Aber auf keinen Fall werde ich meine Befürchtungen mit meiner Mutter teilen. Nicht dass sie Beatrice ins Kreuzverhör nimmt.

»Verstehe«, sagt sie. »Lass mich nur machen, Pierino. Deine Beatrice und ich, wir werden die besten Freundinnen. Du wirst sehen.«

Irgendwie beunruhigt mich das mehr als der Gedanke daran, was Beatrice und Enzo wohl am Gardasee treiben.

Ich bin dir gar nichts schuldig

Mit einem mulmigen Gefühl beende ich das Telefonat mit meiner Mutter. Ob es eine gute Idee war, sie auf Beatrice anzusetzen? Ich weiß es nicht. Noch einmal versuche ich, Beatrice zu erreichen, aber nach zwei Tönen ertönt das Besetztzeichen. Sie hat meinen Anruf weggedrückt. Das Unbehagen in meinem Magen verstärkt sich. Um mich auf andere Gedanken zu bringen, beschließe ich, der Stadt einen Besuch abzustatten. Ganz Norditalien pilgert im Sommer wie im Winter hierher, etwas muss dran sein an dem Städtchen, das sich in den Talkessel schmiegt. Wenn ich schon hierher versetzt wurde, sollte ich das auch genießen.

Keine Viertelstunde später betrete ich durch das ehemalige Stadttor die historische Altstadt und tauche in eine Märchenwelt ein. Alte Stadthäuser in Pastellfarben ragen zu beiden Seiten der schmalen Gassen auf, unter Arkaden drängen sich kleine Geschäfte – alles bis ins kleinste Detail liebevoll dekoriert. Selbst an der Schaufenstergestaltung sieht man, dass Geld dahintersteckt. Nicht irgendwelche Waren, die wie bei uns hinter halb blinden Fensterscheiben verblassen, sondern Arrangements, von künstlerischer Hand attraktiv angeordnet. Die Preise sind entsprechend. Meine leere Geldbörse brennt schmerzhaft durch meine Gesäßtasche. Das ist kein Pflaster für einen einfachen Maresciallo.

Trotzdem beschließe ich, mir ein Glas Bier zu leisten, vielleicht auch eine Pizza und betrete den Außenbereich eines Restaurants. Über meinem Kopf ranken Trauben, ein dünner Wasserstrahl plätschert in einen Brunnen, der aussieht, als sei er seit mehreren Jahrhunderten an dieser Stelle. Eine helle Glocke läutet zur vollen Stunde, gleich darauf fallen andere Glocken ein, jeweils in verschiedenen Tonlagen. Mein Herz schlägt höher. In meiner Heimat kommt das Glockengeläut aus Lautsprechern, diese echten Glocken bringen etwas in mir zum Schwingen und schlagartig verliebe ich mich in die Stadt.

»È da solo?«

Ich wende den Kopf dem freundlichen Kellner zu und liebe ihn dafür, dass er mich in italienischer Sprache anspricht.

»Sí«, sage ich und lasse mich zu einem Tisch führen, von dem aus ich die schmale Straße gut überblicken kann.

»Che cosa porto da bere?«

Ich lasse mich zu einem Craftbeer verführen, hergestellt in einer der lokalen Bierbrauereien. Dazu eine Pizza. Nach einer Woche Nudeldiät habe ich Verlangen nach etwas, das nach Heimat schmeckt. Der Kellner gibt die Bestellung ein und geht weiter zu einem jungen Paar am Nebentisch, das Englisch spricht. Interessiert beobachte ich, wie er mit den Sprachen jongliert, an einem Tisch Hochdeutsch spricht, am nächsten im Dialekt der

Einheimischen mit den Gästen scherzt, am übernächsten dann ein beinahe akzentfreies Italienisch hinlegt. So geht das also auch. Meine Gedanken wandern zu Beatrice. In dieser Stadt würde sie sich sicher nicht so unwohl fühlen. Italienisch versteht man auch. Kurz überlege ich, noch einmal zu versuchen anzurufen, dann entscheide ich mich dagegen. Ich brauche eine Auszeit. Keine Beatrice, keine Gedanken an die Morde. Einfach nur einen ruhigen Abend mit diesem Craftbeer.

Das Lokal füllt sich. Während ich auf meine Bestellung warte und die Gäste beobachte, nähert sich der polyglotte Kellner mit einer jungen Frau im Schlepptau, die mir vage bekannt vorkommt. Ihre blasse Haut steht in einem interessanten Kontrast zu den schwarzen Haaren, die zu einem Bob geschnitten sind. Dunkle Schminke betont ihre grünen Augen.

»Die Dame ist auch alleine«, sagt er. »Darf ich Sie zu Ihnen an den Tisch setzen?«

Meine erste Reaktion ist Abwehr. Ich will meine Ruhe, nicht auch noch eine verkrampfte Unterhaltung führen müssen. Auch sie scheint nicht glücklich darüber. Doch keiner von uns beiden sagt ein Wort und so setzt sie sich mit einem entschuldigenden Lächeln mir gegenüber. Der Kellner zwinkert mir verschwörerisch zu, als habe er mir einen Gefallen getan, und verschwindet wieder, um kurz darauf mit zwei Gläsern Veneziano aufzutauchen.

»Der Aperitif geht aufs Haus«, sagt er. »Was darf ich der Dame bringen?« Nachdem er ihre Bestellung aufgenommen hat und gegangen ist, tritt peinliches Schweigen ein.

»Sie sind auf Urlaub hier?«, fragt sie mich.

Ich schüttle den Kopf. »Beruflich.«

Sie legt den Kopf schief und schaut mich interessiert an.

»Ich bin Carabiniere in Tal.«

Ihre Augen weiten sich. »Da, wo die ganzen Morde passieren?«

Ich nicke. Da wo die ganzen Morde passieren. Und schon haben wir ein Gesprächsthema.

»Das ist gruselig«, sagt sie. »Es wird ja gemunkelt, dass religiöse Fanatiker dahinterstecken?«

Ich wiege den Kopf. »Ich darf zu den Ermittlungen leider nichts sagen.« Und *kann* ja auch gar nichts sagen. Alles was ich sagen könnte, ist, dass die Toten tot sind. Wer dahintersteckt, weiß der Heilige Geist.

»Natürlich.« Ihre Augen funkeln trotzdem neugierig. »Ich stelle mir Ihren Job spannend vor?«

Sie hat offenbar die Angewohnheit, alle Sätze wie eine Frage klingen zu lassen. Ich antworte mit einem unbestimmten Brummen. Theoretisch ist mein Job spannend, ja. Vor allem, wenn täglich ein Mord serviert wird. Praktisch gibt es nichts Langweiligeres als einen einsamen Abend in Tal. Aber das behalte ich für mich.

»Die Toten sollen ja alle gekreuzigt worden sein?« Sensationslüstern beugt sie sich vor.

Ich frage mich, woher sie diese Information hat. Die Presse wurde nur allgemein über gewaltsame Morde informiert. Weder den religiösen Hintergrund noch die Kreuzigungen haben wir durchsickern lassen. Woher weiß sie davon?

»Und wo kommen Sie her?«, frage ich, statt zu antworten.

»Ich bin von hier. Arbeite bei der Tageszeitung.«

Und da klickt es endlich bei mir. »Sie waren bei der Pressekonferenz?«

»Sie erinnern sich.« Ein beinahe glückliches Lächeln breitet sich auf ihrem Gesicht aus. Als wäre es etwas Besonderes, dass ich mich erinnere. Dabei ist die Medienlandschaft in diesem Land überschaubar.

Ich rufe mir die Pressekonferenz nach dem ersten Mord in Erinnerung. Colonello Coppola, der am Rednerpult stand und den Medien die spärlichen Informationen übermittelte, die wir nach draußen dringen ließen. In der vordersten Reihe sie als Vertreterin der mächtigsten Tageszeitung des Landes mit gezücktem Notizblock, Diktiergerät und aufmerksamem Blick. Jetzt hat uns das Schicksal in Person eines kupplerisch veranlagten Kellners zusammengeführt und ich habe das Gefühl, auf brüchigem Eis zu laufen. Nur keinen Fehler machen. Kein Wort zu viel sagen über den Fall, in dem ich sowieso nicht durchblicke. In professionelles Schweigen hüllen.

»Ich erinnere mich, ja«, sage ich. »Sie waren in der ersten Reihe.«

Der Kellner kommt mit dem Bier. Ich betrachte bedauernd die perfekte Schaumkrone, aber wenn ich davon trinke, löst sich meine Zunge und das kann ich jetzt auf keinen

Fall brauchen. Widerwillig bestelle ich ein Mineralwasser.

Mein neugieriges Gegenüber wartet kaum ab, bis der Kellner gegangen ist. »Und, haben Sie inzwischen zusätzliche Informationen? Sind Sie in Ihrer Ermittlung weitergekommen? Was ist mit dem Toten von heute? Ist er auch gekreuzigt worden?«

»Ich darf zur laufenden Ermittlung nichts sagen«, wiederhole ich und sehne die Pizza herbei. Doch der Kellner lässt sich Zeit.

»Darf ich Sie einmal bei den Ermittlungen begleiten?«, fragt sie. »Das wäre mal was Neues für unsere Leser. Mordermittlung hautnah. Sie rufen mich einfach an, wenn es den nächsten Mord gibt?«

Den nächsten Mord … Ich stelle mir vor, wie die junge Frau mit schreckensbleichem Gesicht vor einer Leiche steht. Ihre grünen Augen weit aufgerissen.

Daher schüttele ich den Kopf. »Das ist keine gute Idee.«

»Ich kann was vertragen«, sagt sie.

Noch einmal schüttele ich den Kopf. »Woher wollen Sie wissen, dass es einen nächsten Mord gibt?«

Sie grinst. »Ich spüre es in meinen Knochen.«

Eiskaltes Grauen umklammert mein Herz. Auch ich ahne, dass es weitere Tote geben wird, und ich will diese Ahnung nicht von einer sensationslüsternen Journalistin bestätigt kriegen.

»Dann wollen wir hoffen, dass es mit Ihren hellseherischen Fähigkeiten nicht allzu gut bestellt ist«, sage ich.

»Natürlich«, erwidert sie schnell. »Aber trotzdem wäre

es nett, wenn ich Sie mal einen Tag lang bei Ihren Ermittlungen begleiten dürfte. Darf ich?«

Nett … Diese Journalistin weiß nicht, wovon sie spricht. »Die Zeugen werden aus naheliegenden Gründen unter Ausschluss der Öffentlichkeit vernommen.«

Sie lässt enttäuscht den Kopf hängen, richtet sich aber schnell wieder auf. »Aber ein Porträt darf ich doch machen von Ihnen, nicht wahr?«

»Nein.« Ich suche nach Erklärungen, mit denen ich die Absage untermauern kann, da erlöst mich mein Telefon aus der Situation. Ein Blick auf das Display lässt mein Herz höherschlagen. Es ist Beatrice.

»Da muss ich ran«, sage ich, erhebe mich und schlage mich zwischen den großen Blumentöpfen auf die Gasse durch. »Pronto?«

»Erreiche ich dich endlich?«

Da bekomme ich schon gleich mit dem ersten Satz ihren Frust zu spüren. »In dem Tal ist kein Empfang.« Meine wiederholte Erklärung muss auf sie mehr als kläglich wirken, wie eine Ausrede. Italien ist ein Wirtschaftsland, in dem überall Empfang ist. Dass Tal die glänzende Ausnahme von der Regel ist, kann ihr nicht in den Kopf wollen. »Wo bist du?«

»Am Gardasee, wo sonst?«

»Wo am Gardasee?« Ein Blick auf die Uhr verrät mir, dass es acht ist. In höchstens zwei Stunden könnte ich bei ihr sein. Plötzlich überkommt mich eine Sehnsucht nach ihr, die beinahe schmerzt.

»Riva.«

»Ich könnte mich ins Auto schwingen und zu dir kommen.«

Ihr Zögern tut weh. Noch mehr schmerzt ihre Antwort. »Enzos Eltern haben uns zum Essen eingeladen.«

»Die ganze Clique? Wie großzügig.« Noch bevor sie antwortet, weiß ich, was kommt, und wappne mich gegen den Stich.

»Nein, nur uns beide. Giorgio hat Geburtstag.«

Giorgio ist Enzos Vater. Die Erkenntnis, dass sie mit den Eltern ihres Ex Geburtstag feiert, tut so weh, dass es mir die Sprache verschlägt.

Sie scheint es zu spüren. »Pietro?«

»Mhm?«

»Giorgio ist wie ein zweiter Vater für mich.«

»Mhm.« Mehr kann ich nicht sagen.

»Du brauchst mir im Übrigen nicht deine Mutter auf den Hals zu hetzen«, sagt sie und plötzlich klingt ihre Stimme hart. »Das ist lästig.«

»Sie wollte nur, dass wir zur Hochzeit von Zia Rita …«

»Ich gehe auf keine Hochzeit«, unterbricht sie mich. »Ich will auch nicht in deine Familie eingeführt werden. Ich …« Sie bricht ab. Es folgt eine Pause, in der ich sie leise atmen höre. »Ich möchte die Verlobung lösen, Pietro.«

Stille.

Mein Herz hört auf zu schlagen.

Die alten Mauern der Stadthäuser kommen näher, drehen sich. Meine Beine fühlen sich an wie Gummistangen und ich setze mich auf einen der Blumentöpfe. »Beatrice …«

»Nein, Pietro. Die letzten Tage haben mir gezeigt, dass das zwischen uns … nicht so ist, wie ich mir das vorgestellt habe. Wir … Du meldest dich nicht einmal. Ich habe tagelang nichts von dir gehört. Hast du gesehen, wie oft ich dich angerufen habe? Papà sagt auch, dass …«

»Papà sagt auch, Papà sagt auch.« Ich äffe sie nach wie ein trotziges Kindergartenkind. Dann reiße ich mich am Riemen. »Ich weiß, dass dein Vater nichts von mir hält. Aber ich werde ihm beweisen, dass ich etwas wert bin, Beatrice. Ich …«

Schweigen am anderen Ende der Leitung. »Lass uns … einen Strich unter die Sache machen.«

Ich bin nicht imstande, etwas zu sagen. In meinem Hals ist ein Klumpen, der mir das Atmen schwer macht, Sprechen ist unmöglich.

»Pietro?«

»Wo feiert ihr den Geburtstag von Giorgio?«

»Komm nicht, Pietro.«

»Wo?«

»Ich will nicht, dass du kommst.«

»Ich muss mit dir sprechen, Beatrice. Richtig. Nicht am Telefon. Das bist du mir schuldig.«

»Ich bin dir gar nichts schuldig. Und ich will nicht, dass du kommst.« Ihre Stimme klingt wieder hart. »Ich will dich nicht sehen, Pietro.« Sie holt Luft, um weiterzusprechen, aber ich unterbreche das Gespräch. Krieche durch die Büsche zurück auf meinen Platz, wo der Kellner gerade mein Essen abstellt.

»Zahlen. Und können Sie mir die Pizza bitte einpacken?«

Auf den fragenden Blick der Journalistin antworte ich mit einem Schulterzucken.

Verschwinde aus meinem Leben

Die Fahrt dauert viel zu lang und trotzdem weiß ich, dass ich den Weg nach Riva in Rekordzeit zurückgelegt habe, als ich kurz nach halb zehn die Stadt im Norden des Gardasees erreiche. Umso erstaunlicher, weil ich auf der Fahrt die Restaurants der Stadt gegoogelt habe. Meine Recherche hat ergeben, dass für eine Geburtstagsfeier des prunksüchtigen Giorgio Locatelli nur zwei Restaurants infrage kommen. *La Berlera* und *Al Volt* – beides Gourmetrestaurants mit vielen Sternebewertungen in den Internetforen. Da das *Ristorante La Berlera* näher liegt, mache ich dort den Anfang. Ein alter Ansitz, der in der Nähe eines Steinbruchs liegt und bei dem der weiße Kalkstein, der so typisch für den Gardasee ist, dekorativ in die Inneneinrichtung integriert wurde. Ich streife auf der Suche nach der Familie Locatelli, die mir meine Verlobte abspenstig machen will, durch die Speisesäle, ernte ein paar fragende Blicke von Kellnern, gelange in den Garten, wo zwischen Olivenbäumen auf grünem Rasen ein paar Tische stehen. Sie ist nicht da. Ich ziehe grußlos weiter.

Das *Ristorante Al Volt* liegt mitten in der Altstadt und ich brauche zwei Anläufe und die Hilfe meines Smartphones, um es zu finden. Endlich stehe ich davor. Gleich am Eingang fängt mich ein Kellner mit blasierter Miene ab. »Ha prenotato, Signore?«

Ich schüttle den Kopf. Nein, ich habe nicht vorgemerkt. »Sono in cerca della famiglia Locatelli.«

Ein Stich fährt mir ins Herz, als ich das sage, Beatrice in die Familie Locatelli einschließe, einschließen muss. Der Kellner nickt. Bedeutet mir, ihm in einen Seitenraum zu folgen. Die Tische stehen großzügig verteilt unter einem Gewölbe. Alles in Weiß, die Stühle sind mit Überzügen geschützt. Auf dem Tisch mit dem Salatbuffet liegt eine handgehäkelte Decke. Die wenigen Menschen, die sich das Menü leisten können, haben Speisen vor sich stehen, die weniger nach Essen als nach Kunst aussehen.

Unter einem Arkadenbogen sitzt die Familie Locatelli. Als der Kellner mich durch den Raum führt, wenden sich alle Gesichter mir zu, das von Beatrice zuletzt. Ich kann von ihrer Miene ablesen, was sich hinter ihrer Stirn abspielt.

»Pietro«, sagt ihr Ex und erhebt sich.

»Enzo«, ist meine knappe Antwort. Ich nicke seinem Vater zu. »Auguri, Giorgio.«

Dann wende ich mich an Beatrice. »Können wir reden? Allein?«

Die Blässe verschwindet aus ihrem Gesicht, dafür bilden sich rote Flecken auf ihrem Hals, die langsam hochsteigen, bis ihre Wangen glühen. Dann fängt sie sich. »Ich wüsste nicht, was wir zu besprechen hätten.«

»Mir würde da schon einiges einfallen. Zum Beispiel, dass du vor einer Stunde mit mir Schluss gemacht hast.«

»Das hast du also verstanden? Wieso bist du dann hier?«

»Weil ich möchte, dass du mir das ins Gesicht sagst.« Noch während ich spreche, hoffe ich, dass sie genau das nicht tut. Aber es kommt natürlich anders.

»Ich mache Schluss mit dir«, sagt sie. »Und jetzt verschwinde.«

»Warum?« Längst stehen wir im Mittelpunkt der Aufmerksamkeit. Die Gespräche an den anderen Tischen sind verstummt, alle Gesichter haben sich uns zugewandt. Eine junge Frau hält ihr Handy hoch. Filmt sie etwa? Egal. »Warum, Beatrice? Grade erst haben wir uns verlobt. Und jetzt machst du Schluss mit mir? Wegen dem da?« Ich zeige anklagend auf Enzo, der immer noch wie angewurzelt an seinem Platz steht.

Nun erhebt sich auch Beatrice. »Wegen dir, Pietro. Du bist ein Versager. Mein Vater hat schon recht, wenn er sagt …«

»Ah, dein Vater«, sage ich höhnisch. »Dein Vater! Sag es doch einfach. Ich bin deinem Vater nicht gut genug!«

»Genauso ist es.«

»Und du lässt deinen Vater über dein Glück bestimmen?«

»Das ist meine Sache.«

»Beatrice …« Ich lege meine ganze Liebe in den Blick. Gehe einen Schritt auf sie zu. Angewidert bemerke ich, wie Enzo Angriffsstellung einnimmt und auch sein Vater aufsteht.

»Signori.« Der Kellner tritt dazwischen, versucht zu beruhigen. Er tauscht einen Blick mit meinem Rivalen, dann fasst er mich unter. »Venga, Signore.«

Ich mache mich los. »Beatrice!«

»Es tut mir leid«, sagt sie und lässt sich auf ihren Sessel fallen. Das Letzte, was ich sehe, ist Enzos Hand, der ihre ergreift und aufmunternd drückt. Unter dem Applaus der Gäste werde ich aus dem Restaurant geschoben.

Der Sack ist zu

Ich bekomme kaum mit, wie ich den Rückweg von Riva zurücklege. Meine Augen sind tränenblind, ich sehe die Straße vor mir nur verschwommen. Immer wieder schiebt sich Beatrices Bild vor mein inneres Auge und löst neue Tränen aus. Irgendwann trennen mich nur noch wenige Kilometer von meinem Tal.

Der Talkessel liegt eben hinter mir und zu beiden Seiten ragen die bewaldeten Steilhänge auf, die ich so gut kenne, da beginnt es zu schütten. Die Scheibenwischer tanzen wie verrückt über die Scheibe, schaffen es kaum, mir die Sicht auf die Straße zu ermöglichen. Ich nehme den Fuß vom Gas, fahre beinahe im Schritttempo weiter. Trotzdem überrascht mich die erste Haarnadelkurve und ich muss voll auf die Bremse steigen, um nicht samt Wagen über den Straßenrand hinweg die Böschung hinunterzustürzen. Mit einem Schlingern kommt der Wagen kurz vor der Kante zum Stehen. Ich starre in die Schwärze vor mir.

Was, wenn es passiert wäre? Was, wenn ich jetzt da unten liegen würde? Tot?

Noch langsamer und mit zittrigen Händen setze ich meine Fahrt fort. Erahne die zweite Haarnadelkurve diesmal rechtzeitig, nehme sie im Schritttempo und fahre genauso langsam weiter. Wäre Tag, würde ich jetzt den Kirchturm von Valle vor mir auftauchen sehen.

Plötzlich mischt sich in das Rauschen ein Grollen, das anders klingt als Donner. Lauter. Näher. Ein Krachen, durchsetzt von einem unheimlichen Knirschen. Das Auto bebt, das Lenkrad springt mir aus den Händen. Wieder drücke ich das Bremspedal durch. Als der Wagen steht, werfe ich einen Blick in den Rückspiegel. Was ich im Schein der Bremslichter sehe, jagt das Adrenalin durch meine Adern. Ein Berg an Schlamm und Matsch durchsetzt von Felsbrocken in der Größe von Kleinwagen und Baumstämmen ist auf die Straße niedergegangen. Ist immer noch in Bewegung und wälzt sich Richtung Tal. Hätte ich diese Stelle zehn Sekunden später passiert, wäre ich jetzt unter den Erdmassen begraben. Innerhalb von fünf Minuten bin ich zweimal dem Tod entronnen. Will mir das Schicksal damit etwas sagen? Der Erdrutsch hinter mir ist immer noch in Bewegung und langsam dämmert mir, dass auch die Stelle, an der sich mein Wagen befindet, nicht sicher ist. Mit fliegenden Fingern starte ich den Motor, drücke das Gaspedal durch und mein Wagen schießt Richtung Tal zur Carabinieristation.

Ich renne hinein, wähle den Notruf. Doch die Leitung bleibt tot. Fluchend stürze ich wieder zum Auto, platschnass inzwischen, und fahre zum Widum, wo ich den Pfarrer aus dem Bett klingele. Zusammen rennen wir zum Kirchturm und läuten die Kirchenglocken. Wie die Leute sie in dem ganzen Unwetter hören sollen, ist mir ein Rätsel.

Aber sie hören sie. Von allen Seiten strömen sie heran, in Schlafanzügen oder etwas schnell Übergeworfenem, hören sich schweigend an, was ich ihnen mitzuteilen habe, und rennen Richtung Feuerwehrhalle, um zu retten, zu bergen, zu schützen. Gott zur Ehr, dem Nächsten zur Wehr …

Ich bleibe stehen, während mir langsam dämmert, welche Botschaft mir das Universum mit dieser Naturkatastrophe sendet: Der Sack ist zu. Du kommst nicht mehr raus aus diesem Tal der Verdammten.

Tag 6 – Samstag

Ein Versager

Ich hab das Gefühl, gerade erst eingeschlafen zu sein, da reißt mich ein Klopfen aus dem Schlaf. Ein Blick auf den Wecker sagt mir, dass es weit nach Mittag ist. Trotzdem fühle ich mich wie zerschlagen. Widerwillig stehe ich auf, stapfe die Treppe hinunter und öffne die Tür. Vor mir steht Valentin und taxiert mich kritisch.

»Ich weiß selbst, wie ich aussehe. Bin erst in den Morgenstunden ins Bett gekommen.« Und da hab ich nicht geschlafen, sondern geheult. Aber ich wette, er zieht seine Schlüsse aus meinen verquollenen Augen.

»Kommst du zum Begräbnis?«

Begräbnis? Schon wieder einer tot? Dann fällt mir ein, dass es der Sepp ist, der heute zu Grabe getragen wird. Die Gerichtsmedizin hat keine Fremdeinwirkung festgestellt. Die Leiche ist freigegeben.

Ein unangenehmer Druck hinter meiner Stirn macht mich darauf aufmerksam, dass es noch zu früh ist für solche spitzfindigen Gedanken.

»Ich brauche einen Kaffee«, sage ich. Drehe mich um und lasse die Tür offen. Valentin versteht es als Aufforderung und folgt mir in den düsteren Flur und die noch düsterere Küche, wo ich schon mit der Mokkamaschine beschäftigt bin. Ohne eine ordentliche Ladung Koffein ist von mir nichts zu holen.

»Schön hast du's hier«, sagt er.

»Verstößt du jetzt nicht gegen das achte Gebot?«

Er lacht leise. »Du bist heute aber grantig drauf. Die Mure allein kann's nicht sein. Hast du Stress mit deiner Freundin?«

Ich lasse die Hände sinken. Plötzlich holen mich die Ereignisse von gestern wieder ein. Beatrice hat sich von mir getrennt. Das Kaffeepulver vom Tag zuvor klatscht aus dem Filter zu Boden. Meine Augen füllen sich mit Tränen und ich muss mich am Waschbecken abstützen, um nicht neben dem Kaffeesatz zu Boden zu gehen.

»Scheiße«, sagt Valentin.

Ja, Scheiße, denke ich. Stelle alles ab, schlurfe zum Tisch und lasse mich auf den Stuhl fallen. Dort vergrabe ich das Gesicht in den Händen und versuche, das Schluchzen wegzuatmen, das sich seinen Weg durch meine Kehle bahnen will.

»Ich mach den Kaffee«, sagt Valentin leise und tut, was er angekündigt hat. Bis die Mokkamaschine vor sich hin hustet, sagt keiner von uns beiden ein Wort.

»Warum?«, fragt Valentin erst, als er die beiden Tassen auf dem Küchentisch abstellt.

»Weil ich ein Versager bin«, flüstere ich und plötzlich weiß ich, dass es stimmt. Ich bin ein Versager. Ein Maresciallo, von einem eifersüchtigen Vater in eine Sackgasse manövriert. Verbannt in einen Winkel, der nur auf Wanderkarten zu finden ist, wo sich Fuchs und Hase Gute Nacht sagen. Verdammt dazu, als Zaungast zu beobachten, wie ein Serienmörder einen Mord nach dem anderen ausübt. »Ich bin ein Versager.«

»Nicht doch.« Valentin legt mir eine Hand auf den Arm und schaut mich begütigend an. Plötzlich hat er die Rolle gewechselt. Hat den Freund in die Rocktasche gesteckt und den Pfarrer aufgesetzt.

»Möchtest du dein Herz erleichtern?«

Gegen meinen Willen kocht die Wut in mir hoch. Was soll dieses unaufrichtige Gehabe? Was soll es mir bringen, mein Herz vor einem Pfaffen auszuschütten? Was versteht der schon von der Liebe? Und bringt das Beatrice zurück? Nein, tut es nicht. Seine Hand brennt auf meinem Unterarm und ich kämpfe gegen das plötzliche Bedürfnis, sie abzuschütteln und diesen Möchtegern-Versteher anzubrüllen. Wild sehe ich ihn an, suche nach Worten, kämpfe mit dem Tier in mir, das ihn anbrüllen möchte. Während er langsam seine Hand von meinem Arm nimmt, ringe ich es nieder, das Biest, mein Atem beruhigt sich.

»Nein«, sage ich. »Können wir bitte das Thema wechseln? Heute ist Begräbnis, sagst du?«

Valentin springt sofort auf den Themenwechsel an. »Ja. Und ich wollte dich bitten zu kommen. Das ganze Dorf ist versammelt. Der Mörder …« Er bricht ab.

Doch ich habe verstanden. Auch der Mörder wird da sein. Und das Dorf kennt den Mörder. Vielleicht verrät sich irgendjemand.

Ich nicke. »Ich werde da sein.«

Sie sind nicht eingeladen, Herr Pfarrer

Pünktlich um fünfzehn Uhr legen die Kirchenglocken los und rufen zum Kirchgang. Ein vielstimmiges Dröhnen, das direkt über mir ertönt, mich zu erdrücken droht. Den Dorfbewohnern macht es nichts aus. Genauso wenig wie der Regen, der auch heute unablässig vom Himmel fällt. Schwarz gewandet oder in Tracht ziehen sie wie die Bewohner eines Ameisenhaufens von allen Seiten ins Gotteshaus. Ich folge ihnen stumm.

In der Kirche hängt ein eintöniges Gemurmel in der Luft, das immer wieder von einem Vorbeter unterbrochen wird. An den vorgegebenen Stellen fällt das Dorf ein in den monotonen Singsang. Der Rosenkranz, der für den Toten gebetet wird. Der gestern ebenso in den Wohnräumen der Oberrauchs gebetet wurde, wo der Sepp aufgebahrt war. In der leer geräumten Stube, in der sich die Trauergäste die Klinke in die Hand gegeben haben.

Jetzt warten die Menschen in einer Reihe darauf, der Familie erneut zu kondolieren. Ich reihe mich ein. Es geht schrittchenweise weiter nach vorn, wo Rosa Oberrauch mit ihrer Familie sitzt, die alte gekrümmte Frau an ihrer Seite muss ihre Mutter sein. Und auch die Mutter vom Sepp. Jeder der Trauergäste befolgt dasselbe Ritual. Der geschlossene Sarg, von einem Blumenmeer umrahmt, wird mit Weihwasser besprengt, dann wendet man sich der Familie zu, kondoliert, sucht sich seinen Platz im Kirchenschiff. Rechts die Männer, links die Frauen, nur Einzelne halten sich nicht an die alte Sitzordnung, ernten dafür scheele Blicke von ihren Nachbarn.

Ich besprenge den Sarg, schüttle Rosa Oberrauch die Hand, spreche ihr mein Beileid aus. Sie schaut mir mit versteinerter Miene ins Gesicht, erwidert den Händedruck kaum, wendet sich dem nächsten Trauergast zu.

Obwohl es in den Holzbänken noch freie Plätze gibt, bleibe ich stehen und lasse meinen Blick wie zufällig durchs Kirchenschiff schweifen, als würde ich die Bilder bewundern, den Marienaltar, die Heiligenstatuen. In Wirklichkeit mustere ich die Männer, die ohne Ausnahme in den Bänken knien und ins Gebet versunken sind.

Dann verstummt der Vorbeter, und die Stille in der Kirche wird nur hin und wieder von Kleiderrascheln unterbrochen oder dem Knarzen einer Kirchenbank. Keiner weint. Keiner wirkt trauriger als sonst auch. Ein Meer von ernsten Gesichtern, umrahmt von Schwarz.

Ein helles Glöckchen ertönt. Wie auf Kommando erheben sich alle von den Bänken, falten die Hände vor der Brust. Die Orgel braust in meinen Ohren und Pfarrer Valentin betritt seine Bühne, gefolgt von vier Ministranten, von denen einer eifrig das Weihrauchfass schwenkt. Mit salbungsvoller Stimme hält Hochwürden die Messe, während ich mich weiter den Gesichtern widme. Ein dunkelhaariger Mann starrt aus zornesdunklen Augen Richtung Altar. Der Nachruf, den Valentin für Sepp zusammengeschrieben hat, ist authentisch und liebevoll, nicht sehr melodramatisch, mit einem Quäntchen Anklage, das sich an alle richtet, die ihm dabei zugeschaut haben, wie er sich buchstäblich zu Tode gesoffen hat. Ich habe das Gefühl, den Dorfsäufer zu kennen, seine Geschichte, den Grund zu verstehen, warum er dem Alkohol verfallen ist. Doch bei den Dorfbewohnern scheint die Predigt auf Granit zu stoßen. Dann steht Rosa Oberrauch aus ihrer Kirchenbank auf, steigt die Stufen zum Altar empor.

»Wir bedanken uns bei allen, die mit uns getrauert haben und laden euch zum Mahlele im Bergblick ein.« Sie leiert die Einladung herunter, ohne irgendeine Emotion erkennen zu lassen. Unwillkürlich runzle ich die Stirn. Ein Mensch ist gestorben. Die Menschen hier folgen zwar den Ritualen, aber Trauer verspüren sie offenbar nicht. Dann rufe ich mich selbst zur Ordnung. Sie verspüren sicher auch Trauer, sie können ihre Gefühle nur nicht zeigen. Die Sargträger schultern das schwere Ding und gehen damit durch das Kirchenschiff in Richtung Portal. Ich folge dem Sarg mit meinem Blick, sehe zu, wie Rosa Oberrauch ihre Mutter unterm Arm fasst und sie an den Kopf der Prozession leitet, die zum Kirchentor hinaus und auf den Friedhof führt.

Ich reihe mich ein, spüre die Distanz zwischen mir und den Menschen, die vor und hinter mir gehen. Eine unsichtbare Mauer, mit der sie sich von mir abgrenzen. Und während ich neben ihnen in den Regen hinaustrete, frage ich mich, ob es daran liegt, dass ich ein Vertreter der Staatsgewalt oder dass ich Italiener bin, der sie Vorsicht walten lässt. Oder bin ich einfach der Fremde? Reicht es, nicht hier geboren worden zu sein, um aus der Dorfgemeinschaft ausgeschlossen zu werden?

Auf dem Friedhof kommt die Prozession ins Stocken und die Menschenameisen breiten sich um das Grab aus, das bereits ausgehoben ist. Zu hören sind nur das leise Rascheln ihrer Füße im Kies und das Klirren des Weihrauchfasses, das von einem der Ministranten vor- und zurückgeschwungen wird. Protzige Kränze mit Rosen, Gerbera und Seidenschleifen, die aufgrund des stetigen Nieselregens traurig herabhängen. Von den Kosten hätte der Sepp ein Jahr lang saufen können.

Valentin steht neben dem offenen Loch, das Weihrauchfass schwingt neben ihm hin und her. Noch einmal stimmt der Pfarrer ein Gebet an, dann tritt Rosa vor. Wie es der Brauch will, verteilt sie ein paar Spritzer vom Regen verdünntes Weihwasser auf dem Sarg, dann tut sie etwas, das die Gebräuche nicht vorsehen. Sie legt einen Strauß Blumen darauf und ich erstarre. Es sind Vergissmeinnicht.

Wie zufällig treffen sich meine Blicke mit denen von Valentin. Sein besorgter Ausdruck sagt mir, dass wir beide dasselbe denken: Da ist das Sträußchen, das beim Sepp bisher gefehlt hat. Ist sein Tod doch kein Unfall? Liegt die Gerichtsmedizin falsch? Atemlos beobachte ich, wie andere Dörfler dem Beispiel der Wirtin folgen. Warte auf weitere Sträußchen Vergissmeinnicht, doch keines folgt. Sie besprengen wieder den Sarg, dann schlurfen sie in einer langen Reihe an Rosa Oberrauch vorbei. Sie kondolieren erneut und ziehen wie die Prozessionsspinner einer nach dem anderen in Richtung Bergblick, um sich im Gedenken an den Toten auf Kosten der Familie zu laben. Abgesehen davon, dass alle Gesichter wie versteinert wirken, kann ich nichts Auffälliges entdecken.

Schließlich stehen außer mir nur noch der Pfarrer und Rosa Oberrauch am Grab. Noch einmal schüttelt er ihr die Hand. Dann gibt er den Totengräbern das Zeichen, den Sarg in der Erde zu versenken. Er nimmt den Arm der Wirtin vom Bergblick und will sie auf ihrem Weg zum Totenmahl stützen.

Sie entzieht sich ihm unwirsch. »Sie sind nicht eingeladen, Herr Pfarrer.«

Valentin bleibt stehen, sieht ihr ungläubig nach, wie sie durchs Friedhofstor verschwindet. Er öffnet seine Finger und schließt sie wieder, scheint zu überlegen, was er nun mit sich anfangen soll. Dann grinst er mich verlegen an und richtet seine Schritte Richtung Pfarrhaus.

Ich will ihm folgen, da nehme ich eine Bewegung im hinteren Winkel des Friedhofs wahr. Im Schindanger. Da steht der Junge, den ich jetzt schon mehrmals dort gesehen habe. Wieder mit einem Sträußchen in der Hand, das hellblau zu mir herüberleuchtet.

»Warte mal«, rufe ich Valentin nach und will zu dem Jungen hinüber.

Valentin dreht sich um, folgt meinem Blick und schüttelt den Kopf. »Lass ihn«, sagt er. »Er hat nichts damit zu tun.«

Tag 7 – Sonntag

Du schon wieder

Es ist Sonntag. Der Tag des Herrn, und damit der Tag, an dem er – zumindest vormittags – eingespannt ist. Ich sitze in der Küche der Carabinieristation und weiß nicht, was ich mit mir anfangen soll. Der Moar ist unauffindbar. Ich habe mit allen gesprochen, die irgendwie mit den Taten in Zusammenhang stehen könnten, um den Rest kümmert sich das Militär. Was die Serienmorde angeht, stecke ich in einer Sackgasse. An die Berichte kann ich mich gerade beim besten Willen nicht setzen. Ins Haupttal hinaus kann ich nicht. Die Straße ist immer noch abgeschnitten, die Arbeiten zur Freilegung werden wohl noch eine Weile dauern. Ich bin eingesperrt – in diesem Tal genauso wie in meinen Gedanken, die sich die ganze Zeit um Beatrice und meinen Auftritt in dem Restaurant am Gardasee drehen. Zum Affen habe ich mich gemacht vor der Familie Locatelli und den anderen Gästen, das ist mir jetzt klar, und ich schwanke zwischen Scham und der Sehnsucht nach meiner Verlobten. Mein Hirn braucht etwas zu tun, damit das Gedankenkarussell zur Ruhe kommt, in dem immer wieder Beatrices Gesicht vor mir auftaucht und Enzos Hand, die sich tröstend auf ihre legt.

Die Kirchenglocken rufen zur Messe und ich habe wieder das Bild der Menschenameisen vor mir, die in die Kirche krabbeln. Das Begräbnis gestern war Heiligkeit genug für die nächste Zeit. Außerdem weiß ich bereits jetzt, dass meine Gedanken auch in der Kirche nur um ein Thema kreisen würden. Trotzdem muss ich raus.

Ich werfe mir kurzerhand eine Jacke über und knalle darauf frustriert die Tür der Carabinieristation hinter mir zu. Der graue Himmel drückt auf mein Gemüt. Dicke Wolken hängen über Tal und machen das Atmen schwer trotz der Kühle. Ich wandere ohne Ziel die Straße entlang, aus dem Dorf hinaus. In das allgegenwärtige Rauschen des Wildbachs mischt sich der wehmütige Gesang einer Amsel und plötzlich weiß ich, was ich zu tun habe. Heute werde ich den Moar suchen.

Wenig später stehe ich vor seinem Hof und würge den Motor ab. Ich bleibe noch einen Moment im Auto sitzen, dann gebe ich mir einen Ruck und steige aus. Eine unheilvolle Stille liegt über dem Gehöft. Im Drahtzaun tickt leise der Strom, irgendwo krächzt eine Krähe. Leises Kettenklirren kommt aus dem Stall. Die Kühe! Wer versorgt die Kühe, wenn der Moar abgängig ist? Ich gehe zum Stall hinüber, öffne die Tür, luge hinein in das Dämmerdunkel und sehe frisches Heu in den Raufen vor den etwa zehn braungrauen Kühen. Sie schauen ganz zufrieden aus, ihre Stellplätze sind sauber. Jemand war hier und hat sich um sie gekümmert. Wer? Kommt der Moar vorbei, um nach dem Rechten zu sehen? Haben die Nachbarn ein Einsehen und versorgen sein Vieh mit? Die Nachbarn, deren Familienoberhaupt womöglich vom Moar selbst dahingemetzelt wurde?

Ich verlasse den Stall wieder und sehe mich um. Die Baustelle liegt vereinsamt da, ein paar Hühner picken im Staub nach Ameisen. Hinter dem Container führt ein Trampelpfad über die Wiese zum nahen Wald. Kurzentschlossen umrunde ich den Container und folge dem Weg. Mein Jagdinstinkt ist geweckt. Ein erdiger Geruch liegt über der Wiese. Ich atme tief durch und habe das Gefühl, dass der Geruch meine wunde Seele ein kleines bisschen heilt.

Der Pfad taucht in den Wald ein. Beinahe unsichtbar führt er unter den nackten Stämmen der Kiefern hindurch über Wurzeln und Moos. Die Schwarzbeerbüsche sind übersät mit kleinen roten Beeren. Der Duft nach nasser Erde weicht dem harzigen Geruch der Kiefern, die sich leise knarzend wiegen. Als ich an einem gigantischen Ameisenhaufen vorbeikomme, schaudere ich leicht. Das Bild vom wimmelnden Außertalerschädel schiebt sich vor mein inneres Auge und ich schüttle es angewidert ab. Der Weg führt stetig bergwärts, bald entledige ich mich meiner Jacke, weitere hundert Höhenmeter später folgt das Hemd, bis ich im bloßen Unterhemd weiter aufwärts wandere.

Als der Pfad auf einer Felsnase den Wald verlässt, bleibe ich stehen und überblicke das Tal. Die vereinzelten Häuschen, die wie Spielfiguren eines Brettspiels auf der winzigen gerodeten Fläche am Talgrund um die Kirche angeordnet sind, die Wiesen auf den Berghängen, die zu den verschiedenen Berghöfen gehören.

Kleine grüne Flächen, die der Mensch der Natur in schweißtreibender Arbeit abgezwungen hat und um die er jährlich kämpfen muss. Die Baumgrenze, über der sich Almen ausbreiten bis hin zu den felsigen Gipfeln – keiner ohne das obligatorische Gipfelkreuz, als bräuchte Gott etwas, an dem er sich festklammern kann. Vom Tal schallen die Kirchenglocken herauf, ein feines Bimmeln nur, das mein Gefühl der Einsamkeit verstärkt. Hier oben bin ich allein. Mit dem Wald und seinen Tieren und dem Moar, der sich irgendwo hier versteckt … wenn ihn nicht der Blitz erschlagen hat bei dem Gewitter vor ein paar Tagen. Ich denke an den finsteren Gesellen, an seine buschigen Augenbrauen und den grimmigen Ausdruck in seinem Gesicht, als er – mit der Axt in der Hand – auf mich zumarschiert ist. Zähle seine Motive für die drei Morde auf, die Alibis, die ihm die anderen Dorfbewohner verschafft haben, und dann hab ich plötzlich das Gefühl, dass ich nicht mehr allein bin. Dass ich beobachtet werde.

Wachsam lasse ich meinen Blick durch den Wald schweifen, versuche hinter den dunklen Stämmen die Gestalt auszumachen, auf deren Suche ich bin. Habe kein Glück. Wieder sehe ich die Hand vor mir, die Finger fest um die Axt geklammert, auf dem Unterarm die Adern, die bedrohlich hervorspringen. Kraft liegt in diesem Bild. Gewalt. Mörderische Gewalt. Ich schaudere. Ein leises Knacken, das von weiter oben kommt, lässt mich zusammenfahren. Ich versuche mit meinem Blick das Dickicht zu durchdringen, zu erkennen, ob sich dahinter eine Gefahr verbirgt. Eine Gefahr mit schwarzem Vollbart und buschigen Augenbrauen.

Ohne eine bewusste Entscheidung trete ich den Rückzug an. Weiche unwillkürlich ein paar Schritte zurück. Dann drehe ich mich um und laufe talwärts, immer schneller, stolpere über Wurzeln auf dem Weg, fange mich wieder, schlittere über die feinen Nadeln der Lärchen den schmalen Pfad hinunter, immer die Gefahr im Rücken, die ich mir vielleicht nur einbilde. Immer wieder werfe ich einen Blick über die Schulter. Folgt er mir, der Moar? Fliegt seine Axt durch die Luft? Schweißgebadet komme ich unten an. Unbehelligt. Ich flüchte aus dem unheimlichen Schatten des Waldes auf die helle Wiese, stolpere den Pfad abwärts zum Hof.

Auf der Wiese unter der Baustelle laufen die Kühe frei herum. Ich stutze. Wer hat die Tiere herausgelassen? Panisch schaue ich mich um. Ist er hier, der Bauer? Lauert er hinter seinem Container mit erhobener Axt?

Ich haste zu meinem Wagen, vergewissere mich, dass sich niemand auf der Rückbank verbirgt, schlage die Autotür hinter mir zu und lasse den Motor an. Erst als ich an der Säge vorbeifahre, beruhigt sich mein Herzschlag. Im Kirschbaum mache ich eine Gestalt aus, halte an und steige aus dem Wagen. Wie auf Kommando fällt der junge Kirschendieb aus den Ästen.

»Du schon wieder«, rufe ich ihm zu.

»Sie schon wieder.« Er grinst wie ein echter Lausbub.

Der kleine Abbruch bei seinem vorderen Schneidezahn verleiht ihm einen verwegenen Ausdruck.

Ich drohe ihm spielerisch mit dem Zeigefinger. »Sind die Kirschen reif?«

»Und wie«, sagt er. »Möchten Sie ein paar kosten?«

»Nein, nein.« Zu spät. Schon kraxelt er wie ein Affe in den Baum und springt kurz darauf mit vollen Händen und einem dumpfen Plumpsen vom untersten Ast. Ohne links oder rechts zu schauen, überquert er die Straße und streckt mir seine Ernte entgegen. Herzkirschen. Dunkelrote, riesige Herzkirschen lachen mir entgegen und ich kann nicht widerstehen.

»Lecker«, sage ich, während die Kirsche in meinem Mund zerplatzt und ihr Saft sein süßes Aroma in meiner Mundhöhle verspritzt.

»Sag ich ja.« Der Junge nickt bekräftigend. »Und gestohlene Kirschen sind die besten.«

Wir grinsen uns verschwörerisch an. »Sag mal, hast du einen Namen?«

»Nein«, meint er todernst. Dann bricht das Lachen aus ihm heraus. »Natürlich hab ich einen. Ich bin der Patrick.«

»Ich bin der Pietro.«

»Weiß ich doch«, sagt er und duckt sich unter meiner gespielten Kopfnuss weg. »Haben Sie den Mörder schon gefasst?«

»Nein.« Bedauernd schüttle ich den Kopf. »Er büxt ständig aus.«

»Wer?«

»Na, der Moar.«

Patrick lacht. »Der Moar ist doch nicht der Mörder.«

»Nein?«

Im Brustton der Überzeugung kommt von ihm ein deutliches »Nein!«

»Wer dann?«, frage ich und danke im Geist dem Himmel dafür, dass es einen Talbewohner gibt, der mit mir spricht, der Informationen mit mir teilt.

»Weiß ich doch nicht.«

Und da geht sie dahin, meine Hoffnung, von ihm ein bisschen was darüber zu erfahren, was hinter meinem Rücken im Dorf geredet wird.

»Der Moar halt nicht.«

Ich bilde mir ein, auf dem sommersprossigen Gesicht die Verstocktheit zu sehen, die ich von den Menschen aus Tal kenne, da sagt er doch noch etwas.

»Ich wette, er ist in der Räuberhöhle.«

»Räuberhöhle?«

»Na, halt die Höhle oben unterm Schreckbichl. Wo im Mittelalter die Räuber gehaust haben und davor die Steinzeitmenschen.«

»Aha«, sage ich. »Die Dinosaurier etwa auch?«

»Ganz bestimmt«, sagt der Junge und grinst. »Also, wenn ich der Moar wäre, dann würde ich mich da oben verstecken. Hundertpro.«

Ich folge mit dem Blick seinem Finger, der auf einen Punkt weit oben auf dem Berg zeigt. Genau die Richtung, aus der ich komme. Unwillkürlich schaudere ich. Allein gehe ich da gewiss nicht mehr hoch. Ich brauche Verstärkung.

»Kennst du den Weg?«, frage ich ihn.

»Logo.« Er wirft sich in die Brust.

»Würdest du mich raufführen?«

»Wie viel zahlst du denn?«

Mir fällt auf, dass er plötzlich zum Du übergegangen ist. Ich freue mich über diesen Beweis, dass wir uns nähergekommen sind.

»Wie viel verlangst du denn?«

»Tausend Euro?« Er grinst und winkt ab. »Spendierst mir ein Eis?«

»Das krieg ich hin«, sage ich. »Ich muss nur noch wen holen. Magst gleich mitkommen?« Ich klopfe auf den leeren Beifahrersitz.

Er schüttelt den Kopf. »Ich wart hier.«

Ich recke den Daumen hoch, lasse den Motor an und brause Richtung Tal davon, um dem Sergente ein paar Männer abzuschwatzen. Sartori, Di Bello oder Rizzi – wenn ich an die Oberarme des Moar Bauern denke, am besten alle drei.

Wir halten die Stellung

Als ich wenig später mit dem erhofften Trio beim Kirschbaum ankomme, ist von dem Jungen nichts mehr zu sehen. Ich fluche. Steige aus dem Auto, schaue hoch in den Baum, doch von keinem der Äste baumeln Kinderbeine. Ich fluche noch mal.

»Nicht mehr da?«, fragt Rizzi.

Ich schüttle den Kopf.

»Vielleicht musste er zum Essen nach Hause.« Sartoris Vermutung erinnert mich daran, dass ich die drei direkt vom Mittagessen weggeholt habe. Das und das leise Schmatzen von Di Bello, der sich noch eine Semmel mit auf den Weg genommen hat.

»Vielleicht«, sage ich. Ärgern tu ich mich doch.

»Dann lass uns diese Räuberhöhle doch allein suchen«, meint Di Bello und schluckt das letzte Stück Semmel runter.

Zweifelnd schaue ich den Berg hoch. Der Wald dehnt sich über den ganzen Bergrücken aus und geht dahinter weiter. Welcher von den unzähligen Hügeln der Schreckbichl ist, unter dem irgendwo diese Räuberhöhle verborgen sein soll, bleibt mir ein Rätsel. Die Mutlosigkeit muss mir ins Gesicht geschrieben stehen, denn die drei Jungs werfen sich mitfühlende Blicke zu.

»Hast du nicht eine Karte?«, fragt Rizzi. »So eine, auf der jeder Furz eingezeichnet ist? Von deinem Vorgänger?«

Ich würde ihn am liebsten umarmen, stürze zurück zum Auto, krame im Handschuhfach nach der Karte und finde sie.

Vier Köpfe beugen sich über das verblasste, abgegriffene Ding, vier Augenpaare suchen nach der Räuberhöhle auf dem Schreckbichl.

»Da«, jubelt Sartori schließlich und stößt mit dem Zeigefinger nach vorn. »Hier ist der Schreckbichl und hier …«

»… die Räuberhöhle.« Di Bello vervollständigt den Satz.

Ohne ein weiteres Wort steige ich ein und starte den Motor.

Über dem Moarhof liegt brütende Schwüle. Die Kühe haben es sich im Schatten einer Eberesche gemütlich gemacht. Hin und wieder schüttelt eine unwillig den Kopf, um die lästigen Insekten zu verjagen, die sie quälen.

»Da lang.« Rizzi, der die Karte in der Hand hält, zeigt zu dem Pfad, den ich am Morgen alleine hochgewandert bin. Wir folgen ihm. Überflüssig, denn der Weg führt ohne Abzweigung bergwärts, wie ich weiß. Schweißgebadet kommen wir an der Stelle an, an der ich heute Vormittag das Gefühl hatte, beobachtet zu werden. Ob es damit zu tun hat, dass ich jetzt nicht mehr alleine unterwegs bin oder ob sich mein Beobachter zurückgezogen hat – jetzt spüre ich nichts mehr.

»Sind wir bald da?« Ich höre selbst, dass ich klinge wie ein quengelndes Kind. »Bis hierher bin ich heute schon gekommen.«

Rizzi bleibt stehen, studiert die Karte, vergleicht den Weg, den wir zurückgelegt haben, mit dem, der noch vor uns liegt, wiegt den Kopf. »Schon noch ein Stückchen.«

»Dann los«, sagt Sartori.

»Okay, dann weiter.« Es bleibt uns wohl nichts anderes übrig. Mein Magen, der seit dem Frühstück nur ein paar Kirschen bekommen hat, grummelt bedrohlich.

»Wo ist der Bär?«, fragt Rizzi grinsend.

»Ha.« Dankbar nehme ich den Energieriegel an, den Di Bello wortlos aus seiner Westentasche zieht. Schiebe ihn mir beim Gehen in den Mund. Der Weg zieht jetzt an. Alle zwei Schritte steigen wir um einen halben Meter in die Höhe und bald kann ich mit den Jungs nicht mehr mithalten. Schnaufend bleibe ich stehen.

»Ihr seid schneller ohne mich. Ich komme nach.«

Sie grinsen, wandern weiter. Keiner von ihnen ist merklich außer Atem. Bald kann ich sie nicht mehr sehen, höre nur das dumpfe Stapfen ihrer Bergschuhe auf dem Waldboden, dann nicht einmal mehr das. Brütende Stille liegt über dem Wald. Ich setze mich auf eine Wurzel und atme tief durch. Einmal, zweimal, bis mein Atem wieder ruhiger wird.

Ein lautes Knacksen lässt mich herumfahren. Doch es ist nicht der Moar, der mit erhobener Waffe auf mich zugeht, sondern ein Hirsch. Das Geweih scheint mir riesig. Ich zähle zehn Enden und überlege krampfhaft, ob Hirsche auch auf Menschen losgehen und wie man sich am besten verhält. Doch er beachtet mich gar nicht, schreitet elegant über das unwegsame Gelände rechts von mir und verschwindet zwischen den Bäumen. Erst als er weg ist, merke ich, dass ich den Atem angehalten habe.

Und dann ist plötzlich dieses unheimliche Gefühl wieder da. Augen, die mich anschauen. Doch niemand ist zu sehen. Wie blöd bin ich eigentlich, dass ich mich schon wieder allein diesem Moar ausliefere? Ich muss zu den anderen. Unvermittelt stehe ich auf, haste den Weg hoch, um nach zehn Metern wieder völlig außer Atem zu sein, aber diesmal treibt mich die Angst. Ich beuge mich vor, nehme meine Hände zu Hilfe, um in dem Steilhang schneller voranzukommen. Dabei werfe ich ängstliche Blicke nach allen Seiten, bin bei jedem Baum gefasst, dass der Moar dahinter hervorstürzt. Doch er bleibt verborgen. Dafür höre ich nach ein paar Hundert Metern Männerstimmen, die aufgeregt diskutieren. Die Jungs. Schnell bringe ich den Weg, der uns trennt, hinter mich.

Die Räuberhöhle ist ein besserer Felsvorsprung. Er überdacht eine Mulde, in der höchstens ein zusammengekauerter Mann Platz finden kann. Die drei Jungs stehen diskutierend um eine Feuerstelle.

»Seit drei Stunden«, sagt Rizzi gerade.

Di Bello schüttelt den Kopf. »Zwei. Die Steine sind noch warm.«

»Eine«, mischt sich Sartori ins Gespräch. »Wenn ich stochere, steigt noch Rauch auf.«

»Habt ihr geschaut, ob er in der Höhle drin ist?«, frage ich und ernte genervte Blicke.

»Sind wir blöd?«, fragt Rizzi. »Natürlich. Das ist definitiv sein Versteck. Schau ruhig selbst nach.«

Das tue ich. Beuge mich über den Eingang. Im Dämmerdunkel liegen verschiedene Kleidungsstücke, eine Wolldecke, die aussieht, als würde sie sonst als Pferdedecke dienen. Ein paar Kekspackungen, Thunfischdosen, Äpfel. »Und wo ist er jetzt?«

Wieder ernte ich einen frustrierten Blick von den Jungs. »Ausgeflogen.«

»Mist.«

»Doppelmist«, bekräftigt Sartori. »Ausschwärmen?« Er sieht mich erwartungsvoll an. Will einen Befehl von mir. Doch ich schüttle den Kopf.

»Ihr bleibt hier. Vielleicht kommt er ja wieder.« Sie werfen sich entsetzte Blicke zu. »Ich gehe ins Tal und gebe dem Sergente Bescheid. Der schickt euch sicher bald die Ablösung.«

»Ich hab Hunger«, sagt Di Bello kleinlaut.

Ich deute mit dem Kinn auf die Höhle. »Tu dir keinen Zwang an«, sage ich und beobachte lächelnd, wie er sich auf die Vorräte des Moar Bauern stürzt.

»Und Wasser?«, fragt er.

Rizzi nimmt mir die Antwort ab. »Wenn er keine Wasservorräte angelegt hat, muss es irgendwo in der Nähe einen Bach geben. Gehen Sie nur, Maresciallo. Wir halten die Stellung.«

Bringe ich Sie aus dem Konzept?

Der Sergente ist nicht begeistert, als er hört, dass ich die drei Jungs an der Räuberhöhle zurückgelassen habe. Bei meiner Forderung, dass ihnen jemand Essensvorräte und Wasser hoch zum Versteck des Moar bringen und dass sie bei Gelegenheit abgelöst werden sollten, verzieht er unwillig das Gesicht. Als ich verlange, dass außerdem ab der Melkzeit um vier Uhr morgens jemanden beim Moar Hof positioniert werden muss, wird seine Miene noch eine Spur sauertöpfischer.

»Drei Leute verdammen Sie zur Wache bei einer Räuberhöhle mitten im Wald, weitere zwei sollen in aller Herrgottsfrühe beim Stall lauern und die restlichen sollen in diesem Tal patrouillieren, in dem dreihundert Einwohner auf zehn Quadratkilometer unwegsames Gelände verteilt sind. Da brauchen Sie eine Armee, nicht nur eine Kompanie.«

Ich zucke die Schultern. Das ist wohl so. »Tun Sie's, oder nicht?«

Mürrisch nickt der Sergente.

»Dann mache ich jetzt Feierabend.« Ich sehe dem Sergente deutlich an, dass er mein Ansinnen unverschämt findet, aber er sagt nichts.

Ich mache mich auf den Weg zurück zur Carabinieristation, stecke die Hände in die Hosentaschen und frage mich, womit ich meine Gedanken beschäftigen soll, damit sie nicht wieder Richtung Gardasee davondriften. Vor dem Haus bleibe ich stehen, hin- und hergerissen zwischen dem Wunsch, mir in meinem Mansardenzimmer die Decke des Selbstmitleids über den Kopf zu ziehen, und dem Drang, aus dem Tal zu fliehen. Die Flucht gewinnt. Aus dem Gespräch zwischen zwei Männern auf dem Dorfplatz habe ich aufgeschnappt, dass die Straße passierbar ist. Auf eigene Gefahr passierbar, denn bevor man offiziell darf, müssen Felssicherungsarbeiten durchgeführt werden. Aber man kommt wohl durch. Das werde ich nutzen.

An der ersten Kurve mit Handyempfang, an der mein Telefon bisher immer eine Kakophonie aus verschiedensten Mitteilungssignalen von sich gegeben hat, bleibt es still. Ich fahre rechts ran, kontrolliere das Gerät, stelle fest, dass es eingeschaltet und nicht auf lautlos gestellt ist, und plötzlich überfällt mich die Erkenntnis, dass es wirklich vorbei ist. Beatrice hat mit mir Schluss gemacht. Für immer. Sie hat nicht einmal auf meinen Auftritt in Riva reagiert. Mein Herz hört für einen Moment auf zu schlagen. Mir wird übel. Es ist Schluss. Ich klammere mich ans Lenkrad, versuche, mein Herz zu beruhigen. Kämpfe gegen den Kloß in meinem Hals. Dann schalte ich das Radio an, finde dankbar Thunderstruck von AC/DC und drehe die Lautstärke auf Maximum. Zum legendären Gitarrenriff von Angus Young fahre ich auf die kleine Stadt zu. Ich hoffe, dass sie mir Ablenkung von meinen Sorgen bietet.

Als ich diesmal durch das Tor trete, wirkt die Stadt wie ausgestorben. Kein Mensch treibt sich in den Gassen herum, Geschäfte und Gastbetriebe sind geschlossen. So sieht der Sonntagnachmittag in dieser Region aus. Ich denke an Bergamo und wie das Leben um diese Zeit auf der Piazza Vecchia pulsiert. Ganz anders als hier, wo man das Gefühl hat, in einer Geisterstadt zu sein. Nur die Kinder, die auf dem Domplatz mit ihren Fahrrädern herumjagen, zeugen davon, dass es hier doch Leben gibt. Ich beobachte das wilde Treiben ein Weilchen, dann gehe ich weiter auf der Suche nach etwas, das ich tun kann. Stoße auf ein Kino, das einen einzigen Film im Programm hat. Eine Hollywoodkomödie, die ich zwar schon kenne, aber gerade ist mir alles recht. Außer mir sind noch genau acht Gäste im Zuschauerraum, von denen ich eine Frau kenne. Es ist die Journalistin vom Freitag. Als sie mich erblickt, winkt sie begeistert, deutet auf den Platz neben sich, als wäre es der einzige freie Platz in dem leeren Kinosaal. Ich zögere. Lust auf Gesellschaft habe ich eigentlich nicht. Und Lust darauf, von ihr mit Fragen zu den ungeklärten Mordfällen gelöchert zu werden, noch weniger. Ich nicke ihr freundlich zu, dann setze ich mich weit weg von ihr in eine der hinteren Reihen. Es wird dunkel im Saal, wegen der wenigen Zuschauer fällt die Vorschau aus und es geht mit den üblichen Ansagen wegen Videopiraterie los, dann beginnt der Film.

Plötzlich raschelt es neben mir. Ich drehe den Kopf und sehe die Journalistin, die sich neben mir niederlässt und mich breit angrinst.

»Hallo?«, sagt sie.

Ich nicke statt einer Antwort.

»Am Freitag waren Sie aber sehr schnell weg. Ich hoffe, das hatte nichts mit mir zu tun?«

Wieder dieser in eine Frage verpackte Aussagesatz. Ich schüttle den Kopf.

»Sie wollen nicht darüber sprechen?«

»Nein.«

»Es war doch ein netter Abend?«

Mehr als ein unbestimmtes Nicken kriegt sie nicht von mir als Antwort.

»Na ja, egal. Ich bin die Nicki Summerer.«

Die Regeln der Höflichkeit zwingen mich, die dargebotene Hand zu ergreifen. »Pietro Carminati«, sage ich und sehe in ihre Augen, die im Licht der Leinwand schimmern.

»Ich weiß. Haben Sie die Morde inzwischen aufgeklärt?«

»Ich möchte eigentlich diesen Film schauen«, antworte ich ungehalten.

»Sie stehen auf Adam Sandler?«

»Ich stehe darauf, einen Film zu schauen, ohne Konversation betreiben zu müssen.«

Sie nickt. Ich werfe ihr einen schnellen Blick zu, um abzuschätzen, ob sie beleidigt ist, aber sie wirkt ruhig. Vermutlich passiert ihr so was öfter. Dann konzentriere ich mich auf den Film. Versuche zumindest, mich zu konzentrieren. Doch mich lenken ihre Blicke ab, die von der

Leinwand zu mir und wieder zurückwandern und die ich zu ignorieren versuche. Nicht ignorieren kann. Irgendwann stehe ich frustriert auf.

»Auf Wiedersehen.«

»Der Film gefällt Ihnen nicht?«

»Ich kann mich nicht darauf konzentrieren.«

Ein perlendes Lachen ist die Antwort. »Bringe ich Sie so sehr aus dem Konzept?«

Ich sehe sie an. Sehe in ihre grünen Augen. »Ja«, sage ich. Dann fliehe ich aus dem Kino.

Ich war's nicht. Merk dir das.

Es ist noch hell, als ich die Carabinieristation Tal-Valle erreiche. Ich werfe einen Blick den Berg hinauf, dahin, wo die Räuberhöhle sein muss, und sehe eine feine Rauchsäule aus dem Wald aufsteigen. Unwillkürlich muss ich lächeln. Den Jungs sei ein bisschen Lagerfeuerromantik bei der Beschattung des mutmaßlichen Mörders gegönnt. Ich stelle mir vor, wie sie um das Feuerchen sitzen, sich Geschichten erzählen. Hoffen, dass der Sergente ihnen Nachschub geschickt hat, und bin dankbar für die warme Sommernacht. Zumindest frieren müssen sie nicht.

In meinem Zimmer ist es stickig, selbst das Leintuch ist zu viel und meine Haut klebt vor Schweiß. Und das auf dieser Höhe. Ich dusche mich kalt, lege mich nackt auf mein Bett, genieße die Gänsehaut, die meine Haut überzieht, während das Wasser verdunstet. Ich sehne den Schlaf herbei, der nicht kommt. Schließe die Augen, nur um wieder Enzos Hand zu sehen, die über Beatrices streichelt. Ich zwinge meine Gedanken in eine andere Richtung, zum Moar, zu den Jungs, die am Lagerfeuer sitzen und mir wahrscheinlich inzwischen das Kreuz abfluchen. Zu Moars Schwester, der Ehefrau des letzten Mordopfers, deren Arme Spuren ehelicher Gewalt aufweisen, zu den Menschen in Tal, deren Gesichter wie einbetoniert wirken. Kalt. Abweisend. Eine Mauer.

Überlege, was mit Menschen passieren muss, damit sie so werden. Wie ich diese Mauer durchdringen kann. Ob ich diese Mauer überhaupt je durchdringen kann, ich, der ich einer für sie völlig fremden, vielleicht verhassten Kultur angehöre. Der Feind, der vom Staat eingesetzt worden ist, um sie zu kontrollieren. Mit den Gesichtern der Bewohner von Tal vor meinem inneren Auge dämmere ich weg, falle in einen unruhigen Halbschlaf, in dem der ameisenzerfressene Schädel von Adam Sandler mir einen Vortrag darüber hält, dass ein Aussagesatz nicht mit einem Fragezeichen enden darf.

Plötzlich wache ich auf. Ein Geräusch. Ich halte den Atem an, horche in die Nacht hinaus. Versuche, das Rauschen des Bachs auszublenden. Ist die Eingangstür der Carabinieristation geöffnet worden? Höre ich Schritte auf den Stufen, die zu meinem Zimmer führen? Mein ganzes Sein konzentriert sich auf den Gehörsinn. Ich strecke meine Ohren wie Fühler aus, lausche nach dem Tappen leiser Schritte, dem Rascheln von Kleidern, einem fremden Atem. Nichts. Ich gebe mir selbst Entwarnung. Keine Schritte, kein Eindringling. Ich atme tief durch. Meine Erinnerung hat mir einen Streich gespielt, das Gefühl des Beobachtetwerdens im Wald hat mich eingeholt und sich in meinen Traum gestohlen.

Genug mit den Hirngespinsten. Ich muss schlafen. Also schließe ich die Augen, lege die Arme neben dem Körper ab. ›Dein rechter Arm ist schwer‹, sage ich in Gedanken mein Sprüchlein auf, stelle mir vor, wie der

Arm in die Matratze sinkt, mit dem Bett verschmilzt, lasse die Schwere auf den Rest meines Körpers übergehen. Gerade gleite ich in den Schlaf, als ich die fremde Präsenz in meinem Zimmer spüre. Ganz deutlich. Kein Atemgeräusch, keine Schritte, aber da ist ganz eindeutig ein Lebewesen, das keine zwei Meter von mir entfernt steht. Die Luft ist aufgeladen von der fremden Energie und diesmal weiß ich, dass ich mir das nicht einbilde. Mein Herzschlag beschleunigt sich.

Was soll ich tun? Aufspringen, auf den Fremden in meinem Zimmer zuspringen, in der Hoffnung, ihn gleich mit dem ersten Schlag zu erwischen? Zuerst das Licht einschalten? Wird er den kleinen Moment, in dem ich mit dem Schalter beschäftigt bin, ausnutzen, um mir an die Gurgel zu gehen? Ich entscheide mich für den Angriff in der Dunkelheit, sammle meine Kräfte, spanne meine Muskeln an, um aufzuspringen und ihn anzugehen, alles in einem Zug.

»Carabiniere«, sagt da eine ruhige Stimme aus der Ecke neben der Tür. »Erschrick nicht. Ich bin's.«

Mein Herz bleibt stehen, ein Schrei löst sich aus meiner Kehle und unter mir bildet sich ein nasser Fleck.

»Ich will dir nix tun, Carabiniere, nur reden«, sagt die Stimme und ich weiß genau, wer das ist, der da zu mir redet. Ruhig redet. Der mir aber trotzdem kein Vertrauen einflößen kann mit dieser ruhigen Stimme, denn ich kann ihn trotz der Dunkelheit vor mir sehen, die Hand um die Axt geklammert. Schlagartig ist da die Überzeugung, dass doch er es sein muss, der die Morde auf dem Gewissen hat. In blitzschnellen Bilderfolgen sehe ich den Oberplanitscher Bauern, den Steiner Hans und den Außertaler Bauern ohne Gliedmaßen, ohne Kopf, ans Kreuz gefesselt.

Wird es wehtun?, fragt sich das Kind in mir. Du lieferst dich ihm nicht ohne Gegenwehr aus, sagt der Erwachsene. Fieberhaft überlege ich, was sich in meiner Reichweite als Waffe gebrauchen ließe, komme zum Schluss, dass es absolut gar nichts gibt, was gegen die Axt des Moar Bauern ankommen kann.

»Carabiniere? Bist du wach?« Ein leichtes Zögern in der Stimme meines Peinigers verrät mir seine Unsicherheit. »Ich bin's, der Moar.«

›Sprich mit ihm‹, meldet sich die Stimme meines Ausbildners in meinem Kopf. ›Sprecht mit den Tätern. Mit ruhiger Stimme. Bringt was Persönliches ein. Ich-Botschaften. Stellt euch auf ihre Ebene. Zeigt Verständnis.‹ Ich wünsche dem Kerl nachträglich die Pest an den Hals. Wie soll man mit ruhiger Stimme sprechen, belanglose Themen finden, die dem Täter Vertrauen einflößen, wenn man sich gerade eingenässt hat und das Herz tut, was es will. Trotzdem versuche ich es. Öffne den Mund. Will etwas sagen, kriege keinen Ton heraus. Ich räuspere mich, setze mehrfach zum Reden an.

»Ich bin wach«, sage ich schließlich und höre selbst, wie jämmerlich es klingt.

»Darf ich das Licht einschalten?«

Das ist die Gelegenheit, denke ich. Während er im

Dunkeln nach dem Lichtschalter sucht, werde ich ihn überwältigen.

Wieder räuspere ich mich. »Mach ruhig.«

Ein leises Kleiderrascheln verrät, dass er sich umdreht, mit der Hand über die Wand tastet. Das ist der richtige Augenblick, denke ich. Springe aus dem Bett in die Richtung, aus der das Rascheln kommt. Da flutet Licht den Raum, blendet mich. Unwillkürlich kneife ich die Augen zu, schütze sie mit erhobenem Arm vor dem grellen Licht.

»Du hast nix an.«

Langsam nehme ich den Arm herab. Der Moar betrachtet mich prüfend. Ich schaue an mir hinunter, auf meinen schmächtigen Brustkorb, das schlaffe Glied. Zorn wallt in mir hoch.

»Ich habe keinen Besuch erwartet.«

»Auch wieder wahr.« Der Moar grinst frech. »Magst dir vielleicht was anziehen?«

»Warum bist du hier?«

»Wo soll ich sonst sein? Die Räuberhöhle wird bewacht, auf meinem Hof stehen auch zwei Soldaten. Wo, meinst denn du, kann ich sonst noch hin?«

Ich zucke die Schultern. »Ich muss dich jetzt festnehmen.«

Er nickt. »Sicher.«

Erst als er mit spöttischer Miene die Arme vor der Brust verschränkt, wird mir bewusst, wie absurd meine Ankündigung ist. Ich komme nicht an ihm vorbei. Telefon, Handschellen, meine Dienstwaffe – alles ist unten.

Unerreichbar für mich. Wie soll ich, der ein Hänfling ist gegen diesen Bären von einem Mann, ihn festnehmen? Ich lasse mich auf mein Bett fallen. Er errät offenbar, was in meinem Kopf vor sich geht, und nickt zufrieden.

»Können wir reden?«

»Mir bleibt wohl nichts anderes übrig«, sage ich.

»Magst dich davor anziehen, Carabiniere?«

Ohne ihn anzusehen, schlüpfe ich in meine Hose. »Können wir nach unten gehen?«

Der Moar folgt meinem Blick zu dem nassen Fleck auf dem Leintuch, zieht leicht die Augenbrauen hoch. Ich rechne ihm hoch an, dass er meine Schmach nicht mit einem Grinsen quittiert.

»Nein«, sagt er aber trotzdem. »Wir reden hier.«

Ergeben schiebe ich das Bettzeug zur Seite, lasse mich am trockenen Ende des Betts nieder. »Dann red halt.«

»Ich war's nicht.«

»Das hast du schon einmal gesagt.«

»Ich war's wirklich nicht.«

Ich vergrabe mein Gesicht in den Händen, wische mir ein paarmal drüber, um den Schlaf loszuwerden.

»Schau, Moar«, sage ich schließlich. »Du bist der Einzige, der bei allen drei Opfern ein Motiv gehabt hat.«

»Ich hab aber auch für alle drei Morde ein Alibi.«

»Ja, weil sich das Dorf gegen mich verschworen hat und dich deckt.« Ich seufze.

»Nein, weil's stimmt.«

Ich reibe mir wieder über das Gesicht. So kommen

wir nicht weiter, und auch wenn der Moar keine Axt in der Hand hat, wirkt er auf mich so vertrauenerweckend wie ein Grizzly nach dem Winterschlaf.

»Warum bist du dann abgehauen, Moar? Verstehst du nicht, dass dich das nicht grad weniger verdächtig macht?«

»Das war ein Fehler.« Der Moar verzieht das Gesicht zu einer reumütigen Grimasse. »Aber was soll ich denn machen? Du hast deinen Schuldigen ja schon gefunden gehabt. Hast mir eh nicht geglaubt, dass ich mit der Sache nichts zu tun hab.«

»Wer dann, Moar?« Ich sehe ihn gespannt an. Kriege ich jetzt die Lösung auf dem Silbertablett präsentiert? Doch über seine Miene fällt der Schatten, den ich allzu gut kenne. Die versteinerte Maske, der Ausdruck von Tal. Ich sage nichts, bedeutet er. Da kannst du lang bohren, Fremder. Wir Menschen von Tal, wir halten zusammen. Gegen euch. Ich seufze. »Und jetzt?«

»Ich verschwind wieder.«

»Wohin?«

»Glaubst, das sag ich dir?« Er schaut mich spöttisch an.

»Und dein Vieh?«

»Versorgt der Nachbar. Er weiß schon Bescheid.«

Aha, beim Nachbarn war er also auch schon. Schön, dass alle so gut zusammenarbeiten, denke ich bissig. Außer mit der Polizei. Sind wir Carabinieri wirklich so verhasst hier, dass die Dörfler einen Mörder schützen, nur um uns eins auszuwischen?

»Du glaubst ja auch nicht, dass ich es war, Carabiniere.« Damit hat er nicht einmal so unrecht, aber das kann ich schlecht zugeben.

»Dann beweis, dass du's nicht warst.«

»Das beweist sich von selbst.«

»Wie?« Ich sehe ihn eindringlich an. »Moar, sag mir, was noch passiert. Wer muss noch sterben?«

Er schüttelt den Kopf. »Ich weiß nix«, sagt er. Aber in seinen Augen funkelt die Lüge.

»Wer, Moar?«

Er fixiert mich. Schüttelt den Kopf. Dann greift er nach der Türklinke, wendet sich ab. »Ich war's nicht, Carabiniere. Merk dir das.«

Und weg ist er.

Tag 8 – Montag

Endlich hast du es verstanden

Um meinen Schlaf ist es geschehen. Ich habe das Gefühl, dass ich überhaupt nie mehr werde schlafen können, verfalle um zwei Uhr morgens in eine Art Aktionismus. Nach einer ausgiebigen heißen Dusche wechsle ich die Bettwäsche, stelle die Matratze zum Trocknen ans Fenster, putze den Wohnbereich. Danach bin ich immer noch hellwach und nutze die Zeit, um Berichte zu schreiben, die schon längst überfällig sind. Um vier Uhr morgens ist alle Arbeit getan. Mein Geist ist immer noch in Aufruhr und erlaubt meinem übermüdeten Körper nicht, sich zur Ruhe zu legen.

Plötzlich sitze ich am Diensttelefon und tippe Beatrices Nummer ein. Erst als sie tatsächlich abhebt, wird mir bewusst, was das für eine blöde Aktion ist, und im ersten Moment will ich den Hörer auf die Gabel werfen, doch ihre Stimme hält mich davon ab.

»Pronto?«

Zum zweiten Mal in dieser Nacht schlägt mein Herz einen Purzelbaum. Diesmal aus Liebe. Und zum zweiten Mal versagt mir die Stimme. Doch ich muss gar nichts sagen. Sie errät, wer der nächtliche Anrufer ist.

»Pietro?«

»Mmh«, sage ich.

Schweigen auf ihrer Seite.

Ich räuspere den Frosch aus meiner Kehle. »Beatrice?«

Sie atmet scharf aus. »Was fällt dir ein, mich mitten in der Nacht anzurufen? War ich am Freitag nicht klar genug?«

»Doch.«

»Warum rufst du dann an? Um diese Zeit noch dazu?«

Ich entscheide mich für die Wahrheit. »Es geht mir nicht gut, Beatrice.«

Sie schweigt.

»Wirklich, Tesoro, ich …«

Sie unterbricht mich. »Ich bin nicht mehr dein Tesoro.«

»Beatrice, können wir nicht …«

»Nein, Pietro. Und ich will von dir nicht angerufen werden. Es ist aus. Wenn du meine Sprache nicht verstehst, werde ich meinen Vater bitten, dir das klarzumachen … Mit allen Mitteln, die ihm zur Verfügung stehen.« Der drohende Unterton in ihrer Stimme ist unüberhörbar.

In meinem Hirn rattern Bilder von Afghanistan herunter, von Mafiarazzien auf Sizilien, Einsätze bei faschistischen Demonstrationen. Ich schlucke.

»Bitte Beatrice. Lass uns darüber reden.« Ich lege mein ganzes Flehen in die Bitte. Stände sie vor mir, würde ich mich auch zu ihren Füßen hinknien, ihr die Hand lecken, wenn sie das von mir verlangen würde.

Sie stößt ungeduldig den Atem aus. »Pietro, ich muss das hier nicht machen. Aber weil du es bist, tue ich es trotzdem. Also hör mir zu. Es ist mir nicht leichtgefallen, mit dir Schluss zu machen. Aber letzten Endes tue ich es für dich. Weil mein Vater dich niemals aus diesem Kaff herauslassen wird. Er will dich nicht zum Schwiegersohn und ich … will dich auch nicht mehr. Ich will nicht als Ehefrau von irgendeinem Provinz-Maresciallo enden. Schon gar nicht irgendwo, wo man nicht einmal meine Sprache versteht.«

»Aber das ist doch nur vorübergehend, Beatrice. Ein paar Monate, vielleicht Jahre, danach …«

»Nein, Pietro. Ist es nicht. Glaub mir.«

In ihren letzten zwei Worten liegt so viel Überzeugung, dass ich ihr glauben muss. Generale Ravasio wird alles tun, damit ich aus diesem Loch nie wieder entkomme und seiner kostbaren Beatrice die Zukunft nicht verbaue. Eine glänzende Zukunft an der Seite eines Generale Ravasio in jung oder irgendeines Industriemagnaten. Plötzlich verlässt mich die Kraft.

»Dann machst du wirklich Schluss?«

»Endlich hast du es verstanden.«

Sie spricht weiter in einem entschuldigenden Tonfall, aber ich höre nicht mehr, was sie sagt. Lasse den Hörer einfach fallen. Wie ein Glockenschwengel baumelt er hin und her, während unverständliches Gequake von Beatrice daraus hervorquillt, irgendwann abbricht und von einem Tuten ersetzt wird. Ich sitze wie erschlagen vor meinem Schreibtisch und meine Augen folgen dem Ding wie die eines Kaninchens, das vom hin- und her schwingenden Kopf einer Schlange hypnotisiert wird, bevor sie vorschnellt und es frisst. Dann löse ich meinen Blick davon, starre den Schreibtisch an, den uralten Monitor, die blinden Fensterscheiben, hinter denen der Himmel langsam aufklart. Das hier ist meine Zukunft, wird mir jetzt klar. Der Ort, aus dem es kein Entrinnen gibt, wenn nicht von Generale Ravasios Gnaden. An dem ein Mensch nach dem anderen sein Leben verliert, ohne dass ich die geringste Chance habe draufzukommen, wer der Mörder ist. Tal.

Ich lasse den Kopf auf die Schreibtischplatte fallen, rumse gegen das Blech. Einmal. Zweimal. Es donnert leise. Wenn nur ein Blitz einschlagen und diesmal einfach mich treffen würde.

Das bestätigt unsere Theorie

Dass ich mit dem Kopf auf dem Schreibtisch eingeschlafen bin, merke ich erst, als dicht neben mir jemand gegen die Fensterscheibe wummert. Ich schrecke hoch, zucke zusammen, weil die ruckartige Bewegung meinen Schädel zum Bersten bringt, sehe zum Fenster. Draußen steht die Journalistin des Tagblatts, energiegeladen funkeln ihre grünen Augen durch die Scheibe. Sie schaut aus wie frisch aus dem Ei gepellt, während ich mich fühle, als hätte ich die Nacht durchgezecht. Auffordernd winkt sie mir zu. Ich schließe die Augen wieder, lege den Kopf auf die Arme und stöhne, doch sie hat kein Erbarmen.

»Signor Carminati«, trällert sie draußen. »Ich bin's!« Als hätte ich das nicht schon längst gesehen. Noch einmal wummert sie gegen die Fensterscheibe. »Ich hab auch Pastine dabei!«

Obwohl das Hämmern hinter meiner Stirn inzwischen zu einem Brausen geworden ist und ich mich am liebsten übergeben möchte, löst das Wort *Pastine* doch ein verlangendes Ziehen in meinem Magen aus. Ich zögere, dann stemme ich mich hoch und schlurfe zur Tür begleitet von andauerndem forderndem Trommeln gegen die Fensterscheibe.

»Kommen Sie rein.« Ich wende mich ab, ohne zu warten, ob sie mir folgt, und schlurfe weiter in die Küche, sie mir hinterher. Die neugierigen Blicke, die sie in mein Büro wirft, spüre ich mehr, als dass ich sie sehe. Es ist mir auch egal.

»Kaffee?«, frage ich. Hoffe auf ein Nein von ihr.

»Sie haben noch nicht gefrühstückt?«

Wieder eine Feststellung in Frageform. Ich spare mir eine Antwort, drehe die Mokkamaschine auf, befülle sie mit dem letzten Pulverrest, der noch übrig ist, nehme mir fest vor, heute neues zu kaufen, und weiß gleichzeitig, dass ich es vergessen werde genauso wie meinen Plan, das Schloss austauschen zu lassen.

»Kennen Sie einen Schlüsselservice?«, frage ich, mehr um meinen Vorsatz laut auszusprechen, damit er nicht wieder hinter dem Hämmern versinkt.

»Sie wollen das Schloss austauschen?«

»Nein, ich sammle Türschlösser.« Sie kann nicht erwarten, dass ich nach so einer Nacht fit und aufgelegt bin, auf ihre dummen Aussagefragen zu antworten.

»Warum?«

Ich drehe mich langsam zu ihr um und merke selbst, dass ich mehr einem Zombie gleiche als einem Maresciallo der Carabinieri, will wieder mit einer ironischen Antwort parieren, doch mein Hirn fühlt sich an wie Matsch.

»Bei mir wurde eingebrochen«, sage ich deshalb nur.

Sie reißt die Augen auf und ihren Notizblock aus der Handtasche. »Eingebrochen? In der Carabinieristation? Wer ist so dreist?«

»Der Hauptverdächtige in der Mordserie.« Es ist heraus, bevor ich darüber nachdenken kann. Ich werde rot, beiße mir auf die Zunge. Sie schnappt nach Luft, wie ein Fisch auf dem Trockenen.

»Kennen Sie nun einen Schlüsselservice oder nicht?«

»Natürlich«, sagt sie, greift nach ihrem Smartphone, wischt ein paarmal drauf herum. Diktiert mir die Nummer und redet weiter, ohne Luft zu holen. »Dann haben Sie den Tatverdächtigen also geschnappt? Wo ist er? Kann ich mit ihm sprechen?«

Ich schüttle den Kopf.

»Er ist schon in Bozen?«

»Er ist wieder verschwunden.«

Wieder reißt sie die Augen auf. »Sie haben den Hauptverdächtigen einfach so … einfach so?«

Ich nicke. »Hab ich. Und mehr sage ich zu diesem Fall jetzt nicht. Bitte warten Sie die Pressekonferenz ab.«

»Ein paar Fragen können Sie mir doch beantworten?« Sie legt den Kopf schief, klimpert mit ihren langen Wimpern und lächelt verführerisch. Der Kaffee rettet mich. Spuckt, hustet, faucht. Ich nehme ihn von der Flamme und schenke ihn in zwei Tassen ein. Meine Portion fällt deutlich großzügiger aus als ihre. Sie bedankt sich lächelnd, schaufelt Zucker in den Kaffee, als gäb's kein Morgen und nippt dann an der Brühe, die die Konsistenz von Sirup haben muss.

»Die Pastine«, sagt sie, sich plötzlich erinnernd, greift in ihre Handtasche und zieht eine Papiertüte heraus, aus der es verführerisch duftet. »Creme oder Schokolade? Ich habe auch leere Croissants, wenn Sie die lieber haben? Ich wusste nicht …?«

»Danke.« Ich greife blind in die Tüte, ziehe ein Gebäck heraus und stelle verwundert fest, dass es nicht eines dieser Hefe- oder Plunderteigdinger ist, wie sie die hiesigen Bäcker herstellen, sondern ein richtiges italienisches Croissant aus Blätterteig und noch warm. Beiße heißhungrig hinein. Es schmeckt nach Heimat und plötzlich fühle ich einen Stich im Herzen. Heimweh nach Bergamo, das nicht mehr als hundert Kilometer Luftlinie entfernt ist und doch eine andere Welt. Nach einem richtigen italienischen Frühstück mit einem Espresso und einem Croissant am *Banco* eingenommen, im Stehen. Nach dem Geplärr des italienischen Fernsehens im Hintergrund, dem Geruch nach Tageszeitung und dem Rasierwasser der Männer. Ob ich jemals wieder dorthin zurückkomme? Ich gebe mir die Antwort gleich selbst. Nicht, solang Generale Ravasio an der Macht ist. Nicht, solang die Gefahr besteht, dass Beatrice wieder mit mir zusammenkommt.

»Schmeckt's nicht?« Frau Summerer schaut mich besorgt an.

»Doch, doch.«

»Haben Sie Zeit für ein Interview?« Sie sieht mich erwartungsvoll an. »Für ein Porträt. Sie müssen nichts zum aktuellen Mordfall sagen. So im Sinne von: Der neue Carabiniere in Tal.«

Ich rümpfe die Nase.

»Die Leser lieben so etwas.« Diesmal höre ich kein Fragezeichen, sie muss sich sehr sicher sein. Schon zückt sie ihren Notizblock, da erlöst mich das Telefon.

»Einen Moment.« Ich lasse sie in der Küche sitzen, wo sie wahrscheinlich Fotos von dem Chaos macht, um ihrem Artikel mehr Authentizität zu verleihen, und haste ins Büro.

»Pronto?«, sage ich. »Carabinieri di Valle?«

»Es hat einen weiteren Toten gegeben.« Der Sergente klingt aufgelöst.

Während er hastig berichtet, bewegen sich die Wände des Büros auf mich zu. Ich lasse mich auf den Drehstuhl fallen, versuche, zu mir zu kommen. Noch ein Mord. Mitten im Dorf. Während der *Corpo Armato dei Carabinieri* patrouilliert ist.

Wie automatisiert springe ich auf, verlasse das Büro. Werfe die Tür hinter mir zu und renne Richtung Dorf. Als ich schon beinahe um die Kurve gebogen bin, höre ich klappernde Schritte hinter mir und drehe mich um. Die Journalistin rennt atemlos hinter mir her.

»Signor Carminati«, keucht sie. »Warten Sie doch! Sie sind einfach so verschwunden? Es ist was passiert?«

Ich bleibe stehen. »Gehen Sie wieder nach Hause.«

»Aber unser Interview?«

»Findet nicht statt.«

»Warum?«

Ohne eine Antwort wende ich mich ab und eile weiter. Auf dem Dorfplatz steht eine für Tal verhältnismäßig große Menschenmenge um das große Kreuz am Eingang zum Friedhof und schert sich einen Dreck darum, dass der Sergente und seine Männer zum Weitergehen auffordern.

Mit offenen Mündern und ohne eine Gefühlsregung starren sie auf den Mann, der diesmal ans Kreuz geflochten ist. Nackt wie die anderen Toten. Nein, nackter als die anderen. Denn diesmal gibt es nicht einmal eine Unterhose, die sein Geschlecht verdeckt. Es gibt auch nichts, das verdeckt werden könnte. Dort, wo die Genitalien des Mannes waren, befindet sich eine blutige Masse.

Hinter mir höre ich ein Würgen. Ich drehe mich um. Die Journalistin kniet mit bleichem Gesicht mitten auf der Straße, ihre grünen Augen weit aufgerissen, heftig atmend.

»Hab ich Ihnen nicht gesagt, Sie sollen verschwinden?«

Ihre Antwort besteht aus einem kläglichen Wimmern. Plötzlich tut sie mir leid.

»Ruft in Bozen an«, befehle ich dem Sergente, während ich Nicki Summerer unter dem Arm fasse und an dem Toten vorbei zum Steinbrunnen vor dem Pfarrwidum führe. »Spritzen Sie sich etwas Wasser ins Gesicht und warten Sie kurz. Ich hole jemanden, der sich um Sie kümmert.«

Während sie matt am Brunnenrand niedersinkt, läute ich Sturm beim Pfarrer. Es dauert eine ganze Weile, bis er aufmacht. Als er endlich in der Tür steht, weiß ich nicht, ob ich mich eher um ihn kümmern soll oder um die zierliche Frau am Brunnen, die leise vor sich hin weint.

Valentin ist totenbleich im Gesicht. Seine blonden Haare sind von silbernen Strähnen durchzogen, die ich noch nie an ihm gesehen habe. Ist er über Nacht ergraut? Leicht schwankend steht er in der Tür, stützt sich am Rahmen ab und vermeidet es, den Toten anzuschauen.

»Pietro«, stammelt er schwach. »Hast du es gesehen?«

Ich nicke. Überlege, ob es eine gute Idee ist, Valentin um Hilfe mit der Journalistin zu bitten, und entscheide, dass die beiden gut aufeinander aufpassen können, bis die *Scientifica* ihre Arbeit gemacht hat.

Ich deute mit dem Kinn auf sie. »Ihr geht es nicht so gut. Könntest du …?«

Valentin nickt. In seinem Blick flammt eine Dankbarkeit auf, die ich nicht verstehe, aber ich habe keine Zeit, mir darüber Gedanken zu machen.

»Weißt du, wer der Tote ist?«

»Der Quirin«, sagt er. Flüstert es beinahe. »Der Quirin Amplatz.«

»Das bestätigt unsere Todsünden-Theorie, oder?«

»Ja«, sagt Valentin. Aber er sieht aus, als wäre ihm völlig egal, ob unsere Theorie stimmt. Er öffnet den Mund, als wolle er etwas hinzufügen, doch dann verändert sich seine Miene und plötzlich sieht er aus wie einer der Menschen von Tal.

Mit Ihrer Theorie liegen Sie wohl richtig

Der Sergente vertreibt die Schaulustigen, indem er ihnen mit Verhaftung droht. Widerstrebend verlassen sie den Platz. Ich überwinde mich, trete ans Kreuz heran und betrachte das grausame Werk. Die Gesichtszüge des Quirin Amplatz sind erschlafft, der Unterleib ist eine rohe Fleischmasse. Blutige Rinnsale ziehen sich über seine Beine bis zu den nackten, bläulichen Füßen. Unter dem Kreuz entdecke ich das obligatorische Sträußchen Vergissmeinnicht, das in einer vertrocknenden Blutlache liegt.

»Wie lang er wohl schon tot ist?«, frage ich mich laut.

Der Sergente wirft mir einen Blick zu. »Weniger als sechs Stunden. Mehr als zwei.« Er deutet auf seine eigenen Augen und ich verstehe. Die Leichenstarre ist nicht voll ausgeprägt, die Trübung der Hornhaut hat aber bereits eingesetzt. Ich verzichte darauf, mich von der Richtigkeit seiner Aussage zu überzeugen, dafür werfe ich einen unauffälligen Blick auf die Uhr und rechne zurück. Vor genau sechs Stunden war der Moar bei mir. Danach hätte er Zeit gehabt, den Quirin Amplatz zu holen und ans Kreuz zu nageln.

Der Sergente zieht unbehaglich die Schultern hoch. »Ich frage mich, wie das passieren konnte. Meine Männer sind die ganze Nacht durchs Dorf patrouilliert.«

Da räuspert sich einer der Soldaten. Sein Name ist

De Santis, wenn ich mich nicht irre. »Aber nicht hier, Sergente.«

»Was soll das heißen?« Der Sergente sieht den jungen Mann zornig an. »Habt ihr etwa meine Befehle missachtet?«

»Haben wir nicht«, verteidigt der junge Mann sich und seine Kollegen. »Aber nachdem drei Männer zur Räuberhöhle abkommandiert waren und zwei zum Moar Hof, waren nur mehr vier übrig, die den Nachtdienst übernehmen konnten. Und wir vier haben uns zwischen dem Hof von der Frau Beikircher, der in Berg ist, und den Häusern von Herrn Runer und Herrn Amplatz, die am anderen Dorfende sind, aufteilen müssen. Deswegen sind Minitti und Vogliano nach Berg gefahren und wir beide haben aufgepasst, dass bei Runer und Amplatz nichts passiert.«

»Es ist ja wohl doch etwas passiert.« Der Sergente brüllt jetzt. »Siehst du den Mann am Kreuz? Das ist einer von denen, die ihr beschützen solltet!« Dann fährt er mit einer endlos scheinenden Reihe von Flüchen und Beschimpfungen fort.

Ungerührt lässt der junge Mann das Gewitter über sich ergehen. Erkennt offenbar, dass der Sergente ein Ventil für sein schlechtes Gewissen braucht. Irgendwann wiederholen sich die Schimpftiraden und er unterbricht den Sergente.

»Na ja, einmal haben wir den Hauptverdächtigen gesehen und verfolgt. Bis runter zum Sägewerk. Da war er dann plötzlich verschwunden und wir sind wieder zurück zu den beiden Häusern von Runer und Amplatz. Das war so gegen zwei.«

Also kurz nachdem der Moar bei mir war. Ich warte unruhig, ob noch etwas kommt.

»Danach war es die ganze Nacht ruhig«, ergänzt sein Kollege.

»Ja, weil der Hauptverdächtige sein Opfer zu dem Zeitpunkt schon umgebracht und ans Kreuz genagelt hatte«, brüllt der Sergente und ist im Begriff, sein Donnerwetter von vorne abzuwickeln.

Ich habe das Gefühl, dass es Zeit ist, einzuschreiten. »Das kann gar nicht sein, denn der Verdächtige war kurz vor zwei bei mir.«

»Bei Ihnen?« Dem Sergente quellen beinahe die Augen heraus, so sehr reißt er sie auf, und ich kann erkennen, was in seinem Kopf vorgeht. Idiot von einem Maresciallo! Kriegt Besuch vom Hauptverdächtigen und lässt ihn wieder laufen. Zu dumm zum Schnaufen, der Kerl. Oder steckt er mit dem Mörder unter einer Decke?

Bevor seine Gedanken zu sehr Form annehmen können, räuspere ich mich. »Er hat mich im Schlaf überrascht, Sergente. Ist eingebrochen in der Station. Um mir zu erklären, dass er nicht der Mörder ist, übrigens.«

»Ja, das würde ich an seiner Stelle auch tun«, sagt der Sergente höhnisch.

»Auf jeden Fall konnte ich keine Blutspuren an ihm sehen und ohne hätte er so etwas nicht bewerkstelligen können.« Ich deute mit dem Kinn Richtung Kreuz, ohne hinzusehen. »Wenn also Ihre beiden Männer ihn vom Dorfplatz aus verfolgt und danach das Haus von Quirin Amplatz konsequent bewacht haben, kann er es nicht gewesen sein.«

De Santis nickt. »Der wahre Mörder muss Amplatz genau in der Zeit aus dem Haus geholt haben, als wir den Moar bis zum Sägewerk hinunter verfolgt haben.«

Ich stimme ihm zu. »Also gegen zwei Uhr morgens.«

»Bis spätestens halb drei«, sagt der junge Mann. »Ab da sind wir wieder um das Haus von Amplatz patrouilliert.«

»Und währenddessen hat der Mörder seelenruhig auf dem Dorfplatz dieses Massaker anrichten können?« Die Zornesader des Sergente schwillt schon wieder an.

»Wir haben nur Ihre Befehle befolgt, Sergente«, sagt De Santis ruhig. Wartet ein paar Augenblicke ab, bis der Sergente wieder ruhig atmet. »Also entweder ist dieser Moar Bauer unschuldig oder er hat Verbündete.«

Wir wechseln besorgte Blicke.

»Zieht die Männer von der Räuberhöhle ab«, sagt der Sergente schließlich. »Ich fordere eine Hundestaffel an. Dann werden wir den Verdächtigen schon kriegen. Und inzwischen wird jeder verfügbare Mann den Runer und diese Beikircher Bäuerin beschützen. Mit Ihrer Theorie liegen Sie wohl richtig, Carminati. Leider.«

Ich weiß nicht, ob sich sein ›Leider‹ darauf bezieht, dass ich richtigliege oder weil es wohl zwei weitere Tote geben wird im Dorf. Die Floskeln des Colonello fallen mir ein. ›Wir haben alles im Griff. Wir geben unser Bestes.‹ Aber das Beste ist immer noch nicht genug. Ich hoffe, dass wir zumindest die beiden Morde verhindern können, die noch anstehen, sollte Valentins Theorie wirklich stimmen.

Vogliano und De Santis leihen sich meinen Wagen, der Sergente macht sich Richtung Bergblick davon, um die Hundestaffel anzufordern. Der Rest der Mannschaft riegelt den Tatort ab. Ich selbst werde wohl der Familie des Mordopfers die traurige Nachricht übermitteln müssen. Mit einem Stein im Magen breche ich auf.

Er hat Angst

Ich bin noch keine hundert Meter weit gekommen, als hinter mir eine Tür zuschlägt und die wohlbekannten Absätze über den Teer klappern.

»Warten Sie, Maresciallo. Ich komme mit?«

Ich drehe mich genervt um. »Sie bleiben schön da.«

»Nein.« Fest sieht sie mir in die Augen. »Ich komme mit. Sie wollen zu den Angehörigen, nehme ich an? Eine Frau kann so was besser?«

Ich schaue genauso fest zurück. »Das mag schon sein. Aber eine gewisse Frau ist in dieser polizeilichen Ermittlung nicht befugt, mit den Angehörigen zu sprechen.«

»Das ist diese gewisse Frau sehr wohl.« Sie stemmt die Hände in die Hüften und nickt mit Nachdruck. »Diese Frau ist nämlich Notfallseelsorgerin.«

Ich gebe mich geschlagen. Das Freiwilligennetz in diesem Land ist unüberschaubar, aber effizient. Feuerwehr, Bergrettung, Erste Hilfe, alles funktioniert hier nach dem Prinzip der Ehrenamtlichkeit. Funktioniert gut. Die Notfallseelsorger gehören zum Weißen Kreuz und bestehen aus freiwilligen Helfern, die den Hinterbliebenen von Unfallopfern Beistand anbieten und eigens dafür geschult werden. Wenn sie Notfallseelsorgerin ist, weiß sie, wie sie den Angehörigen des Mordopfers schonend beibringen kann, was passiert ist.

Insgeheim erleichtert nehme ich ihre Hilfe an. »Dann kommen Sie halt. Aber wehe, ich lese danach in der Zeitung davon.«

Sie geht nicht auf meine Drohung ein. »Ich bin auch schon dem Pfarrer beigestanden?«, sag-fragt sie und wirft mir einen Blick zu, mit dem sie nachträglich meine Erlaubnis einholt. »Der ist vielleicht drauf. Als Hirte dieser Gemeinde sollte ihn der Umgang mit dem Tod nicht derartig aus dem Konzept bringen?«

Ich verkneife mir die Bemerkung, dass Pfarrer Valentin mir zumindest auf seinen eigenen zwei Beinen die Tür geöffnet hat und nicht auf der Straße aufgesammelt werden musste, inmitten einer Pfütze aus Erbrochenem, wie eine gewisse Notfallseelsorgerin.

Sie fährt munter fort. »Er ist schräg drauf, dieser Pfarrer? Ich meine: Ist er ein Eiferer? In der Wohnung hat er die ganze Zeit vom Ende der Welt gesprochen? Wir werden alle sterben, hat er gesagt? Das Böse hat Einzug gehalten in Tal?« Mit verstellter Stimme ahmt sie Valentin nach, wie er diese Sätze sagt. »Ganz wirr geredet hat er. Ich hab ihm gut zugesprochen und ihm einen Kamillentee gemacht? Soll sich ins Bett legen, hab ich gesagt?« Wieder sieht sie mich an, als müsse ich ihr dazu die Erlaubnis erteilen. »Ist der immer so?«

Ich überlege. Einige dieser Sätze habe ich ebenfalls von ihm gehört. Aber eigentlich wirkt Valentin auf mich sonst recht geerdet.

»So ein Anblick kann einen schon aus der Bahn

werfen«, sage ich. »Auch einen Geistlichen. Schließlich sind das ebenfalls nur Menschen.«

Sie nickt. Denkt nach. »Trotzdem war er seltsam. Hat sich die ganze Zeit umgeschaut und ist mir in die Küche gefolgt, wie ein junger Hund? Erst dachte ich, er hat Angst, dass ich was mitgehen lasse, aber dann war er mit den Gedanken so weit weg ... Ich hätte ihm das Portemonnaie aus der Hosentasche stibitzen können?« Sie sieht mich an. »Er hatte Angst, Maresciallo.« Sie nickt bekräftigend. »Angst. Die Frage ist wovor?«

»Das fragen Sie sich wirklich?«. Ich bin sauer. So wie sie das sagt, klingt es, als wäre Pfarrer Valentin der Hauptverdächtige Nummer eins. Er, der mir der einzige Freund ist in diesem Tal. »Hier rennt ein brutaler Mörder herum. Vier Menschen hat er auf dem Gewissen. Vier von über den Daumen gepeilt dreihundert. Der letzte Tote ist keine drei Schritte von dem Ort ans Kreuz genagelt worden, wo der Pfarrer friedlich geschlafen hat. Und da fragen Sie sich, warum er Angst hat? Hätten Sie keine Angst?«

»Doch.« Sie nickt und schenkt mir ein strahlendes Lächeln. »Aber jetzt nicht. Sie sind ja bei mir.« Ihre grünen Augen blitzen in der Sonne und sie klimpert mit ihren langen Wimpern. »Wo wohnt denn die Familie nun?«

Ich bleibe stehen. »Hier.« Deute auf ein altes Bauernhaus, zu dem eine gemauerte Steintreppe hochführt in den Wohnbereich. Ein Rosenstrauch bedeckt an der Ostseite die gesamte Hauswand, die vollen roten Rosenblüten verströmen einen süßen Duft. Ich bin sicher, das ist der Foto-Hot-Spot in Tal. Aus einer Mauernische neben dem Eingang lächelt uns die Muttergottes entgegen, die Himmelskönigin, die ihren blauen Mantel schützend über spielzeuggroße Menschen ausbreitet. Ihr Schutz hat dem Amplatz wenig gebracht.

Ich nicke der Journalistin zu, die ihren Rücken durchstreckt und mir mit einem Nicken ihre Bereitschaft signalisiert.

»Bereit«, sagt sie, dann geht sie mir voraus die steinernen Stufen zum Wohnungseingang hoch.

Nur noch einer

Wir ducken uns hinter einer älteren Frau, wahrscheinlich einer Magd, unter dem zu niedrigen Türrahmen durch in die Stube. Da sitzen sie, auf handgeschnitzten Holzstühlen, die Frau von Quirin Amplatz und ihre beiden Kinder, ein Junge und ein Mädchen, die im gleichen Alter sein dürften. Wie in Trance wenden sie uns den Kopf zu. Bleiche Gesichter, leblose Augen. Wie Puppen aus einem Wachsfigurenkabinett. Die Journalistin und ich wechseln einen vielsagenden Blick, verstehen uns ohne Worte. Wir sind zu spät. Die Familie Amplatz weiß Bescheid.

»Frau Amplatz«, beginnt Frau Summerer vorsichtig. »Sie wissen, was passiert ist?«

Ein kaum merkbares Nicken kommt von der etwa Vierzigjährigen. Ihr Gesichtsausdruck ist genauso streng wie der Knoten, zu dem sie ihr Haar geschlungen hat.

»Kann ich Ihnen etwas Gutes tun?«, fragt meine Assistentin vorsichtig. »Haben Sie heute schon etwas in den Magen bekommen?«

Ich sehe sie erstaunt an. Da habe ich jede Menge Fragen an die Frau und sie spricht von Essen? Sie bemerkt meinen Blick, schüttelt leicht den Kopf, bedeutet mir, mich herauszuhalten.

»Habt ihr gefrühstückt?« Unauffällig wechselt sie zum

Du, streicht dem Mädchen über den Kopf, lächelt den Jungen an. »Wie heißt ihr denn?« Das Mädchen schaut sie mit großen Augen an. »Wollen wir ein leckeres Mittagessen kochen? Auf was habt ihr denn Hunger?«

Immer noch kommt keine Antwort von den beiden Kindern.

»Sie können den Eintopf von gestern aufwärmen. Ist noch genug da für die Kinder«, sagt die Mutter leise.

»Wir brauchen aber genug für Sie alle drei«, sagt Nicki mit einem Lächeln in der Stimme, das ich völlig fehl am Platz finde, aber bei der Frau wirkt wie Sonne bei einem Eisblock.

»Es wird auch für uns drei reichen.«

»Dann ist's ja gut.« Sie streckt die Hände nach den beiden Kindern aus. »Kommt, ihr zwei.« Sie nickt mir zu, verlässt mit den Kindern im Schlepptau die Stube.

Mit einem Lächeln und wenigen Worten hat sie die Mauer dieser Menschen aufgeweicht. Sie macht das wirklich gut, denke ich und bin dankbar für ihre Hilfe. Es fühlt sich an, als hätte ich auf einmal einen Partner in diesem undurchsichtigen Fall. Und den richtigen.

Das Ächzen eines Stuhls holt mich aus meinen Gedanken und ich konzentriere mich wieder auf meine Aufgabe.

»Frau Amplatz, wer ist der Mörder Ihres Mannes?«

Fasziniert sehe ich zu, wie sie wieder zum Eisblock erstarrt.

»Bitte. Sie wissen es, nicht wahr?«

Keine Reaktion von ihrer Seite.

»Hören Sie, Frau Amplatz. Ich jage seit einer Woche einem Phantom hinterher. Vier Männer hat es auf dem Gewissen und ich fürchte, dass es noch mehr werden. Sie müssen mir helfen.«

»Nur noch einer«, sagt sie mit einer Stimme, die so hohl klingt, dass es mir kalt den Rücken hinunterrieselt.

»Wer?«

Doch sie presst den Mund zusammen und schweigt.

»Frau Amplatz, reden Sie mit mir. Bitte.«

Sie schweigt.

»Wer wird noch sterben? Wer?« Ich spüre, wie mir die Felle davonschwimmen. Hier sitzt eine, die weiß, wer das nächste Opfer sein wird, die weiß, wer für diese furchtbaren Taten verantwortlich ist, aber sie ist wie ein Block Granit.

Ich widerstehe dem Impuls, sie an den Schultern zu packen und ihre Verstocktheit aus ihr herauszuschütteln, schnaufe einmal tief durch, wünsche mir Frau Summerer herbei, Nicki. Sie würde es vielleicht schaffen, aus diesem Felsblock von Frau etwas herauszukriegen. Ich habe keine Chance.

Trotzdem gebe ich nicht auf. Noch nicht. Ich flehe sie an, ich schlage auf den Tisch, um auch nur irgendeine Reaktion von der Frau zu bekommen, doch sie zeigt mit keiner Regung, dass sie auch nur irgendwas von meinem Theater mitkriegt. Irgendwann verstumme ich.

Als Nicki die Stube betritt mit einem dampfenden

Teller, den sie in beiden Händen vorsichtig vor sich herträgt, sitze ich bewegungslos der Hinterbliebenen des Mordopfers gegenüber, mein Blick geht durchs Stubenfenster ins Leere, ohne irgendwas zu erfassen. Ich fühle mich, als wäre ihre Dumpfheit auf mich übergegangen.

Ohne fragen zu müssen, weiß Nicki, wie es um mich steht. Sie stellt den Teller vor der Frau ab, setzt sich neben mich und legt ihren Arm leicht auf meinen. Und obwohl es weder der richtige Ort noch die richtige Zeit dafür ist, weicht die Leere in meinem Inneren einem anderen Gefühl, das ich noch nicht greifen kann.

»Ich habe keinen Hunger«, sagt die Frau, dreht ihr Gesicht Richtung Fenster und schaut starren Blicks auf die Straße.

Und ich bin wieder da, wo ich vor Nickis Berührung war. Ich weiß genau, dass ich verloren habe. Nur was ich falsch gemacht habe, weiß ich nicht. Immer noch nicht.

Es ist ganz schön frustrierend, nicht wahr?

»So geht es, seit ich in diesem verdammten Tal bin«, fluche ich und vergrabe das Gesicht in meinen Händen. Nachdem wir aus dem Haus der Familie Amplatz raus waren, hat Nicki mich am Arm gepackt und zielsicher zu einem ruhigen Plätzchen gesteuert. Vielleicht haben Frauen tatsächlich ein Gefühl für so was. Diese zumindest. Vielleicht ist es auch die Notfallseelsorgerin in ihr.

Nun sitzen wir jedenfalls auf einer Bank des Verschönerungsvereins von Tal unter einem Kastanienbaum, dessen Stamm von vier Männern nicht umspannt werden könnte. ›Naturdenkmal‹ steht auf einer Plakette, die an nur einem Nagel schief am Stamm hängt. Mir ist egal, unter was für einem Denkmal ich sitze, von mir aus könnte es auch ein Plastikbaum sein. Ich bin am Ende. Am liebsten würde ich heulen.

Nicki lächelt. »Die Menschen von Tal sind für ihre Verstocktheit bekannt.«

»Danke auch. Und weil sie verstockt sind, lassen sie zu, dass ein Mensch nach dem anderen ermordet wird?« Ich sehe sie verzweifelt an.

Sie lächelt wieder, legt mir eine Hand tröstend auf die Schulter. »Es ist ganz schön frustrierend, nicht wahr?«

»Das können Sie laut sagen.«

»Es ist ganz schön frustrierend?«, schreit sie laut über

die Wiese. Lacht. Steckt mich an mit ihrem Lachen.

Ich mache es ihr nach. »Es ist ganz schön frustrierend!«, brülle ich und dann noch einmal und noch einmal. Stelle erstaunt fest, dass dieses Gewicht, das ich auf den Schultern spüre, das mich niederdrückt und mir die Luft zum Atmen nimmt, schwindet. Ein kleines bisschen schwindet. »Danke«, sage ich.

»Wofür?« Sie lächelt wieder, ihre grünen Augen fixieren meine, und ich habe das Gefühl, als würde sie mich festzurren damit. Alle Heiterkeit verschwindet aus ihrem Blick. Mit einer Mischung aus Ernst, Verständnis und … Zärtlichkeit sieht sie mich an und plötzlich macht mein Herz einen kleinen Sprung und ein Gefühl von Wärme strömt durch meinen Körper. Kann es sein, dass …?

Sie zwinkert mir mit einem Auge zu. »Wissen Sie, worauf ich jetzt riesige Lust habe, Pietro? Ich darf doch Pietro zu Ihnen sagen? Und … Du?«

»Gern, Nic…ole. Worauf haben Sie … hast du denn Lust?« Das Du fühlt sich gleichzeitig ungewohnt und richtig an.

»Auf einen großen Becher Eis.«

»Dazu müssten wir in die Stadt fahren, glaube ich.« Ich überlege, wie ich mich aus den Mordermittlungen stehlen kann, um der Dame ihren Wunsch zu erfüllen. »Ich müsste vielleicht den Sergente fragen, ob er an meiner Stelle …?«

»Nein, du Dummerchen«, sagt sie lachend. »Doch nicht mit dir zusammen. Ich weiß doch, dass du unabkömmlich bist. Geh du nur zu deinem Sergente und kriege den Mörder. Ich fahre in die Zivilisation und schicke dir ein Foto von meinem Eisbecher. Was hättest du denn gern?« Sie lächelt mich so allerliebst an, dass ich ihr nicht böse sein kann.

»Heiße Liebe«, sage ich. Eindeutig zweideutig.

»Gute Wahl«, ist ihre Antwort. Sie zwinkert noch mal und tippt mir mit dem Zeigefinger auf die Nase. »Brav bleiben, Pietro.« Damit steht sie auf und läuft in Richtung Dorf.

Ich sehe ihr hinterher. Mein Herz hüpft im selben Rhythmus wie ihr Bob. Habe ich mich verliebt? Und Beatrice? Beim Gedanken an meine Verlobte, besser gesagt an meine Ex-Verlobte, verdrängt das schlechte Gewissen die Schmetterlinge in meinem Bauch. Aber ich schiebe es weg. Beatrice hat mich verlassen, nicht ich sie. Und außerdem … Wer sagt denn, dass das hier Liebe ist?

Ich schaue Nicki nach, bis sie hinter der Kirche verschwindet. Schließt sich eine Tür, öffnet sich irgendwo eine zweite. Hoffentlich gilt das auch für den Fall.

Beschütze mich

Der Rest des Tages ist angefüllt mit Absprachen mit dem Sergente, Fragen an die *Scientifica* und sieben unangenehmen Telefonaten mit meinem Vorgesetzten Coppola, der beinahe einen Herzanfall bekommt, als ich ihm Bericht erstatte. Die Presse sitzt ihm im Nacken, der Staatsanwalt sowieso, seine Frau will die Scheidung und der Hund ist auch noch gestorben. Das ist alles zu viel für ihn und ich soll zusehen, dass ich diesen Serienmörder endlich zu fassen kriege, sonst wird er mich selbst ins tiefste Loch stecken. Unterlassene Amtshandlung, oder so. Wenn es noch keinen passenden Inhaftierungsgrund gebe, dann werde er einen erfinden, sagt er und ich solle mich drauf gefasst machen, dass er seine Drohungen wahr mache!

Als um sechs Uhr die Sonne hinter den Bergen verschwindet und das Tal wie auf einen Schlag ins Dämmerdunkel stürzt, lasse ich meinen Kopf auf die verschränkten Arme sinken. Und ich überlege, ob ich mir eine Kugel aus meiner Dienstwaffe in den Kopf jagen oder doch lieber sämtliche Alkoholreste von Salvatore eliminieren soll. Da läutet das Telefon schon wieder. Kurz zögere ich. Es ist Feierabend und ich bin nicht verpflichtet, außerhalb der Dienstzeiten ranzugehen, aber vielleicht gibt es Neuigkeiten aus Bozen. Ich atme durch, mache mich auf das Schlimmste gefasst und hebe ab.

»Pronto?«

»Maresciallo Carminati?«

Ich erkenne die Stimme sofort und mein Herz sackt in die Hose. »Sissignore!« Unwillkürlich schnelle ich auf und schlage die Hacken zusammen.

»Sie haben letzte Nacht meine Beatrice belästigt.«

Ich sage nichts.

»Entspricht das der Wahrheit, will ich wissen?«

»Sissignore.«

»Hat sie Ihnen nicht klar und deutlich zu verstehen gegeben, dass Sie von Ihnen nichts mehr wissen will? Wenn ich mich nicht irre, sogar einmal am Telefon und ein zweites Mal in einem Restaurant voller Zeugen?«

»Doch.«

»Mit welchem Recht belästigen Sie meine Tochter dann weiter? Und das auch noch mitten in der Nacht?«

Ich schweige.

»Hören Sie Carminati. Ich war Ihnen gegenüber bisher geduldig und fair, will ich meinen, nicht wahr?«

Obwohl der Generale alles andere als fair war, antworte ich wie aufgezogen. »Sissignore!«

»Dann lassen Sie sich gesagt sein, dass ich auch andere Saiten aufziehen kann, wenn ich will. Haben Sie verstanden?«

»Sì«, sage ich kleinlaut.

»Ob Sie verstanden haben?«

»Síssignore!«, brülle ich so laut, dass meine Stimme sicher noch auf dem Dorfplatz zu hören ist.

»Gut.« Ein kleiner Moment der Ruhe tritt ein. Dann spricht er weiter. Leise, drohend. »Wenn ich von meiner Beatrice noch einmal erfahren muss, dass Sie sie belästigt haben – egal ob Sie selbst das als Belästigung auffassen – dann werde ich Sie vernichten, Maresciallo.« Mit jedem Satz steigt seine Lautstärke. »Haben Sie gehört? Ich werde Ihre Laufbahn zerstören, egal, ob bei der Polizei, beim Militär oder als Straßenkehrer. Sie werden nie mehr irgendeinen Fuß in einer öffentlichen Stelle unterkriegen. Und wenn Sie sich selbstständig machen, werde ich dafür sorgen, dass Ihnen Ihre Lizenz entzogen wird, ich werde die Finanzpolizei auf Sie hetzen und wenn nötig andere Freunde, die sich nicht an Gesetze halten müssen!«

Die letzten Worte brüllt er so laut, dass ich den Hörer auf Armeslänge von meinen Ohren weghalte. Ich zittere am ganzen Leib.

»Haben Sie mich verstanden, Maresciallo?«

Mir dröhnen die Ohren. »Síssignore.« Meine Worte sind kaum hörbar, so trocken ist meine Kehle.

»Ob Sie mich verstanden haben, will ich wissen?«

»Síssignore«, brülle ich, hasse mich selbst, weil sich meine Stimme überschlägt und meine Angst verrät.

»Bene«, sagt er plötzlich wieder ruhig. »Dann verstehen wir uns ja.« Ohne ein weiteres Wort legt er auf.

Ich lasse mich auf den Stuhl fallen, den Hörer immer noch in der Hand. Ein gehetztes Tuten durchdringt die plötzliche Stille. Ich starre das Viereck aus Licht an, das durch das Fenster fällt und versuche, meinen Atem zu beruhigen. Da wummert es gegen die Tür und mein Herz macht einen neuerlichen Satz.

»Pietro, mach auf.« Gedämpft kommt die Stimme des Pfarrers von draußen. »Bitte. Mach auf. Schnell.«

Eiskalt fährt mir der Schreck in die Glieder. Sollte Valentin den nächsten Toten gefunden haben? Ich schnelle von meinem Bürosessel auf, bin in wenigen Schritten an der Tür, reiße sie auf.

»Wer ist es diesmal?«

Valentin sieht aus wie der Tod persönlich. Das Gesicht ist kalkweiß, die Haare stehen in alle Richtungen, seine Pupillen sind erweitert und sein Atem geht stoßweise.

»Beschütze mich«, sagt er. »Bitte, beschütze mich!«

Dann bricht er auf der Schwelle zur Carabinieristation zusammen.

Herr, lässt du mich wandeln im dunklen Tal

Ich sitze auf dem Boden meines Schlafzimmers, die Füße angewinkelt, meine Dienstwaffe schussbereit neben mir und versuche, die vor Müdigkeit brennenden Augen offen zu halten. Valentin liegt ausgestreckt auf meinem Bett und sein lauter unruhiger Atem hilft mir nicht wirklich dabei, wach zu bleiben. Von Zeit zu Zeit ruckt mein Kopf nach vorn und knallt auf den Kochtopf, den ich auf den Knien balanciere, was mich aus dem Sekundenschlaf reißt. Für kurze Zeit zumindest. Dann trinke ich einen Schluck Wasser, knabbere Nüsse, die ich in Salvatores Vorratsschrank gefunden habe, und hoffe, dass diese Nacht schnell vorübergeht. Dass ein Wunder geschieht und irgendjemand den Mörder schnappt. Bis ich wieder wegdämmere.

Gerade aber bin ich wach. Rekapituliere, was passiert ist. Das grausige Schauspiel auf dem Dorfplatz, die Wachsfiguren der Familie Amplatz, die Schmetterlinge im Bauch beim Blickwechsel mit der Journalistin Nicki. Valentin wimmert leise im Schlaf. Es klingt jämmerlich. Genauso jämmerlich wie das, was er gestern Abend von sich gegeben hat. In einer Dauerschleife hat er wiederholt, dass er der Nächste ist, dass ich ihn beschützen soll, gewürzt mit irgendeinem Psalm, den er nonstop wiederholt hat und der irgendwie so begann:›Herr, lässt du mich wandeln im dunklen Tal …‹ Der Tote heute Morgen war ein grausiger Anblick, das muss ich zugeben, hat dem Pfarrer aber stärker zugesetzt, als ich für möglich gehalten hätte. Ich bin froh, dass er die anderen Mordopfer nicht zu Gesicht bekommen hat.

Wieder wimmert er leise. Ganz intuitiv beginne ich zu summen. Erst nach und nach merke ich, dass es das *Ninna nanna* ist, das mir meine Mutter immer vorgesungen hat, als ich ein kleiner Junge war. Mit dem Summen kommt auch der Text wieder hoch. ›*Ninna nanna, Ninna Oh, questo bimbo a chi lo do*?‹ Ninna nanna, wem gebe ich dieses Kind? Ein seltsam beunruhigender Text. In dem Lied nimmt die Hexe Befana das Kind höchstens eine Woche zu sich, der schwarze Stier ein Jahr, erst der weiße Wolf behält das Kind für lange Zeit. Der weiße Wolf, Symbol für Freiheit und Selbstständigkeit. Ich lächle, als ich daran denke, wie sehr ich mir gewünscht habe, diesem weißen Wolf einmal zu begegnen. Und nun sitze ich hier, summe dieses *Ninna nanna* und warte darauf, dass der Mörder auftaucht, der nicht der Moar ist, insofern bin ich mir sicher oder dass sonst etwas Schreckliches passiert.

Mein Kopf rumst wieder auf den Kochtopf, ein helles Kloing! ertönt und ich weiß, dass ich es nicht schaffen werde, noch eine weitere Nacht zu durchwachen. Kann ich es riskieren, ein Nickerchen zu machen? Pfarrer Valentin hat Angst. Eine konkrete Angst, deren Grund er allein kennt. Nicht die unbestimmte Angst vor einem gesichtslosen Mörder, der die Opfer wahllos packt, sondern

Angst davor, der Nächste zu sein. Aber warum? Valentin ist eine Seele von Mensch, ein engagierter junger Priester, der das Beste will für sein Dorf, für seine Schäflein. Und doch hat er Angst vor einem von ihnen. Er hat mich um Schutz angefleht, den darf ich ihm nicht verwehren. Wie einbruchssicher die Carabinieristation ist, hat mir der Moar gestern bewiesen. Ich darf nicht schlafen.

Leise stehe ich auf, beginne auf Socken im Zimmer hin und her zu wandern. Reibe kräftig über meine brennenden Augen, wandere ins Bad, um mir kaltes Wasser ins Gesicht zu spritzen. Als ich wieder ins Schlafzimmer zurückkehre, sitzt Valentin mit angstvoll geweiteten Augen im Bett, hält mit beiden Händen meine Dienstwaffe umklammert und auf mich gerichtet.

»Ach, du bist's«, sagt er.

»Gib mir die Waffe.« Es ist normal, dass Gewalttaten Panik auslösen, aber Valentins Gefühlszustand macht mir wirklich Sorgen. »Ruhig, Valentin. Komm, gib sie mir.«

»Ich hab Schritte gehört.« Immer noch hält er die Waffe auf mich gerichtet.

»Was hättest du getan, wenn nicht ich es gewesen wäre?«

Erst jetzt lässt Valentin die Waffe sinken. »Ich weiß nicht«, stammelt er schließlich.

Ich nicke und setze mich zu ihm aufs Bett. Nehme die Waffe an mich und untersuche sie. Sie ist gesichert. Alles gut. Ich weiß, dass ich jetzt zu ihm sprechen muss, seine Ängste entkräften. Ihm vor Augen halten, wie unlogisch sie sind.

»Warum glaubst du, dass du der Nächste bist, Valentin?«

Er schweigt.

»Valentin?«

Er sieht mich an mit großen Augen. Kinderaugen. Und dann beginnt er zu schluchzen. Plötzlich erinnert er mich an meinen kleinen Bruder und ich kann nicht anders, als meine Arme um ihn zu legen und ihm Trost zu spenden.

»Solang ich bei dir bin, passiert dir nichts, Valentin. Sei unbesorgt. Ich beschütze dich.« Wenn es doch nur so einfach wäre.

Ich beginne wieder, leise das Wiegenlied zu summen.

Tag 9 – Dienstag

Hier ist niemand irgendwo sicher

Irgendwann während meiner Nachtwache über Valentin übermannt mich dann doch der Schlaf. Ich träume von einem weißen Wolf, der mich aus grünen Augen ansieht. Sein intensiver Blick geht mir durch Mark und Bein, bringt mein Herz zum Hüpfen. Ich lege meine Hand auf den Schädel des Tiers, streiche über das Fell, das sich anfühlt wie Seide. Wie ein Hund wedelt der Wolf mit seinem Schwanz, schlägt damit im Sitzen gegen den Boden, schneller und schneller, ein Trommelwirbel, der immer lauter wird, nicht mehr nach Freude klingt, sondern nach Bedrohung. Plötzlich packt mich eine kalte Hand an der Schulter, rüttelt mich.

»Er ist da!«, zischt Valentin zu Tode verängstigt in mein Ohr, krallt dabei die Hand in meine Schulter, schüttelt mich noch einmal und endlich bin ich wach. Das Trommeln aus meinem Traum ist in Wirklichkeit ein energisches Klopfen an der Haustür. Frustriert werfe ich einen Blick auf den Wecker. Halb acht.

Ich schüttle Valentins Hand ab. »Ich schau nach, wer's ist«, sage ich.

»Der Mörder«, flüstert Valentin.

»Ich schau nach«, sage ich noch einmal. Seine Gesichtsfarbe bereitet mir wirklich Sorgen. »Schließ die Tür ab, wenn ich draußen bin.« Das wird den Mörder, sollte er es tatsächlich sein, zwar nur kurze Zeit aufhalten, aber Valentin scheint der Vorschlag so etwas wie Sicherheit zu vermitteln. Kaum dass ich das Schlafzimmer verlassen hab, knirscht der Schlüssel im Schloss und ich bin dem Mörder allein ausgeliefert. Ich atme durch, öffne die Haustür und stehe dem Sergente gegenüber.

»Beim Pfarrer wurde eingebrochen«, sagt er statt einer Begrüßung.

Ich habe das Gefühl, alles um mich herum dreht sich und ich muss mich am Türrahmen festhalten. Valentin hatte recht. Der Mörder hat es auf ihn abgesehen. Was hat er verbrochen? Und wo hätte man ihn wohl gefunden, wenn er nicht bei mir untergetaucht wäre?

»Scheiße«, entfährt es mir.

Der Sergente nickt. »Schaut schlimm aus. Da hat jemand eine Scheißwut gehabt. Und …«

Der Ausdruck auf seinem Gesicht ist so bedrückt, dass sich mein Innerstes verknotet vor Angst. Ich wappne mich, gleich kommt etwas Schlimmes.

»Ich weiß, Sie sind sein Freund, darum sollten Sie's wissen. Der Pfarrer selbst ist verschwunden.«

Ich schüttle den Kopf. Bin erleichtert, dass zumindest das nicht stimmt. »Er ist hier. Seit gestern Abend. Er muss es irgendwie gespürt haben. Ist total durch den Wind.«

Der Sergente atmet erleichtert aus. »So ein Glück. Können Sie kommen?«

»Natürlich.« Ich sehe die Treppe hoch.

»Hier ist er sicher«, sagt der Sergente.

Ich schüttle den Kopf. »Hier ist gerade niemand irgendwo sicher. Ich nehme ihn mit.«

Und das tue ich. Valentin öffnet die Zimmertür erst, als er meine Stimme hört, wird kreidebleich, als ich ihm berichte, was passiert ist. Ich fürchte, dass er gleich wieder zusammensackt, und will ihn stützen.

Er wehrt ab. »Sie holen mich. Sie wollen mich töten.«

»Valentin, wer will dich töten?«, frage ich. »Wer sind ›sie‹?«

»Sie wollen mich töten«, wiederholt er. Dann geht er an mir vorbei die Treppe hinunter.

Atme

Wie ein Geist steht Valentin in seiner Stube, in der das Unterste zuoberst gekehrt wurde. Die Möbel sind umgeschmissen, das Geschirr aus der Kredenz liegt in Scherben am Boden, die Gardinen hängen in Fetzen vor den Fenstern. Am meisten entsetzt den Pfarrer aber der Herrgottswinkel, aus dem der Leichnam des Herrn einfach herausgerissen und durch ein Foto des Pfarrers ersetzt wurde. Zwei Stängel Vergissmeinnicht stecken zwischen Foto und Kreuz. Valentin schnappt nach Luft, schwankt. Ich stürze hin, um ihn zu stützen, komme zu spät. Er plumpst wie ein nasser Mehlsack zu Boden.

»Ohnmächtig«, sage ich zum Sergente, der kurz nickt, als sei die Reaktion vorhersehbar gewesen. Ich schaue nach Valentins Atmung und nehme seinen Puls. Alles in Ordnung. Dann schiebe ich ihm ein Kissen unter den Kopf, lege seine Beine hoch und stehe wieder auf. »Und jetzt?«

»Sie sind der Maresciallo«, sagt er gleichgültig.

Ich seufze. Ich habe keine Ahnung. Jemand muss sich um Valentin kümmern. Aber gleichzeitig stehen so viele dringende Aufgaben an, dass wir ein ganzes Heer bräuchten, um allen gerecht zu werden. Den Moar suchen? Die Familien der Mordopfer verhören? Den Pfarrer beschützen? Den Schlüsseldienst anrufen, damit zumindest die Carabinieristation einbruchsicher gemacht wird?

Di Bello nimmt mir die Antwort ab. Verlegen betritt er die Stube, wechselt einen vielsagenden Blick mit seinem Vorgesetzten, bevor er mir die deutsche Tageszeitung entgegenstreckt.

»Das sollten Sie besser lesen, Maresciallo. Kam mit dem Milchwagen.«

Ich nehme ihm die Zeitung ab und starre auf die Titelseite. Die Beine versagen mir den Dienst und ich sinke neben den ohnmächtigen Pfarrer auf den Boden. ›Carabinieri tappen weiterhin im Dunkeln‹, steht da in riesengroßen Lettern. Daneben ein Bild von mir, wie ich zu dem Toten am Dorfplatz hinaufstarre mit einem Gesicht, das dümmer nicht sein könnte.

»Dieses …«

»Miststück«, vervollständigt der Sergente meinen Satz, hockt sich neben mich und beugt sich mit mir über den Artikel, der eine ganze Seite der lokalen Tageschronik ausfüllt.

Ein Mord nach dem anderen passiert in dem kleinen Südtiroler Seitental Tal-Valle, dessen Namen vielleicht einige unserer Leser nicht einmal kennen. Die Carabinieri ermitteln – erfolglos, wie es den Anschein hat.

Meine Augen suchen das Ende des Artikels. Es ist mit den Initialen N. S. unterzeichnet. Das muss ein schlechter

Traum sein. Ich atme tief durch, dann lese ich weiter, lese, wie sie haarklein beschreibt, mit welcher Grausamkeit der Tote am Dorfplatz zugerichtet war. Entsetzt sehe ich den Sergente an und lasse die Zeitung sinken. Der nimmt sie mir aus der Hand und liest laut vor, was sie sonst noch geschrieben hat.

»Während die Carabinieri einem Phantom nachjagen, einem Bauern, der aufgrund möglicher Tatmotive für drei der Morde als Hauptverdächtiger gehandelt wird, treibt der Täter weiterhin sein Unwesen in Tal und versetzt die dortige Bevölkerung in Angst und Schrecken. Unsere Berichterstatterin sprach mit der Familie des jüngsten Mordopfers, das ein angesehenes Mitglied der Dorfgemeinschaft und Vorsitzender des Pfarrgemeinderats von Tal war. Frau A. gab an, ihr Mann habe sich schon seit längerer Zeit seltsam verhalten. Nach seiner Ermordung führe sie dieses Verhalten auf die Angst zurück, der ihr Mann ausgesetzt gewesen sei. Auch der Pfarrer von Tal äußerte Ähnliches. Keiner kann sich in diesem Dorf mehr sicher fühlen, sagte er wortwörtlich im Interview. Die Frage, ob auch er sich zu weiteren potenziellen Mordopfern zähle, bejahte er und gab an, sowohl um sein Leben als auch um das seiner Gemeindemitglieder zu fürchten. Der ermittelnde Carabiniere von Tal, Carminati, fand es in unserem Interview selbst befremdlich, dass nach vielen friedlichen Jahren in Tal ein Mordfall nach dem anderen passiere. Die Frage, die sich einem objektiven Beobachter jedoch aufdrängt:

Kann es ein Zufall sein, dass die Ankunft des neuen Carabiniere von Tal und der Beginn der Mordserie auf denselben Tag fallen?«

Wenn ich nicht schon am Boden säße, würde ich jetzt dort landen. Mir ist speiübel. Schlimm genug, dass in diesem Tal, in dem in den letzten vierzig Jahren nicht einmal ein Fahrrad gestohlen wurde, seit meiner Ankunft fünf Menschen gestorben sind. Jetzt steht mein Name auch noch riesengroß in der Zeitung, und das in Verbindung mit dem Verdacht, dass ich selbst der Täter sein könnte.

»Scheiße«, sagt der Sergente und spricht damit aus, was ich denke.

Dass es nicht nur die Schmach ist, die mich schmerzt, sondern auch Nickis Verrat, sage ich nicht. Ich denke an ihre Blicke, die ich Idiot wohl völlig falsch interpretiert habe. Und es tut wirklich weh. Es hat sich so richtig angefühlt mit ihr, als wären wir ein Team. Und vor allem: nicht so einsam.

Plötzlich überfällt es mich aus dem Nichts. Panik. Ein beklemmendes Gefühl in meiner Herzgegend, als würde eine unsichtbare Kraft dagegen drücken. Ich klopfe mit meiner Faust gegen die Brust, schnappe nach Luft, einmal, zweimal, aber meine Lungen füllen sich nicht.

Der Sergente versteht intuitiv, was mit mir los ist, packt mich unter der Achsel und stützt mich auf dem Weg zum Fenster. Reißt es auf.

»Atme, Maresciallo«, sagt er. Reibt mit seiner Hand meinen Rücken. »Atme.«

Ich tue, was er sagt. Doch mitten in meinen Versuchen, wieder Luft zu bekommen, sehe ich etwas, das mich erstarren lässt: Der Junge steht wieder am Grab. Kurz ist etwas Blaues in seiner Hand zu sehen und ohne dass ich genauer hinschaue, weiß ich, dass es ein Sträußlein Vergissmeinnicht ist.

»Bleiben Sie beim Pfarrer«, rufe ich dem Sergente zu, dann stürze ich zur Tür hinaus und Richtung Friedhof.

Er muss meine Schritte gehört haben, denn als ich den Kiesweg entlang auf ihn zulaufe, dreht er sich um und sieht mir mit erschrocken aufgerissenen Augen entgegen. Dann lässt er sein Sträußchen fallen, macht einen Schritt rückwärts, noch einen, dreht sich um und hetzt los.

»Halt!«, schreie ich. »Halt! Sie … halt doch an, Junge!« Ich renne, was meine Lungen hergeben, hole die letzten Reserven aus meinem übermüdeten Körper und brülle dabei dem Jungen weiterhin zu, dass er anhalten soll. Eine wilde Jagd um die schmucken Gräber von Tal liefern wir uns, setzen über leuchtende Stiefmütterchenbeete hinweg, zertrampeln Tagetes und Ringelblumen, bringen Grabsteine aus Granit und Marmor als Hindernisse zwischen uns, bis der Junge plötzlich aufgibt. Er beugt sich vor, keucht und ringt nach Luft, die Atemstöße von Schluchzern durchsetzt, bis er auf die Knie niedergeht und nur noch weint. Ich selbst bin nicht weit davon entfernt, es ihm gleichzutun. Meine Knie zittern und mein Atem wird von einem pfeifenden Geräusch begleitet. Aber ich habe gewonnen.

»Warum … rennst du … vor mir … weg, … Junge?«

Er weint immer noch. Kann mir nicht antworten.

»Junge?« Ich lege meine Hand sanft auf seine Schulter und gehe neben ihm in die Knie. »Warum rennst du vor mir weg?«

»Sie haben mir Angst gemacht.«

»Das wollte ich nicht«, sage ich. »Aber ich sehe dich jetzt schon zum dritten oder vierten Mal hier an diesem Grab, wo sonst niemand steht. Immer mit diesem Vergissmeinnichtsträußchen …«

»Sie hat Vergissmeinnicht geliebt.«

»Wer sie?« Endlich einmal jemand, der mit mir spricht, wenn auch in Rätseln.

»Lisa.« Wieder schluchzt er hart auf und Tränen rinnen seine Wangen hinunter. Ich betrachte ihn genauer. Er ist sechzehn, vielleicht siebzehn. Ein paar einsame Barthaare sprießen auf seinen Wangen. Sicher rühmt er sich vor den Mädchen mit seiner Männlichkeit, doch so wie er da schluchzt, wirkt er auf mich wie ein zu groß geratenes Kind. Ein Kind, das in den Arm genommen und getröstet werden sollte. Also tue ich genau das, wenn auch ungeschickt.

»Deine Freundin?«

Sein Schluchzen wird lauter. Da habe ich wohl den Nagel auf den Kopf getroffen. Ich drücke ihn fester an mich, tätschle seinen Rücken.

»Woran ist sie gestorben?«

»Sie haben sie umgebracht.«

Ich erstarre. Glaube im ersten Moment, mich verhört zu haben. Hat Salvatore nicht gesagt, dass das größte Verbrechen in den letzten vierzig Jahren ein Hühnerdiebstahl war?

»Umgebracht?« Meine Stimme ist rau vor Aufregung.

Er schluchzt etwas Unverständliches in meine Jacke, hebt dann den Kopf. »… weil sie's nicht mehr ertragen hat.« Schließlich löst er sich aus der Umarmung, zieht ein zerknittertes Kuvert aus seiner Hosentasche. Streckt es mir hin. »Da.«

Ich entfalte es vorsichtig, öffne das Kuvert und hole einen Zettel heraus, der wohl hundertmal gefaltet und entfaltet wurde. Ich vermute von dem jungen Mann. Eine runde Mädchenschrift springt mir entgegen, sorgfältig aufs Papier gemalte Buchstaben, statt der i-Punkte hat sie kleine Kreise aufs Papier gemalt.

Lieber Michi,

ich ertrage es nicht mehr. Ich hab tausend Briefe an dich angefangen. In keinem hab ich es geschafft, dir zu beschreiben, was in mir drinnen los ist. Ich hab gedacht, dass deine Liebe mich irgendwann vergessen lässt, was passiert ist, aber dann hab ich gemerkt: Ich werde nie vergessen. Zu viert sind sie über mich hergefallen. Der Pfarrer sagt, die Schuld habe ich. Ich fühle mich wie Dreck. Ich kann nicht mehr.

Hab ein schönes Leben,

deine Lisa

Ich sehe hoch, den Jungen an, der den Kopf hängen lässt, während weiterhin dicke Tränen in den Kies tropfen.

»Lisa hat das geschrieben?«

Er nickt.

»Hat sie mit dir darüber gesprochen?«

Verzweifelt schaut er mich an. »Glauben Sie, wenn ich das gewusst hätte, hätte ich zugelassen, dass sie sich umbringt?« Ohne Luft zu holen, spricht er weiter, mit jedem Satz lauter, schreit mir seine ganze Wut entgegen. »Glauben Sie, ich hätte zugelassen, dass sie sich das Leben nimmt, statt diese Dreckskerle und den Scheißpfarrer die Rechnung bezahlen zu lassen? Glauben Sie nicht, ich wäre zu meiner Freundin gestanden in so einer beschissenen Situation, statt sie sich umbringen zu lassen?« Den letzten Satz brüllt er mir mit heiserer Stimme ins Gesicht, dann bricht er wieder in lautes Weinen aus. Sein ganzer Körper zuckt. Ich kann ihn nicht mehr trösten. Zu furchtbar ist, was ich da von ihm höre, und zu furchtbar sind die Schlüsse, die ich daraus ziehen muss.

»Du wolltest dich rächen?«

»Da können Sie Gift drauf nehmen!«

Ich stehe auf. »Warum?«

»Das fragen Sie noch? Sie war sechzehn!« Hasserfüllt sieht er mich an. »Sie sind auch einer von denen, nicht wahr? Sie sind auch eines von diesen Schweinen!« Auch er steht auf. Mit geballten Fäusten, als wolle er jeden Moment auf mich losgehen.

Ich stehe da und kann es immer noch nicht fassen.

Ein Sechzehnjähriger hat diese ganzen Morde verübt? Hat sich an den vier Männern gerächt auf die grausamste Weise, die man sich nur denken kann? Dieser Spargeltarzan hat vier ausgewachsene Männer kaltblütig ermordet, enthauptet, entmannt, ans Kreuz genagelt? Und jetzt steht er da und rotzt mich an, statt wegzulaufen. Als wäre ich sein Vater, der ihm verbietet, am Wochenende in die Disco zu gehen.

»Du bist verhaftet«, sage ich.

Sein Kopf ruckt hoch. »Verhaftet?«

»Du hast gerade den Mord an vier Männern gestanden«, sage ich. »Ich muss dich festnehmen.«

»Mord?« Der Junge wird kreidebleich. Er sieht mich gehetzt an, schaut zum Friedhofstor, dann wieder zu mir und plötzlich kommt Leben in ihn. Mit einem Satz bringt er einen Sicherheitsabstand zwischen sich und mich und bevor ich ihn fassen kann, nimmt er die Beine in die Hand und rennt über den Friedhof Richtung Ausgang. Dort kommen gerade Rizzi und Di Bello um die Ecke.

»Haltet ihn!«, brülle ich und sie gehorchen intuitiv. Werfen ihn zu Boden und verdrehen ihm einen Arm auf den Rücken. Michi brüllt auf vor Schmerz.

»Was hat er ausgefressen?«, fragt Rizzi vom Boden zu mir herauf, als ich ankomme.

»Das ist unser Mörder«, sage ich und nicke den beiden zu. »Schafft ihn nach Bozen, und zwar schnell.«

Dann wird mir schwarz vor Augen.

Halten Sie die Ohren steif, Maresciallo

Leises Murmeln mischt sich in meinen Traum, ein Tonteppich wie von einem Bächlein, das durch eine Wiese plätschert. Doch irgendwann realisiert mein Hirn, dass es kein Bächlein ist, sondern der Sergente, der mit Di Bello darüber diskutiert, ob man mich besser wecken oder warten soll, bis ich von alleine aufwache.

Lasst mich in Ruhe, denke ich. Aber Di Bello scheint zu spüren, dass meine Ohnmacht nicht mehr echt ist.

»Maresciallo?«, fragt er leise und rüttelt an meiner Schulter.

Ergeben schlage ich die Augen auf. Ich liege auf der Bank vor der Friedhofsmauer. Hoch über mir ragt das Holzkreuz auf, an dem wir – war es erst gestern? – den toten Vorsitzenden des Pfarrgemeinderats gefunden haben. Schneller als es mir guttut, setze ich mich auf und sofort wird mir wieder schwarz vor Augen. Die durchwachten Nächte und der Stress der letzten Tage machen sich bemerkbar.

»Es tut mir leid, aber Coppola will mit Ihnen sprechen.«

Der Colonello. Natürlich. Auch er wird inzwischen die Zeitung gelesen haben, wird wissen, was die Presse mir unterstellt. Ich schlucke bei dem Gedanken daran, welches Gesicht diese Presse hat, welche Augenfarbe, und würde mich am liebsten ohrfeigen dafür, dass ich auf Nicki hereingefallen bin. Wie ein Schuljunge.

»Er wartet am Telefon«, sagt Di Bello. »In der Carabinieristation. Wir haben Tito zum Telefondienst eingeteilt. Rizzi und Sartori bringen den Jungen nach Bozen – in Ihrem Wagen – und der Rest bereitet alles für die Pressekonferenz am Nachmittag vor.«

»Pressekonferenz?« Wie lang bin ich denn ohnmächtig gewesen? Und was ist inzwischen alles passiert?

»Hat der Colonello angeordnet«, sagt Di Bello mit einem Unterton in der Stimme, der mir verrät, dass ihm nicht gefällt, was der Colonello sonst noch gesagt hat. Ich wappne mich, doch Di Bello weicht meinem Blick aus. »Den Rest will er Ihnen selbst sagen.«

»Dann sollte ich wohl gehen«, sage ich.

»Besser.« Er nickt. Weicht meinem Blick immer noch aus. »Die Scientifica kommt auch gleich.« Er macht eine unbestimmte Geste, die den Saustall in der Wohnung des Pfarrers wie auch den Friedhof einschließt. Dann sieht er mich zerknirscht an. »Halten Sie die Ohren steif, Maresciallo.«

Wir werden sehen

»Habe ich Ihnen irgendeine Befugnis erteilt, mit der Presse zu sprechen?«, bellt mir Coppola statt einer Begrüßung entgegen.

»Nein«, sage ich. »Habe ich auch nicht.«

»Und wie kommen dann Ihre Äußerungen in die Zeitung?«

»Die Frau hat …«, mich ausgenutzt, wäre das richtige Ende für den Satz, aber ich komme nicht dazu, ihn auszusprechen.

»Egal, was diese Frau getan oder nicht getan hat. Sie haben kein Recht, den Stand Ihrer Ermittlungen – oder sollte ich besser sagen: Nicht-Ermittlungen – mit irgendwem zu teilen! Schon gar nicht mit der Presse!«

»Sie war zufällig zugegen als …«

»Das war kein Zufall! Bei der Presse ist nichts Zufall!«, brüllt er in sein Ende der Leitung und ich halte den Hörer auf Abstand. Mit brüllenden Vorgesetzten habe ich in letzter Zeit ausreichend Erfahrung gesammelt.

»Ich werde mit ihr sprechen und sie bitten …«

»Einen Teufel werden Sie. Sie halten das Maul. Und Sie halten sich aus dem Fall raus. Das Einzige, was Sie ab jetzt tun, ist diesen verdammten Pfarrer zu beschützen. Rund um die Uhr, haben Sie mich verstanden? Der verdammte Bischof besteht nämlich darauf.« Aus seiner Stimme trieft Hohn.

Seine Ansage bewirkt, dass mir eine Last von den Schultern fällt, während eine andere mich hinunterdrückt. Ich bin befreit von diesem Fall und habe gleichzeitig amtlich bestätigt, dass ich ein Versager bin.

»Síssignore«, sage ich leise. Dann fällt mir der Junge ein. »Aber wir haben den Mörder doch schon …«

»Nur weil ein Junge mit blauen Blumen in der Hand auf dem Friedhof von Tal steht, muss er noch lange nicht der Mörder sein.«

»Aber er hat gestanden!« Ich höre selbst, dass ich klinge wie ein trotziges Kind, aber irgendwie habe ich das Gefühl, dass irgendetwas falsch läuft. Bei dem Fall, in Tal, bei den Carabinieri … Ich sollte eine Belobigung erhalten, nicht in Schimpf und Schande abgezogen werden. Verdammt noch mal, ich habe den Mörder gestellt!

»Wir werden sehen.«

Die Antwort des Colonello ist genauso unbefriedigend wie die ganze Situation.

Glücklich der, dem Übertretung vergeben ist

Die ersten Wagen rollen gegen halb drei an, Sendewagen des italienischen und des österreichischen Fernsehens. Ich weiche einen Schritt vom Fenster zurück.

»Sie kommen.«

Valentin, der mit hängendem Kopf an seinem Tisch sitzt, reagiert nicht. Ich sehe zu, wie die Reporter aus den Wagen krabbeln, die Kameraleute ihre Ausrüstung abladen. Wie sie sich gegenseitig zunicken und dann im Bergblick verschwinden. Der nächste Wagen kommt um die Kurve, parkt neben den anderen an der Friedhofsmauer. Die Autotür schwingt auf und eine Frau steigt aus. Als ich den schwarzen Bob erkenne, schnürt sich mir die Kehle zu. Nicht vor Wut auf diese Person, die mich vor dem ganzen Land als Vollidiot dargestellt hat, sondern weil ich in meiner Erinnerung ihre grünen Augen sehe. Ihre grünen Augen mit dem Ausdruck, den ich als Liebe missdeutet habe.

Sie wirft einen schnellen Blick Richtung Pfarrwidum. Ich ziehe mich ruckartig noch weiter ins Halbdunkel des Raums zurück und bin sicher, dass sie mich nicht gesehen haben kann. Etwas wie Bedauern erscheint auf ihrem Gesicht, doch sie fängt sich schnell, wirft ihre Umhängetasche über die Schulter und die Autotür zu, dann wartet sie auf eine Dame, die einem soeben angekommenen

Wagen entsteigt und geht mit ihr Richtung Bergblick. Der Himmel über Tal ist von dicken Wolken verhangen. In grauschwarzen Schattierungen hängt ein neues Unwetter über dem Dorf. Ich schätze, während der Pressekonferenz wird es ungemütlich. In doppeltem Sinn.

»Ich muss mich fertigmachen«, sagt Valentin tonlos.

Ich will sagen, dass er bereits ganz schön fertig aussieht, lasse es dann aber doch bleiben.

»Wofür?«, frage ich stattdessen. Soll auch er auf der Pressekonferenz erscheinen? Und wenn ja, welcher Befehl des Colonello ist wichtiger? Dass ich nicht auf der Bildfläche erscheine oder dass ich den Pfarrer auf Schritt und Tritt begleite?

»Frauenandacht«, sagt er. »Um drei.«

Ich sehe auf die Uhr. Noch zwanzig Minuten. »Na, dann«, sage ich. Bedeute ihm, vorauszugehen, und folge ihm in die Kirche.

In der Sakristei riecht es nach Weihrauch und Bohnerwachs. Auf einem Sims stehen versilberte Heiligenbüsten und Kerzenständer, ein Messgewand hängt an einem Schrank, daneben lehnt das Kreuz an der Wand, das beim Begräbnis vor dem Sarg hergetragen wurde. Mit zitternden Fingern erledigt der Pfarrer die Vorbereitungen. Aus dem Kirchenraum hört man das Rascheln von Füßen, die über den Steinboden schlurfen. Ein Donnern ertönt, erst leise, dann schwillt es an. Der Holzboden der Sakristei bebt leicht mit.

»Wo soll ich mich aufstellen?«, frage ich.

Er sieht mich verständnislos an. »Was?«

»Ich soll dich beschützen. Und … Nun ja, es ist eine Frauenandacht.«

Er versteht. Nickt. Überlegt. »Bleib einfach hier.« Er deutet auf den Steinbogen, der von der Sakristei in die Kirche führt, und von dem aus man einen guten Blick über den Altarraum hat.

Ich nicke. Sehe auf die Uhr. »Es ist drei. Gibt es bei der Andacht keine Ministranten?«

Wieder rumpelt es.

Valentin schüttelt den Kopf. »Ich schaffe das allein.« Er schließt die Augen. Von einem Moment zum nächsten verwandelt er sich vom verängstigten Opfer in den souveränen Pfarrer, der seinen Schäfchen Trost und Mut zusprechen will. Er atmet durch. Einmal, zweimal. Schließlich öffnet er die Augen wieder. Sie strahlen mich jetzt beinahe so zuversichtlich an wie noch vor ein paar Tagen. Er nickt mir zu. »Ich schaffe das allein.«

Dann lässt er das Glockenspiel ertönen und ein vielstimmiges Scharren und Poltern aus dem Inneren der Kirche teilt uns mit, dass die Frauen aufstehen, wie es die Messordnung vorsieht. Würdevoll schwebt Valentin in den Altarraum, während ich mich unter dem Steinbogen postiere. Ein neuerliches Donnergrollen mischt sich unter die stümperhafte Orgelmusik.

Fasziniert beobachte ich die Andacht. Nachdem die Musik verstummt ist, lädt der Pfarrer die Frauen dazu ein, der Toten in Tal zu gedenken, zählt ihre Namen auf, erinnert an die Leiden der Zurückgebliebenen. Dann bittet er seine Schäfchen, für den Jungen zu beten. Inzwischen hat Regen eingesetzt. Schwere Tropfen trommeln auf das Kirchendach, Sturzbäche rinnen an den Fenstern hinunter und übertönen beinahe den Donner und die Worte des Pfarrers.

»Glücklich der, dem Übertretung vergeben, dem Sünde zugedeckt ist.« Er trägt den Psalm mit eintöniger Stimme vor, und meine Gedanken driften ab zu dem Jungen mit dem Vergissmeinnichtstrauß, zu seiner Wut, die er mir entgegengebrüllt hat. Ob er sich wohl selbst vergeben kann, was er getan hat?

Plötzlich wird das Rauschen des Regens hinter mir lauter, dann wird die Tür leise zugedrückt und Schritte kommen auf mich zu. Ich wende mich von der Zeremonie ab. Mein Herz macht einen Satz. Grüne Augen blitzen mir entgegen. Grüne Augen, in denen Bedauern liegt und Reue. Nickis Gesicht wirkt seltsam spitz und blass. Doch ich bin weit davon entfernt, es hübsch zu finden. Oder liebenswert.

Sie tritt ganz nah an mich heran und beugt sich vor, um mir leise etwas zu sagen. »Können wir reden?« Große Tropfen fallen von ihrem nassen Haar auf ihren Sommermantel.

Ich wehre mich gegen das aufgeregte Kribbeln, das in meinem Magen aufkommt. »Worüber? Andere Informationen als die, die Sie auf der Pressekonferenz bekommen haben, kann ich Ihnen auch nicht geben.« Ich sehe den

Schmerz, der über ihr Gesicht läuft, als ich sie wieder sieze. Fühle ihn selbst.

»Ich möchte mich entschuldigen.« Flehend sieht sie mich an. »Bitte lass es mich erklären.«

Ich zwinge mich, nach vorne zu schauen, in den Altarraum. »Da gibt's nichts zu erklären. Sie haben mir für Ihre Leserquoten was vorgespielt, meine Naivität ausgenutzt und ich bin auf Sie hereingefallen. Gratuliere.«

»Es war nicht so. Es war ein dummer Unfall. Ein Missverständnis.« Ihre Stimme wird lauter. Pfarrer Valentin sieht irritiert zu uns herüber.

»Sie stören den Gottesdienst.«

»Dann komm mit mir vor die Tür und lass es mich erklären.«

»Ich soll den Pfarrer bewachen.«

»Was soll ihm am Altar schon passieren?« Sie legt den Kopf schief. »Bitte … Pietro.«

Ich sehe noch mal zu Valentin, lasse meinen Blick über die Frauen in der ersten Reihe schweifen, die mit versteinerten Gesichtern der Andacht folgen. Dann gebe ich mir einen Ruck und nicke. Ohne ein weiteres Wort zu sagen, verlassen wir die Kirche und bleiben unter dem kleinen Vordach zur Sakristei stehen. Der Regen bildet eine Wand aus Wasser, große Pfützen haben sich auf den Wegen gebildet. Ein Donnerschlag lässt uns zusammenfahren. Ungemütlich, denke ich und werfe einen Blick hinter mich, um zu kontrollieren, ob sie die Tür geschlossen hat. Hat sie.

»Es war ein Unfall.« Ihre Stimme ist so leise, dass ich sie kaum verstehe.

»Ihre Finger haben etwas anderes geschrieben als Ihr Hirn wollte?«

»Meine Kollegin hat den Artikel geschrieben. Nicht ich.«

»Und das Foto? Das Interview mit Hochwürden Egger? Und das mit mir? Hat die auch Ihre Kollegin geführt? Sollte ich das vergessen haben?«

»Nein«, sagt sie kleinlaut. »Ich hatte damit begonnen, den Artikel zu schreiben und dann … Ich war nicht als Journalistin in Tal, sondern als Notfallseelsorgerin. Daher wollte ich das nicht mehr, aber … na ja, ich hab ihr davon erzählt, wie ihr hier alle im Wald steht und … sie hat sich den Rest wohl zusammengereimt. Und die Bilder … hatte ich leider schon auf dem Server.« Schuldbewusst sieht sie mich an. »Aber ich hätte nie gedacht, dass sie … Es tut mir leid.«

Ich nicke ungerührt. Zumindest hoffe ich, dass meine Miene so auf sie wirkt. In meinem Inneren hüpft etwas wie ein kleiner Vogel auf und ab. Sie hat mich nicht bewusst verraten. Sie wollte mir keine Probleme bereiten und diese böse Unterstellung am Ende des Artikels stammt auch nicht von ihr. Am liebsten würde ich sie umarmen, sie drücken, sie küssen, aber meine Miene bleibt versteinert. Tal hat auf mich abgefärbt.

»Und was soll ich jetzt mit dem Geständnis?«

»Nichts.« Zumindest denke ich, dass sie das sagt, denn

ein neuerliches furchtbares Donnergrollen übertönt alle anderen Geräusche.

Ich nicke. »Nichts«, wiederhole ich und schaue in den Regen hinaus. Sehe den kleinen weißen Körnchen zu, die inzwischen vom Kies aufspringen wie Popcorn. Denke über mein Leben nach, das sich in einer Talfahrt befindet. Bei dem Vergleich verziehe ich spöttisch die Mundwinkel. Eine Tal-Fahrt, im wahrsten Sinne des Wortes, und ich kann von Glück reden, wenn es dabei bleibt, dass ich die nächsten vierzig Jahre meines Berufslebens in diesem Rattennest verbringen muss. Von allen gehasst. Verachtet. Geschnitten. Die einzige Freundin eine Journalistin, die mich meinem Vorgesetzten ans Messer geliefert hat, wenn auch aus Versehen. In meiner Kehle ist ein Knoten, der sich nicht hinunterschlucken lässt.

Plötzlich schlängelt sich eine Hand unter meinem Arm durch. »Es tut mir leid.« Sie sieht zu mir hoch, doch ich blicke ungerührt in den Regen hinaus. »Ich wollte nichts schreiben. Ehrlich. Ich wollte dir keine Schwierigkeiten bereiten. Ich hab dich doch …«

Ich kann nicht anders. Sehe weg von den kleinen Hagelkörnern und in ihre grünen Augen, die immer noch zu mir hochschauen. Bleibe daran hängen und was ich darin erkenne, lässt neue Hoffnung in mir aufkommen. Wärme, Aufrichtigkeit und … Zuneigung.

»… gern.« Sie hält meinem Blick noch eine lange Sekunde stand, dann sieht sie weg. Eine feine Röte überzieht ihre Wangen.

Ich schaue in den Regen. Atme den Duft des Regens tief in mich hinein. Fühle mich so frei wie schon lange nicht mehr. Angenommen. Und dann sage ich es leise. »Ich dich … auch.« Möchte es hinausschreien in die Welt, weil es sich so gut anfühlt, und hoffe gleichzeitig, dass sie es nicht hört in dem Lärm, den das Unwetter über uns macht.

Aber sie hört es doch – vielleicht errät sie es auch nur –, und schiebt ihren Arm ganz unter meinem durch. Als sie sich an mich schmiegt, lege ich meinen Kopf sachte an ihren. So stehen wir eine ganze Weile, schauen in den Regen hinaus, atmen den Duft der nassen Erde, der über dem Friedhof liegt und mein Herz klopft wie verrückt gegen meine Brust.

Dann hört der Hagel auf, auch der Regen lässt nach und der Donner wird schwächer. Über unseren Köpfen ertönen die Glocken von Tal. Laut und dröhnend frisst sich der Klang in unsere Ohren und erinnert mich an meine Aufgabe.

»Ich muss nach Valentin sehen.« Widerstrebend löse ich mich aus der Umarmung.

»Tu das. Und ich sollte hoch zur Pressekonferenz.« In ihrem Blick liegt leises Bedauern über die Trennung.

»Ich darf Valentin eigentlich überhaupt nicht aus den Augen lassen.«

»Kein Mensch muss vierundzwanzig Stunden am Tag arbeiten.«

»Ich schon.«

»Darüber sollte ich wohl einen Artikel schreiben«, sagt sie. Zwinkert mir zu und lächelt dieses Lächeln, das ihre grünen Augen und mein Herz warm werden lässt. »Unmenschliche Arbeitsbedingungen bei den Carabinieri. Maresciallo löst Fall aufgrund von Schlafmangel nicht.«

»Der Fall ist gelöst.«

»Ich weiß«, sagt sie. »Aber dann gibt es keinen Grund, den Pfarrer zu bewachen, nicht wahr?«

»Der Colonello erfüllt die Sonderwünsche des Bischofs.«

Sie lacht. »Geh schon rein zu deinem Pfarrer. Ich warte im Bergblick.«

Ich nicke. Wende mich zur Tür. Drehe mich noch mal zu ihr um, ziehe sie an mich und küsse sie auf den Mund.

Warum?

In dem Moment, in dem unsere Lippen aufeinandertreffen, vergesse ich die Welt. Ich fühle nur noch Nicki und den Aufruhr, der in meinem Brustkorb herrscht. Zum Brausen der Orgel geben wir uns diesem Kuss hin, lösen unsere Lippen nur kurz zum Atemholen, um sie gleich wieder miteinander zu verschmelzen. Erst eine gefühlte Ewigkeit später lösen wir uns voneinander.

»Das war …« Ich unterbreche mich selbst. Keine Worte der Welt können meine Gefühle ausdrücken.

Sie nickt stumm. »Ja«, sagt sie. Dann: »Ich sollte …«

»Ja, ich auch.« Ich umarme sie noch einmal. »Komm.« Ich kann mich noch nicht von ihr trennen, daher begleite ich Nicki noch ein Stück, breite dabei meine Uniformjacke über ihr aus, um sie vor dem Regen zu schützen, und bleibe am Kirchenportal stehen. Dort nehme ich sie erneut in den Arm, küsse sie. Wieder ist mir, als bliebe die Welt um mich herum stehen.

Sie ist es, die sich irgendwann von mir löst. Bedauern steht in ihrem Gesicht. »Ich muss wirklich …« Sie drückt mir einen Kuss auf die Wange, dann noch einen. »Bis später.«

Bedauernd schaue ich ihr nach, wie sie den Dorfplatz überquert. Mit schnellen Schritten, weil es immer noch regnet. Ich lächle. Mein Schicksal wendet sich doch noch zum Guten. Als sie im Bergblick verschwunden ist, drücke ich das Kirchentor nach innen.

Erschrocken fahre ich zurück.

Versteinerte Frauengesichter starren mir entgegen wie die Terracottaarmee im Mausoleum des Qin Shihuangdi. Junge Gesichter mit üppig aufgetragenem Mascara, alte Gesichter voller Runzeln. Eines ist allen gleich: der Ausdruck. Eine Maske der Gleichgültigkeit, unter der etwas flackert, das ich nicht einordnen kann. Sie blicken mir entgegen. Rühren sich nicht. Warten. Was auch immer in ihnen brodelt, brodelt weiter.

Ich weiche zur Seite, halte den schweren Torflügel zurück. Bedeute ihnen, an mir vorbei die Kirche zu verlassen. Doch keine einzige bewegt sich. Ihre Blicke halten mich gefangen. Ich ertrage dieses Starren nicht. Mit einem kleinen Laut reiße ich mich los von diesen starrenden Augen und mein Blick sucht Halt, wo mir Halt versprochen wird. Beim Herrn, der über dem Altar am Kreuz hängt. In einem Meer von Blumen. Geranien. Weiß und rot. Und in ihrer Mitte – ein kleines Sträußchen blauer Blümchen.

Das Blut in meinen Adern gefriert zu Eis.

Langsam wandert mein Blick hoch zu dem Leichnam, der am Kreuz hängt, und plötzlich schwankt der Boden unter mir. Ein unartikulierter Laut entfährt meiner Kehle. Mit weichen Knien stürze ich durch das Heer aus Steinfrauen auf den Altar zu.

»Valentin«, flüstere ich. Schreie ich. Brülle ich. Doch auch wenn ich seinen Namen hundertmal brülle, brülle bis die Felsen in den Steilhängen sich lösen und donnernd talwärts poltern, schreie, weine, flehe … er wird mir nicht antworten. Ich sehe den Tod in seinen blauen Augen, die glanzlos zu Boden blicken. Das Leben ist aus seinem Körper gewichen.

Langsam trete ich um den Altar herum, bis ich unterm Kreuz stehe. Aus dem Loch in seiner Brust tropft kein Blut mehr. Ein Loch genau an der Stelle, an der sein Herz gewesen ist. Es liegt nun als roter Klumpen auf dem kunstvoll bestickten Altartuch neben mir. Ich taste nach Halt, doch meine Arme haben nicht genug Kraft, und ich gehe zu Boden. Unter dem Kreuz, an dem mein einziger Freund in diesem gottverlassenen Dorf hängt.

»Warum?«, frage ich fassungslos. Von der schweigenden Menge hinter mir kommt keine Antwort. Doch ich brauche keine. Der Junge hat sie mir heute Morgen gegeben. »Warum?«, frage ich trotzdem noch mal. Diesmal den toten Pfarrer, der für seine Sünde bestraft worden ist.

Hinter mir kündigt neuerliches Scharren von Füßen an, dass noch jemand die Kirche betritt.

Einer muss bleiben

»Maresciallo?« Der Bass des Sergente ertönt vom anderen Ende der Kirche. »Maresciallo!« Noch mal, diesmal entsetzt.

Mein Körper ist wie gelähmt. Immer noch hängt mein Blick am Leichnam des Pfarrers fest. Mein Bewusstsein saugt alle Einzelheiten des grausigen Bildes in sich auf, speichert es ab, tief in mir drin, und wird mich mein Leben lang damit verfolgen. Mein Freund. Den ich hätte beschützen sollen. Dessen Herz nun auf dem Altar liegt wie eine Opfergabe.

Neben mir taucht der Sergente auf. Stützt sich am Altar ab. Bemerkt das Herz. Schwankt.

»Maresciallo. Verschwinden Sie aus der Kirche. Holen Sie Hilfe. Jetzt. Sofort.«

Ich sehe ihn an. Verständnislos. Er beugt sich zu mir hinunter. Packt mich am Arm und zerrt mich auf die Füße. Raunt mir zu. »Schnell! Ich halte die Frauen in Schach.«

Ich starre ihn an, unfähig, irgendetwas zu verarbeiten. Er hebt eine Augenbraue und bewegt den Kopf leicht Richtung Kirchentor. Langsam drehe ich mich um, werfe einen Blick in die schweigende Frauenmenge, die immer noch im hinteren Teil des Kirchenschiffs steht. Uns beobachtet. Kalt. Unbeweglich.

Plötzlich klickt es in meinem Hirn und pure Angst fährt mir in die Knochen. Unwillkürlich greife ich nach dem Arm des Sergente. »Das schaffen Sie nicht allein.«

»Gehen Sie schon.« Er sieht mir eindringlich in die Augen. »Gehen Sie. Schnell. Die anderen sind alle im Bergblick.«

Panisch werfe ich einen Blick auf die Terracottaarmee, die sich noch immer nicht rührt. Erkenne grausige Details. Rosa Oberrauch, deren rechte Hand blutig herabhängt. Blutspritzer auch auf den Wangen der Oberplanitscher-Tochter. Plötzlich erinnere ich mich, dass sie Agnes heißt, und mein Blick macht sich auf die Suche nach der gleichnamigen Schwester des ersten Opfers. Ich finde sie in einer Kittelschürze, auf der große rote Flecken prangen. Daneben Valentins Häuserin Anna, deren Miene genauso versteinert wirkt, wie bei unserem ersten Treffen. Außerdem die Ehefrau des Außertaler Bauern, die Amplatz-Gattin, die Steiner Res. Sie alle stehen nahezu bewegungslos im hinteren Kirchenschiff und nehmen es mit meinen Blicken auf.

Der Sergente rüttelt mich und zischt mir ins Ohr. »Gehen Sie. Jetzt!«

Er hat recht. Wir brauchen Verstärkung. Einer von uns muss Hilfe holen. Ich schlucke. Sehe zu den Frauen hinüber. Vor meinem inneren Auge spielt sich ein Horrorszenario ab. Ich, wie ich versuche, mich durch die Frauen zum Ausgang durchzuschlagen. Ihre blutigen Hände, die nach mir greifen, mich zu Boden reißen.

»Gibt es noch einen anderen Ausgang?«, fragt der Sergente leise, ohne die Augen von den Frauen zu lassen.

Natürlich! »Es gibt einen Fluchtweg durch die Sakristei.« Aus dem Augenwinkel sehe ich, dass er nickt, und mache mich bereit loszulaufen. »Passen Sie auf sich auf.«

Er nickt wieder. »Gehen Sie schon.«

»Bleiben Sie am Leben.«

Ich wende ich mich um, renne durch den Altarraum in die Sakristei, raus aus der Kirche und weiter Richtung Bergblick. Vor meinem inneren Auge sehe ich den Sergente, der sich an den steinernen Altar klammert, den Blick auf die Frauen gerichtet, die Schritt für Schritt auf ihn zukommen. Meine Angst verzerrt das Bild, lässt die starren Gesichter zu höhnischen Fratzen werden, in denen pure Mordlust lodert, die Münder verschmiert vom Blut des Pfarrers, das sie getrunken haben.

»Nein!«, schreie ich und bete, dass die Schreckensbilder, die meine Fantasie mir vorgaukelt, nicht gerade in diesem Moment Wirklichkeit werden.

Ich reiße die Tür des Gasthauses auf. »Schnell! Der Sergente ist in Lebensgefahr! Schnell!«

Der Gastraum ist voll. Alle Gesichter wenden sich mir zu. Die Kameras schwenken vom Colonello, der an einer improvisierten Leinwand steht, zu mir, ebenso einige Mikrofone.

»In der Kirche! Schnell!« Ich packe Di Bello und Rizzi, die mir am nächsten stehen, an den Händen, ziehe sie hinter mir her aus dem Haus, hinaus auf die Straße, zur

Kirche. Werfe einen Blick zurück. Sehe Nicki, die mir mit entsetztem Gesicht folgt, hinter ihr das Kamerateam des italienischen Fernsehens. Dann erst die Männer des *Corpo Armato dei Carabinieri*, aber zumindest mit besorgten Mienen und schneller als die Journalisten. Immer noch zu langsam. Ich zerre meine beiden Begleiter noch eiliger hinter mir her, reiße das Kirchentor auf.

Der Sergente steht aufrecht am Altar, stützt sich mit der Rechten immer noch ab. Sein Gesicht ist grau. Ich atme erleichtert aus. Die Frauen stehen unverändert in der hinteren Hälfte des Kirchenschiffs. Hinter mir drängen sich die Journalisten durchs Portal, werden von den Männern des *Corpo Armato* zur Seite geschoben.

»Was ist hier los?« Die knurrige Stimme des Colonello dringt von draußen herein. Hinter mir rascheln Schritte im Kies, man macht dem Colonello Platz, der einen Moment später ebenfalls die Kirche betritt.

»Was zum …« Weiter kommt er nicht. Mit einem Blick erfasst er die Lage. Wird bleich. »Raus hier!«, bellt er. »Alle raus.«

Plötzlich kommt Bewegung in die Journalisten, die bis jetzt erstarrt waren. Kameras werden gezückt, Blitzlichter zucken über die Wände der Kirche.

»Raus!!!!«, brüllt der Colonello noch einmal und die Männer des Sergente verstehen. Sie bilden eine Kette, schieben die Neugierigen aus der Kirche, verrammeln das Portal. Übrig bleiben die Frauen, die wie eine Mauer zwischen dem Altar und den Einsatzkräften stehen.

Zwei Fronten. Auf der einen Seite die Soldaten. Unschlüssig und mit bleichen Mienen, entsetzt über das Bild, das sich ihnen bietet. Auf der anderen Seite die Frauen, die sich inzwischen den Männern zugewandt haben. Bleich im Gesicht auch sie, doch ihre Mienen lassen keine Gefühlsregung erkennen.

Schweigen erfüllt den Raum. Von draußen dringt gedämpft das aufgeregte Stimmengewirr der Journalisten herein. Die wirkliche Welt, die unerreichbar weit weg erscheint. Wir hier drinnen sind in einem Albtraum gefangen.

»Wer hat das getan?«, fragt der Colonello.

Die Antwort ist Schweigen.

Er wartet. Mustert die Frauen. Ich sehe, wie er versucht, die Mörderin unter ihnen auszumachen. Das Blut auf ihren Händen registriert, die Blutspritzer und die Flecken auf der Kleidung, wie er versucht, ihre Gesichtsausdrücke einzuordnen.

»Wer?«, fragt er noch einmal.

Als weiterhin nichts kommt, atmet er durch. »Festnehmen«, sagt er und zeigt wahllos auf irgendwelche Frauen. »Die und die und die …«

Seine Männer zögern.

»Festnehmen, hab ich gesagt!«

Unsicher lösen sich einzelne Männer aus der Reihe, gehen auf die Frauen zu. Da hebt Rosa Oberrauch, die Wirtin des Bergblicks, die Hand. Die Männer erstarren. Sie macht einen Schritt nach vorn, greift in die Tasche ihrer Kittelschürze, zieht ein Kuvert heraus. Streckt es dem Colonello hin. Während Coppola danach greift, rückt der Frauenhaufen noch enger zusammen, stellt sich hinter die Wirtin. Coppola reißt den Umschlag auf, entfaltet das Papier darin. Liest. Schluckt. Liest weiter.

»Festnehmen.« Diesmal flüstert er. »Alle. Nehmt sie alle fest.« Er lässt das Papier sinken. Dann brüllt er plötzlich los. »Worauf wartet ihr? Sie, Carminati, rufen Sie die verdammte *Scientifica*. Und Sie, Sergente, schaffen uns die Presse vom Hals.«

Plötzlich kommt Bewegung in die Mannschaft. Die Männer stürzen auf die Frauen zu, der Sergente und ich verlassen die Kirche. Während er den Vertretern der Presse bedeutet, sich zu zerstreuen, um die Arbeit der Einsatzkräfte nicht zu behindern, renne ich Richtung Carabinieristation. Hinter mir klappern Absätze auf dem Asphalt.

Alle

Als ich den Hörer auflege, ergreift ein Zittern von meinem ganzen Körper Besitz und ich lasse mich auf meinen Bürostuhl fallen.

»Wer hat ihn umgebracht?«, fragt Nicki leise. Sie lehnt am Türrahmen. Ihr Gesicht spiegelt das Grauen wider, das mich selbst gefangen hält. Nie mehr auslassen wird.

»Die Frauen«, sage ich.

»Alle?«

»Alle.« Anders kann ich mir die kollektive Festnahme nicht erklären.

»Warum?«

Ich denke an das, was der Junge geschrien hat heute Morgen. Was in dem Abschiedsbrief dieser Lisa stand. *Zu viert sind sie über mich hergefallen. Der Pfarrer sagt, die Schuld habe ich.*

»Es hat mit diesem Mädchen zu tun«, sage ich schließlich.

»Dem Mädchen, wegen dem der Junge die vier Männer ermordet hat?«

»Er war es nicht.« Ich denke an das Erschrecken des Jungen, als ich ihm auf den Kopf zugesagt habe, dass er die Morde begangen hat. Dann ziehen die Bilder der Toten an ihren Kreuzen vor meinem inneren Auge vorbei. Die beiden ersten, denen die Hände abgehackt worden sind, der Außertaler, dessen Kopf den Ameisen vorgeworfen wurde, der Amplatz, dessen Genitalbereich verstümmelt wurde. Die Symbolik drängt sich mir auf. Obwohl ich mich gegen das Bild wehre, entsteht es in meinem Kopf. Als wäre ich dabei gewesen, sehe ich den Oberplanitscher und den Egg-Bauern die sich windende Lisa festhalten, daneben den Außertaler, der den Amplatz bei der Vergewaltigung anfeuert. Dann Lisa bei der Beichte. Trostsuchend. Weinend. Verzweifelt. Valentin, der ihr sagt, dass sie die Tat mit ihrem kurzen Rock selbst provoziert habe oder weil sie spät abends allein unterwegs war.

Nicki liest von meinem Gesicht ab, welche Gedanken mir durch den Kopf gehen. Begreift. »Es waren immer die Frauen.«

»Es waren immer die Frauen«, wiederhole ich.

Der Rest des Tages vergeht wie im Traum. Gleichzeitig mit der *Scientifica* kommt ein Carabinieribus in Tal an, in den die Frauen verladen werden. Die Männer schauen mit teilnahmslosen Mienen zu, wie die gesamte weibliche Bevölkerung des Tals verschwindet.

Die im Ort versprengten Journalisten ziehen ab.

Ruhe legt sich über das Dorf. Die Sonne zieht sich hinter die Berge zurück und von den Steilhängen klingen die Glocken der weidenden Kühe herüber. Der Wildbach rauscht Richtung Tal.

Es hat sich nichts verändert. Alles hat sich verändert.

Tag 10 – Mittwoch

Vergiss Tal

Ich ziehe die Tür der Carabinieristation hinter mir zu. Lasse meinen Blick noch einmal über die Steilhänge des Tals wandern, die jetzt in warmem Sonnenlicht liegen. Neun Tage. Neun Tage, die sich wie neun Jahre anfühlen. Neun Tage, die mich mein Leben lang verfolgen werden.

Ich sehe zum Dorf hinüber. Auf der Straße, ein paar Meter von mir entfernt, steht ein Mann. Er hat die Hände tief in den Hosentaschen vergraben und lässt seinen Blick auf mir ruhen.

»Moar«, sage ich.

»Karpf.«

»Ich bin weg.«

»Ich weiß.« Ruhig mustert er mich. »Vergiss Tal.«

Wenn das so leicht wäre. »Du hast es gewusst, Moar, nicht?«

Sein Gesicht versteinert. Dann gibt er sich einen Ruck. Nickt.

»Warum hast du mir nichts gesagt? Dann hätt ich es verhindern können. Warum?«

Er schaut mich an. Lange. Schweigend. Irgendwann redet er doch. »Es war recht so.«

»Recht? Dass fünf Männer gestorben sind?«

Er nickt. »Es war recht.« Dann dreht er sich um und geht ohne ein weiteres Wort. Ich bleibe fassungslos zurück.

»Ich versteh ihn«, sagt eine Jungenstimme neben mir. Es ist Patrick. Diesmal liegt kein übermütiges Grinsen auf seinem Gesicht. »Lisa war seine Tochter.«

Plötzlich fügt sich das letzte Puzzlestück in das Bild, das ich mir von diesem Tal gemacht habe. Von diesem Tal, seinen Menschen, seinen Toten. Lisa war seine Tochter. Auch wenn der Moar die Morde nicht selbst verübt hat, hat er den fünf Männern doch den Tod an den Hals gewünscht. Hat sich verdächtigen lassen und die Aufmerksamkeit der Polizei auf sich gelenkt durch seine Flucht, damit die Frauen ungehindert ihr blutiges Werk vollenden konnten.

Patrick, der sieht, was in meinem Gesicht passiert, nickt. Dann streckt er mir die Hand hin. »Mach's gut, Karpf«, sagt er. »Mach's gut und komm nicht wieder.«

Ein Wagen biegt um die Kurve. Darin ein junger Mann, den Kopf vorgestreckt und beinahe erschreckt die Hänge musternd, die zu beiden Seiten des Tals aufragen. Als er mich sieht, erscheint Erleichterung auf seinem Gesicht.

Er steigt aus und salutiert. »Maresciallo Segna.«

Ich nicke. Mein Nachfolger.

Nachdem ich ihm sein Reich gezeigt habe, lege ich ihm Salvatores Karte in die Hand. »Ich hoffe, Sie brauchen die nie.«

Er grinst. »Das hoffe ich auch. Ich habe vor, eine ruhige Kugel zu schieben in diesem Kaff.«

Eine ruhige Kugel … Ich schaudere. Vierzig Jahre

lang kein größeres Verbrechen als ein Hühnerdiebstahl. Das waren die Worte von Salvatore, als er mir das Zepter übergab.

»Viel Glück.« Das wünsche ich meinem Nachfolger von Herzen. Noch einmal lasse ich meinen Blick über das Tal schweifen, in dem ich die letzten neun Tage meines Lebens verbracht habe. Neun Tage, die sich anfühlen wie neun Jahre.

Ich steige in meinen Wagen und fliehe aus Tal. Wohin? Das wird die Zukunft zeigen. Eine Zukunft, die grüne Augen hat und einen schwarzen Bob. So hoffe ich.

Nachwort

Liebe Leserin, lieber Leser,

Totgeglaubte leben länger … Dieses Sprichwort trifft auf diese Geschichte zu und ich möchte dir gern erzählen, warum. Nachdem ich mein Debüt mit einem absoluten Kuschelkrimi gefeiert habe, war meine damalige Agentin nicht allzu begeistert von der Vorstellung, dass es bei mir nun plötzlich etwas blutiger zuging. Sie machte mir klar, dass ich als Autorin eine Marke sei, ein einheitliches Bild nach außen abgeben müsse, und in mir sickerte langsam die Erkenntnis durch, dass der Marterlmord wohl nie ein Buch werden würde. Okay, ich war ein bisschen traurig darüber, denn ich selbst fand die Geschichte gar nicht so schlecht und meine etwas dunklere Seite auszuleben, hatte Spaß gemacht, aber es sollte wohl nicht sein und damit musste ich leben.

Zum Glück gab es da jemanden, der das Manuskript als Rohentwurf gelesen hatte und immer wieder nachfragte, wie es denn um den Marterlmord stand, und das war meine liebe Autorenkollegin Drea Summer. Sie ließ nicht locker, räumte meine Selbstzweifel aus dem Weg und ermutigte mich, es auf eigene Faust zu versuchen, und zwar bei ihrem Lieblingsverlag, dem Empire-Verlag. Innerhalb allerkürzester Zeit bekam ich eine positive Antwort vom Verlagsleiter Thomas Seidl und der räumte die letzten Zweifel aus. Ich bin euch beiden ewig dankbar für eure Unterstützung.

Auch dem ganzen fantastischen Verlagsteam des Empire-Verlags möchte ich danken. So auf Händen getragen und wertgeschätzt wie bei euch wird man wahrscheinlich sonst nirgends. Ich fühle mich total wohl bei euch und bin stolz darauf, Mitglied der Empire-Familie zu sein. Weil ich schon dabei bin: Danke auch meiner Lektorin, der lieben Antje Backwinkel, für ihre Geduld, wenn es mit der Überarbeitungsfunktion nicht so wollte, wie es sollte und wenn mein Südtiroler Sturschädel sich querstellte, als gewisse Szenen rausflogen. Dank dir ist es rund geworden. Danke an meine beiden Korrekturleserinnen Alice und Janina.

Danke euch Bloggern für die Unterstützung, allen voran Bianca Kober, die meine Bücher nicht nur als Bloggerin begleitet, sondern sie auch oft in der Rohform liest, Logiklöcher und Fehler aufspürt und mir dann in beinahe halbstündigen Sprachmemos gleich noch mein immer angekratztes Selbstvertrauen aufbaut. Irgendwann gibt es so ein Gespräch live und in Farbe, gell?

Wer mir immer zur Seite steht bei meinen Schreibprojekten ist mein Lieblingsmensch. Thomas, ohne dich hätte ich keines der Bücher zu Ende gebracht, das weißt du. Dass du immer neugierig drauf bist, wie es weitergeht und die Geschichte in ihrer Entstehung liest, ist unglaublich wertvoll und motivierend für mich.

Euch allen, liebe Leserinnen und Leser, danke ich dafür, dass ihr dem Marterlmord eine Chance gegeben habt – besonders, wenn ihr mir von den Kuschelkrimis in dieses etwas weniger kuschelige Feld gefolgt seid. Ich hoffe, ihr seid auf eure Kosten gekommen und habt Pietro ein bisschen lieb gewonnen. Die Südtiroler mögen mir verzeihen, dass ich sie als etwas maulfaul und verstockt hingestellt habe. Wir sind natürlich überhaupt nicht so, sondern weltoffen, zugänglich und gesprächsbereit – sofern man die Bewohner einer Region überhaupt so verallgemeinernd charakterisieren kann. Das Tal gibt es übrigens nicht. Ich habe zwar landschaftlich ein Tal in der Nähe von Brixen vor Augen gehabt, aber auch da bin ich recht frei mit der Geografie umgegangen und habe mir alles so gelegt, wie ich es für die Geschichte gebraucht habe. Trotzdem werdet ihr solche Täler in Südtirol finden können, in denen der Hauptort aus Kirche, Gasthof und Schule besteht und die Bewohner auf Berghöfe verteilt sind, die oft knapp unter der Baumgrenze liegen. Das Pfarrhaus wird allerdings in den allermeisten Fällen zum Vereinshaus umfunktioniert sein, denn den Luxus eines Pfarrers für jedes Dorf haben wir auch in Südtirol nicht mehr.

Was ihr dort aber auf jeden Fall findet, sind die Wegkreuze, die Marterln, die auch in diesem Buch eine Rolle spielen. An allen möglichen und unmöglichen Stellen stehen sie und meistens wurden sie von den Menschen aus Dankbarkeit aufgestellt oder weil sie ihre Sünden reinwaschen wollten. Von den Vorbeiwandernden wird erwartet, dass sie sich am Marterl die Zeit für ein Gebet nehmen und oft hängt am Wegkreuz auch ein Spruch, der die Einkehr unterstützen soll.

Ich könnte jetzt noch viel erzählen, aber lieber verweise ich euch auf meine Krimipost, die ihr unter dem Link http://eepurl.com/dAl43f (ihr findet ihn auch im QR-Code) abonnieren könnt. Darin kommen die Figuren aus meinen Krimis zu Wort, ihr erfahrt Geheimnisse über mich und immer habe ich Krimis zum Mitraten für euch. Natürlich freue ich mich auch, wenn ihr mich in den Sozialen Netzwerken findet oder einfach mal bei einer Tasse Kaffee mit mir ratscht.

Bis bald!

Pfiat enk, Heidi

www.heiditroi.me
Facebook: @heiditroiautorin
Instagram: @troiheidi

Krimipost?

Anhang

a kent annos – auf hundert Jahre – sardischer Trinkspruch
Arma dei Carabinieri di Laives – Militäreinheit der Carabinieri von Leifers
Auguri – Glückwunsch
Banco – Tresen
Bistecca ai ferri – gegrilltes Filet
Caprese – Tomaten mit Mozzarella
Che cosa porto da bere? – Was bringe ich zum Trinken?
coccolone – Kuschelbär (sinngemäß), Kosename
Comandate provinciale dei Carabinieri – Landeskommandant der Carabinieri
Comando Provinciale – Landeskommando
Corpo Armato dei Carabinieri – Militäreinheit der Carabinieri
crauti – die Krautmenschen
è da solo – Sind Sie allein?
È finita. Ti lascio. – Es ist aus. Ich verlasse dich.
Figlia di papà – Vatertöchterchen, verwöhntes Prinzesschen, für die Papa alles tun würde und umgekehrt
gioia – meine Freude, Kosename
Ha prenotato, Signore? – Haben Sie vorgemerkt, der Herr?
Il brutto – der Hässliche
Il cliente da Lei chiamato non è al momento raggiungibile – der von Ihnen gewählte Teilnehmer ist zurzeit nicht erreichbar.

Leps – billiger Wein, früher zweite Pressung

Macchinetta Napolitana – Kaffeemaschine, die im 19. Jahrhundert entwickelt wurde und ein Vorläufer der heutigen Mokkamaschinen ist. Die Maschine wird umgekehrt aufgestellt und, wenn das Wasser kocht, umgedreht, sodass das Wasser durch den Filter laufen kann.

Mahlele – Totenmahl, meistens eine Suppe

Mamma – Mama

Maresciallo – militärischer Rang

Ninna nanna – Gute-Nacht-Lied

Papà – Papa

Pasta alle vongole – Nudeln mit Muscheln

pastine – Süßgebäck

Questo bimbo a chi lo do? – Wem gebe ich dieses Kind?

Riparto Investigativo Scientifico – kurz RIS: die Spurensicherung

Salute – zum Wohl

Santo cielo – Heiliger Himmel

Sí. Chi? Dove? Veniamo subito – Ja? Wer? Wo? Wir kommen sofort.

SIP – italienische Telefongesellschaft, die 1993 in die Telecom Italia S.p.A. umgewandelt wurde

Sono in cerca della famiglia Locatelli. – Ich suche die Familie Locatelli.

Supramonte – Gebirge auf Sardinien

Tesoro – Schatz

Venga – Kommen Sie.

Voi! Via! – Ihr! Weg!

Walsch – kommt von welsch; als Welschtiroler wurden früher die italienischsprachigen Tiroler, zum Beispiel im Trentino bezeichnet. Zur Zeit des Faschismus mussten alle Südtiroler ihre deutschen Namen ablegen und bekamen italienische Namen verpasst.

zia – Tante